IMPEDIMENTA

GRAEME MACRAE BURNET

El accidente en la A35

Un caso para el inspector Gorski

Traducción de *Alicia Frieyro*

El accidente en la A35

El accidente en la A35
Un caso para el inspector Gorski

GRAEME MACRAE BURNET

Traducción del inglés a cargo de
Alicia Frieyro

IMPEDIMENTA

Título original: *The Accident on the A35*

Primera edición en Impedimenta: noviembre de 2023

http://www.impedimenta.es

Publishing
Scotland

Foillseachadh Alba

The translation of this title was made possible with
the help of the Publishing Scotland translation fund.

ISBN: 978-84-19581-23-5
Depósito Legal: M-19869-2023
IBIC: FA

Impresión y encuadernación: Kadmos
P. I. El Tormes. Río Ubierna 12-14. 37003 Salamanca

Impreso en España

Impreso en papel 100 % procedente de bosques gestionados de acuerdo con
criterios de sostenibilidad.

PRÓLOGO

El 20 de noviembre de 2014 llegó por mensajería a las oficinas de Éditions Gaspard-Moreau, en Rue Mouffetard, París, un paquete dirigido a Georges Pires, otrora editor de Raymond Brunet. Pires había fallecido de cáncer nueve años antes, y una joven becaria se encargó de abrir el envío. Contenía este dos manuscritos, así como una carta de un bufete de abogados afincado en Mulhouse, donde manifestaban haber recibido instrucciones de hacer llegar los documentos adjuntos a la editorial con ocasión de la defunción de la madre de Brunet, Marie.

Brunet, autor de una única novela, *La desaparición de Adèle Bedeau*, se había tirado delante de un tren en la estación de Saint-Louis en 1992. Marie Brunet, tras sobrevivir a su hijo unos veintidós años, había muerto a los ochenta y cuatro, mientras dormía, dos días antes del envío del paquete.

A pesar de la naturaleza anacrónica del envío —o puede que incluso debido a ello—, la becaria, que ni siquiera había nacido cuando el libro de Brunet vio la luz en 1982, no cayó en la relevancia de su contenido. Así pues, dio debida entrada al envío en el registro y los documentos fueron relegados a la pila de manuscritos no solicitados de la editorial. No fue hasta pasados cuatro meses cuando un miembro más veterano del personal de Gaspard-Moreau se percató de su valor. Es el primero de esos manuscritos, *L'Accident sur l'A35,* lo que ahora tiene usted en sus manos.

La decisión de publicarlo no se tomó a la ligera. Primero había que cerciorarse de que Gaspard-Moreau no estaba siendo víctima de un fraude. Sin embargo, resultó muy fácil confirmar que Brunet había dejado los manuscritos bajo la custodia de un abogado poco antes de suicidarse. Jean-Claude Lussac, el letrado en cuestión, llevaba ya tiempo jubilado, pero recordaba muy bien el incidente y, como único cómplice de la estratagema, reconoció haber asistido en su día, con una mezcla de diversión y culpabilidad, a los rumores que corrieron inmediatamente después del suicidio de Brunet sobre la posibilidad de que este hubiera dejado un número indeterminado de obras inéditas. Una sencilla comprobación permitió demostrar también que los manuscritos se habían mecanografiado en la máquina de escribir que reposaba aún sobre el escritorio del antiguo despacho del padre de Brunet en la casa familiar de Saint-Louis. Sin embargo, estas pruebas son totalmente superfluas. Hasta un lector corriente puede ver que el estilo, el contexto y la temática de *El accidente en la A35* son idénticos a los de la anterior novela de Brunet. Y para quienes se inclinan a interpretar la obra como una novela autobiográfica disfrazada de ficción, está clarísimo por qué Brunet no quiso que se publicase en vida de su madre.

GMB, abril de 2017

El accidente en la A35

Lo que acabo de escribir es falso.
Verdadero.
Ni verdadero ni falso.

Jean-Paul Sartre, *Las palabras*

I

No parecía que el accidente en la A35 tuviera nada de particular. Ocurrió en un tramo perfectamente seguro de la autovía que discurre entre Estrasburgo y Saint-Louis. Una berlina Mercedes verde oscuro que circulaba en dirección sur abandonó su carril, se precipitó por una pendiente y fue a estrellarse contra un árbol en la linde de un bosquecillo. El vehículo no se divisaba a simple vista desde la carretera, de modo que, aunque un conductor se percató de su presencia hacia las 22:45, resultó imposible determinar con exactitud la hora del accidente. Sea como fuere, cuando se descubrió el coche, su único ocupante estaba muerto.

El inspector Georges Gorski de la policía de Saint-Louis estaba plantado en la cuneta cubierta de hierba. Era noviembre. Una leve llovizna vidriaba la superficie de asfalto. No había marcas de frenada. La explicación más probable era que el conductor se hubiera quedado dormido al volante. Hasta en los casos de infarto era habitual que el conductor lograse pisar el freno o hiciera algún intento de recuperar el control del coche. A pesar de esto, Gorski prefirió mantener la mente abierta a otras posibilidades.

Jules Ribéry, su predecesor, siempre le había insistido en que siguiera sus instintos. «Los casos se resuelven con esto, no con esto», acostumbraba a decirle señalándose primero el abultadísimo vientre y, a continuación, la frente. Pero a Gorski no acababa de convencerle aquel enfoque. Alentaba al investigador a rechazar aquellas pruebas que no corroborasen la hipótesis inicial. Por el contrario, él era de la opinión de que todas y cada una de las posibles evidencias debían tomarse en consideración por igual. La metodología de Ribéry respondía más bien a la necesidad de asegurarse de que, llegado el mediodía, pudiese estar ya cómodamente arrellanado en uno de los bares de Saint-Louis. Aun así, la primera impresión que le causó a Gorski la escena que tenía delante fue que, en este caso, no habría lugar para demasiadas teorías alternativas.

Cuando llegó, la zona ya había sido acordonada. Un fotógrafo estaba sacando instantáneas del vehículo destrozado. El flash iluminaba de manera intermitente los árboles circundantes. Una ambulancia y varios coches de policía con las luces de emergencia encendidas ocupaban el carril de circulación en sentido sur de la autovía. Una pareja de gendarmes aburridos dirigía el escaso tráfico.

Gorski aplastó el cigarrillo con el pie sobre los guijarros del arcén y empezó a bajar por el terraplén. Lo hizo no tanto porque creyese que su inspección del escenario fuera a revelarle alguna pista sobre la causa del accidente, sino más bien porque era lo que se esperaba de él. Los que estaban reunidos alrededor del vehículo aguardaban su veredicto. No se podía proceder al levantamiento del cadáver hasta que el oficial al mando diera el visto bueno. De haber tenido lugar tan solo unos pocos kilómetros más al norte, el accidente habría caído bajo la jurisdicción de la comisaría de Mulhouse, pero no había sido así. Gorski sabía que todos los que se encontraban en la linde del bosquecillo tenían los ojos clavados en él mientras bajaba patinando por la cuesta. La lluvia de última hora de la tarde había convertido la pendiente de hierba en una superficie resbaladiza para la que no estaban preparados sus mocasines de suela de cuero. Con el fin de no perder el equilibrio, tuvo que bajar el último tramo a la carrera y se estampó contra un joven gendarme que sostenía una linterna en la mano. Se escucharon unas risitas ahogadas.

Gorski rodeó el vehículo lentamente. El fotógrafo cesó su actividad y se hizo a un lado para facilitarle la inspección. La víctima había salido despedida hacia delante y atravesado el parabrisas con la cabeza y los hombros. Los brazos permanecían pegados a los costados, lo que sugería que no había intentado protegerse del impacto. La cabeza reposaba sobre el capó arrugado como un acordeón. El hombre tenía una tupida barba canosa, pero Gorski no pudo sacar nada más en claro de su aspecto, puesto que la cara, o al menos la parte que quedaba a la vista, estaba completamente aplastada. La llovizna había apelmazado el cabello contra los restos de la frente. Gorski prosiguió con su paseo alrededor del Mercedes. La pintura del lado del conductor estaba severamente arañada, lo que apuntaba a la posibilidad de que el coche hubiese bajado la pendiente tumbado de costado antes de recuperar de nuevo el equilibrio. Gorski se detuvo y pasó los dedos por la abollada carrocería como si esperara que esta fuera a comunicarle algo. No lo hizo. Y si en ese momento sacó su cuaderno del bolsillo interior de la chaqueta y garabateó en él unas someras notas, solo fue para satisfacer a quienes lo observaban. La Unidad de Atestados de Tráfico determinaría la causa del accidente a su debido tiempo. Gorski y todos los demás podían dejar aparcada su intuición.

El impacto había abierto de cuajo la puerta del conductor. De un tirón, Gorski la separó del todo e introdujo la mano dentro del abrigo de la víctima. Informó al sargento al mando del escenario del siniestro de que había concluido su inspección e inició el ascenso del terraplén para regresar a su coche. Una vez dentro, se encendió otro cigarrillo y abrió la cartera que había rescatado del cuerpo. El nombre del fallecido era Bertrand Barthelme, con domicilio en el número 14 de Rue des Bois, en Saint-Louis.

* * *

La propiedad formaba parte de un puñado de casas solariegas situadas en las afueras al norte del pueblo. Saint-Louis es un lugar anodino que se halla ubicado en el Dreiländereck, el punto donde convergen Alemania, Suiza y el este de Francia. Los veinte mil habitantes que componen la población del municipio pueden clasificarse en tres categorías: los que no tienen aspiraciones de vivir en un lugar menos deprimente; los que carecen de medios para marcharse; y aquellos a los que, por razones que solo ellos conocen, les gusta vivir allí. A pesar de tratarse de un pueblo modesto, hay todavía unas pocas familias que, de una manera u otra, han conseguido reunir lo que en esa zona se toma por una auténtica fortuna. Sus propiedades nunca salen a la venta. Pasan de una generación a otra del mismo modo que sucede entre los pobres con los muebles o las alianzas de boda.

Gorski apagó el motor y se encendió un cigarrillo. La casa quedaba oculta por una cortina de sicomoros. Esta era una de esas calles donde el avistamiento de un coche desconocido estacionado junto a la acera a altas horas de la noche suscita una llamada a la policía. Gorski podría haber delegado en un joven agente la desagradable tarea de informar a la familia, pero no quiso que pareciese que no estaba capacitado para la faena. Aparte de eso, había otro motivo mucho más insidioso y que a Gorski le costaba admitir. Había venido en persona debido a la dirección del domicilio del fallecido. ¿Habría experimentado los mismos recelos a la hora de enviar a un agente de menor rango si el hogar hubiese estado situado en uno de los peores barrios del pueblo? Desde luego que no. La verdad era que Gorski creía que el mero hecho de vivir en Rue des Bois otorgaba a sus moradores el derecho de ser atendidos por el agente de policía de más rango del pueblo. Era lo que ellos esperaban, y si Gorski no llevaba a cabo la tarea en persona, su omisión se convertiría en pasto de los chismorreos.

Pensó en posponer la visita hasta la mañana siguiente —era casi medianoche—, pero no le pareció que lo intempestivo de la hora fuese una excusa válida. A Gorski no le habría importado molestar a una de las familias de los destartalados bloques de apartamentos de Place de la Gare a la hora que fuera. Además, cabía la posibilidad de que en ese lapso la familia Barthelme se enterara de la noticia por otra fuente.

Gorski remontó el paseo de entrada con la gravilla crujiendo bajo los pies. Como le pasaba siempre que visitaba una de aquellas casas, se sintió como un allanador. De salirle alguien al paso, estaba seguro de que se apresuraría a soltar alguna torpe disculpa antes de mostrar la identificación que autorizaba su intrusión. Recordó el pánico que cundía en su casa cuando era niño cada vez que recibían una visita inesperada. Al sonar el timbre, sus padres se miraban alarmados. Su madre echaba un vistazo rápido al salón y se apresuraba a colocar en su sitio los cojines y a estirar los tapetes de los sillones antes de acudir a abrir la puerta. Su padre se ponía la chaqueta y se plantaba muy tieso en medio de la sala, como si le avergonzara que alguien pudiera sorprenderlo relajándose en su propia casa. Gorski se acordó de una tarde en concreto. Tendría él siete u ocho años cuando un par de jóvenes mormones que acababan de instalarse en el pueblo llamaron a la puerta del apartamento donde vivían, encima de la casa de empeños de su padre. Gorski los oyó exponer el motivo de su visita en un francés chapurreado. Su madre los invitó a pasar al pequeño salón. Albert Gorski aguardaba de pie detrás de su butaca como si fuera a entrar el alcalde en persona. Gorski estaba sentado al pie de la ventana, hojeando un libro ilustrado. A sus ojos infantiles los dos americanos eran idénticos; altos y rubios, con el pelo rapado y ataviados con sendos trajes ajustados de color azul marino. Aguardaron en el umbral hasta que madame Gorski les indicó que tomaran asiento a la mesa del comedor. Ellos no parecían nada azorados. Madame Gorski les ofreció un café que no rechazaron. Mientras ella se atareaba en la pequeña cocina americana, los dos jóvenes se presentaron a monsieur Gorski, quien se limitó a hacer un gesto con la cabeza antes de volver a sentarse en su butaca. Los dos hombres comentaron entonces lo agradable que les parecía Saint-Louis. Como el padre de Gorski no respondió, se hizo un silencio que se prolongó hasta que madame Gorski regresó de la cocina portando una bandeja con una cafetera, las tazas de la vajilla buena y una fuente de magdalenas. Estuvo parloteando sin parar mientras servía a los visitantes, aunque era más que aparente que estos entendían poco o nada de su monólogo. Los Gorski no tenían costumbre de tomar café por las tardes. Completadas estas formalidades, el joven de la izquierda, tras recorrer la estancia con una mirada elocuente, hizo un gesto hacia el mezuzá clavado en la jamba de la puerta.

—Entiendo que son de confesión judía —dijo—, pero a mi colega y a mí nos gustaría mucho compartir con ustedes el mensaje de nuestra fe.

Era la primera vez que Gorski oía a nadie referirse a sus padres de esta manera. En el hogar de los Gorski no se hablaba de religión, y aún menos se practicaba. La cajita de la jamba solo era uno más de los muchos cachivaches que decoraban la habitación y a los que su madre les pasaba el polvo semanalmente. No tenía mayor relevancia, y si la tenía, Gorski no era consciente de ella. Ni siquiera estaba seguro de qué podía haber querido decir aquel hombre con lo de la «confesión judía», aparte de subrayar que ellos —los Gorski— eran diferentes. A Gorski le ofendió que aquellos extraños le hablasen así a su padre. No recordaba mucho más de la conversación, excepto que cuando los americanos terminaron de comerse las magdalenas de su madre, su padre aceptó los folletos que ellos depositaron en sus manos y les aseguró que los estudiaría con debida consideración. Los jóvenes se mostraron radiantes al escuchar esta respuesta y anunciaron que estarían encantados de volver a visitarnos. Luego agradecieron a madame Gorski su hospitalidad y se marcharon. No habían tocado el café. Madame Gorski comentó a la postre que le habían parecido unos jóvenes muy agradables. Monsieur Gorski estuvo hojeando los folletos de los americanos durante una media hora, como si desecharlos al instante hubiera supuesto una descortesía. Después de morir su padre, Gorski los encontró en la caja de madera de debajo del pretil de la ventana donde se guardaban los documentos importantes de la familia.

Iba a llamar por segunda vez al timbre de la casa de Rue des Bois cuando se encendió una luz en el vestíbulo y oyó un tintineo de llaves en la cerradura. Abrió la puerta una mujer robusta que rondaría los sesenta y pocos años. Su canosa cabellera estaba recogida en un moño a la altura de la nuca. Llevaba un vestido de sarga azul marino muy ajustado en torno a su figura. Del cuello le colgaban unas gafas de cerca atadas a un cordón de cuero, y también una cruz pequeña, anidada en la hendidura del pecho. Sus tobillos eran anchos como los de un hombre, y los zapatos, marrones y de tacón bajo. No daba la sensación de haberse vestido a toda prisa para acudir a abrir la puerta. Quizá sus funciones no concluyeran hasta que regresaba el señor de la casa. Gorski se la imaginó sentada en su alcoba, volteando con parsimonia las cartas de una partida de solitario y permitiendo que un cigarrillo se consumiese en un cenicero junto a su codo. Miró a Gorski con la expresión de ligero desagrado a la que estaba más que acostumbrado y por la que ya no se dejaba ofender.

—Madame —arrancó—, inspector jefe Georges Gorski de la policía de Saint-Louis. —Exhibió la identificación que llevaba preparada en la mano.

—Madame Barthelme se ha retirado ya —contestó la mujer—. Quizá podría usted tener la amabilidad de pasarse a una hora más cortés.

Gorski resistió la tentación de disculparse por el abuso.

—No se trata de una visita de cortesía —dijo.

La mujer abrió mucho los ojos y meneó un poco la cabeza mientras contenía la respiración. Luego se encajó las gafas de cerca y solicitó ver la identificación de Gorski.

—¿Qué horas son estas para presentarse en la puerta de un hogar decente?

Gorski ya sentía una nada desdeñable aversión hacia aquella engreída metomentodo. Era obvio que creía que su estatus como ama de llaves le confería una gran autoridad. Se recordó a sí mismo que la mujer solo era una sirvienta.

—Son horas que sugieren que estoy aquí por un asunto de gravedad —dijo—. Y, ahora, si fuera tan amable de...

El ama de llaves se hizo a un lado y, de mala gana, lo invitó a pasar a un cavernoso vestíbulo forrado de madera. Las puertas de roble de los dormitorios del piso superior daban a un rellano delimitado por una balaustrada tallada. La mujer subió las escaleras apoyándose pesadamente en la barandilla y franqueó la entrada de una habitación situada a la izquierda. Gorski aguardó en la penumbra del vestíbulo. La casa estaba en silencio. Una franja de luz pálida emanaba de una puerta cerrada situada a la derecha del rellano. Al cabo de un rato reapareció el ama de llaves y volvió a descender las escaleras. Se movía con un contoneo desacompasado, estirando la pierna derecha a un lado como si le doliese la cadera.

Madame Barthelme, le informó, lo recibiría en su alcoba. Gorski había dado por hecho que la señora de la casa lo recibiría abajo. La idea de comunicarle a una mujer en su alcoba la noticia del fallecimiento de su esposo se le antojó poco decente. Pero qué le iba a hacer. Siguió al ama de llaves hasta la planta de arriba. Ella hizo un gesto hacia la puerta y entró detrás de él.

Dada la edad de la víctima, Gorski esperaba encontrarse a una mujer de mucha más edad recostada sobre un montón de almohadones bordados. Según el permiso de conducir, Barthelme tenía cincuenta y nueve años, pero pese a lo somero de su inspección, a Gorski le había parecido mayor. La barba era espesa y canosa, y el corte y tejido de su traje de tres piezas, anticuados. En cambio, Madame Barthelme debía de rondar los cuarenta y pocos, o incluso menos, quizá. Una alborotada mata de cabello castaño claro coronaba su cabeza como si se lo hubiera recogido a toda prisa.

Varios rizos enmarcaban su cara con forma de corazón. Sobre los hombros portaba un chal ligero que con toda probabilidad se había echado encima por recato, pero el camisón le caía holgado en torno al pecho y Gorski tuvo que apartar la vista a propósito. El dormitorio era totalmente femenino. Había una cómoda barroca y un diván con ropa desperdigada por encima. La mesilla de noche estaba engalanada de frasquitos marrones de pastillas. La ausencia de artículos o prendas masculinas era evidente. Estaba claro que la pareja tenía dormitorios separados. Madame Barthelme sonrió con ternura y se disculpó por recibir a Gorski en la cama.

—Lo siento, no me encuentro demasiado… —Dejó la frase a medias con un vago gesto de la mano, que provocó la oscilación de sus pechos bajo la tela del camisón.

Gorski olvidó momentáneamente el propósito de su visita.

—Madame Thérèse no me ha dado su nombre —continuó ella.

—Gorski —respondió él—, inspector jefe Gorski. —Le faltó poco para añadir que su nombre de pila era Georges.

—¿Tanta delincuencia hay en Saint-Louis como para merecer un inspector jefe? —preguntó ella.

—La justa, sí. —En circunstancias normales, un comentario así habría ofendido a Gorski, pero madame Barthelme había conseguido que sonara como un cumplido.

Estaba de pie, a medio camino entre la puerta y la cama. Junto a la cómoda había una silla, pero no era apropiado sentarse para comunicar tan grave noticia. El ama de llaves seguía plantada en el umbral. No existía motivo alguno por el que no pudiera estar presente, así que cuando Gorski se volvió y la abordó, lo hizo solo con el fin de imponer su autoridad.

—Si no le importa concedernos un poco de privacidad, Thérèse.

El ama de llaves no se molestó en ocultar su enfado ante aquella afrenta, pero obedeció, eso sí, no sin antes ahuecar aparatosamente los cojines del diván.

—Y cierre la puerta al salir —añadió Gorski.

Hizo una breve pausa mientras adoptaba la expresión solemne que solía gastar en ocasiones como aquella.

—Me temo que traigo malas noticias, madame Barthelme.

—Llámeme Lucette, por favor. Hace usted que me sienta como una vieja solterona —dijo. Las primeras palabras de Gorski no le habían hecho mella, al parecer.

Gorski asintió con la cabeza.

—Ha habido un accidente —dijo. Para él no tenía sentido alargar las cosas—. Su marido ha muerto.

—¿Muerto?

Todos decían lo mismo. Gorski nunca sacaba conclusiones de la reacción de la gente ante una noticia de esta naturaleza. Si él recibiese la visita de un policía a una hora tan intempestiva, tendría muy claro que iba a recibir una mala nueva. Pero, al parecer, a los civiles eso no se les pasaba por la cabeza, y su primera reacción era generalmente de incredulidad.

—Su vehículo se ha salido de la A35 y chocado con un árbol. La muerte ha sido instantánea. Ha ocurrido hará una hora aproximadamente.

Madame Barthelme suspiró con desmayo.

—A primera vista, todo apunta a que la causa más probable es que se quedase dormido al volante. Con todo, se llevará a cabo una investigación completa del suceso, desde luego.

La expresión de madame Barthelme apenas se alteró. Sus ojos se apartaron de Gorski. Eran celestes, casi grises. Su reacción no era inusual. La gente no se ponía a gritar de pesar, ni se desmayaba ni sufría ataques de ira. Aun así, su contención era cuando menos peculiar. La mirada de Gorski se desvió hacia la surtida colección de frascos junto a la cama. A lo mejor se había tomado un Valium u otro tranquilizante por el estilo. Gorski dejó pasar unos momentos. Luego ella se estremeció ligeramente, como si hubiese olvidado que él estaba allí.

—Entiendo —dijo. Se llevó las manos a la cabeza y empezó a atusarse los rizos, ordenándolos en torno a su cara. Poseía un atractivo encantador.

—¿Quiere un poco de agua? —preguntó él—. ¿Un brandy, quizá?

Ella le dedicó la misma sonrisa que cuando entró en la habitación. Gorski empezó a dudar si habría entendido lo que le acababa de decir.

—No, gracias. Ha sido usted muy amable.

Gorski asintió.

—¿Hay alguien más en casa, aparte del ama de llaves?

—Solo nuestro hijo, Raymond —contestó ella—. Está en su dormitorio.

—¿Desea que sea yo quien le informe?

Madame Barthelme se mostró sorprendida ante el ofrecimiento.

—Sí —respondió—, sería muy amable por su parte.

Gorski asintió. No había previsto pasar por el mal trago dos veces. Él ya estaba pensando en la cerveza que pensaba tomarse en Le Pot. Se aguantó las ganas de mirar el reloj. Ojalá Yves no hubiese cerrado ya para cuando él llegara. Inclinó un poco la cabeza y pasó a explicar la necesidad de efectuar una identificación formal del cadáver.

—Enviaremos un coche patrulla por la mañana —remató.

Madame Barthelme asintió. Le indicó dónde estaba el dormitorio de su hijo. Y eso fue todo.

El ama de llaves estaba sentada en una otomana junto a la puerta. Gorski dio por hecho que había escuchado hasta la última palabra de su conversación.

2

Raymond Barthelme estaba sentado en una silla de respaldo recto en medio de su dormitorio leyendo *La edad de la razón*. La única luz que iluminaba la estancia provenía del flexo que había sobre el escritorio pegado a la ventana. Aparte de la cama, tenía un sillón de terciopelo raído, pero Raymond prefería la silla de madera. Si intentaba leer en un sitio más cómodo, enseguida notaba que su atención se desviaba de las palabras impresas en la página. Además, su amigo Stéphane le había contado que el mismísimo Sartre se sentaba siempre en una silla de respaldo recto para leer. Había vuelto al capítulo en el que Ivich y Mathieu se rajan las manos en el club nocturno Sumatra. A Raymond le cautivaba la idea de una mujer que, sin razón aparente, se corta la palma de la mano con una navaja. Leyó por enésima vez: *Tenía la carne abierta desde el pulpejo del pulgar hasta la base del dedo meñique, y la sangre manaba despacio de la herida.* Y la reacción del amigo no es correr en su auxilio, sino coger la navaja y clavarse la mano a la mesa. Con todo, lo más chocante de la escena no era la sangría en sí, sino la oración que la seguía:

El camarero había presenciado muchos incidentes de esta índole.

Más tarde, cuando la pareja va al aseo, la encargada les venda las manos y los despacha sin más. Pero ¿y si hubiesen llegado a mutilarse? Raymond habría dado lo que fuese por regentar un local como el Sumatra y rodearse de la clase de gente que se clava las manos a una mesa. Uno no encontraba ese tipo de establecimientos en un pueblucho de mala muerte como Saint-Louis, con sus respetables cafés donde te servían mujeres de mediana edad que te preguntaban por tus padres y a quienes Raymond trataba con absoluta cortesía. Raymond no sabía muy bien cómo interpretar la escena. La había analizado largo y tendido con Yvette y Stéphane en su reservado del Café des Vosges. Stéphane se había mostrado de lo más prosaico (él tenía una respuesta para todo): «Es un *acte gratuit*, chaval», había dicho encogiendo los hombros. «Puro capricho. Esa es la cuestión.» Yvette no estuvo de acuerdo: no lo hacían por capricho. Era un acto de rebeldía contra la educación burguesa personificada en la mujer del abrigo de pieles de la mesa contigua. Raymond había asentido con la cabeza decididamente, sin ánimo de contradecir a sus amigos, pero ninguna de las dos interpretaciones le satisfizo. Ni la una ni la otra explicaban el estremecimiento que le provocaba la lectura del episodio, un escalofrío que en poco o nada se diferenciaba del que sacudía su cuerpo cuando se arrimaba lo bastante a según qué chicas en los pasillos del colegio para aspirar su olor. Quizá la cuestión no radicaba en reducir la escena a un significado —en explicarla—, sino en experimentarla sin más como una suerte de espectáculo.

Raymond llevaba el pelo por los hombros. Tenía una pronunciada nariz romana, herencia de su padre, y los ojos celeste grisáceo con largas pestañas de su madre. Sus labios eran finos y su boca grande, de modo que cuando sonreía (que no era a menudo) resultaba de un atractivo encantador. Su piel era suave, y se la había empezado a afeitar solo por guardar las formas. La barba que se rasuraba era poco más que una bochornosa pelusilla. Su cuerpo era delgado y ágil. A su madre le gustaba decirle que parecía una chica. A veces, cuando iba a verla a su alcoba antes de acostarse, ella le pedía que se sentara en el borde de la cama y le cepillaba el pelo. Lejos de ofenderse por la visión femenina que su madre tenía de él, Raymond cultivaba incluso cierto afeminamiento infantil en sus gestos, aunque solo fuera para sacar de quicio a su padre. En los últimos tiempos había retirado todos los pósteres de su dormitorio y se había desprendido para siempre de buena parte de sus posesiones. Había encalado las paredes, de modo que ahora la habitación lucía blanquísima y parecía una celda bien equipada. Contra el tabique a la derecha de la puerta había una librería que, despojada de sus volúmenes más infantiles, acogía ahora un tocadiscos con cuarenta o cincuenta LP, todos ellos cuidadosamente seleccionados con el objeto de suscitar la impresión correcta en todo aquel que entrase en su dormitorio. Tenía diecisiete años.

Raymond llevaba ya unos quince minutos sin prestar atención al libro. Hacía una hora que había oído el crujido de los neumáticos de un coche sobre la grava del paseo de entrada antes de que se abriese la puerta principal y escuchara a su madre subir las escaleras. Aun sin el repiqueteo de sus tacones sobre la tarima resultaba fácil distinguir sus pasos de los pesados andares de su padre. Desde entonces la casa había permanecido en silencio. A la hora que era, lo normal sería que Raymond ya hubiese oído a su padre regresar a casa y asomarse un instante a saludar a su esposa, para a continuación retirarse a su despacho a leer o a revisar algún documento. El padre de Raymond siempre dejaba la puerta de esa habitación entornada. Una costumbre que había de interpretarse no tanto como una invitación a visitarle, sino más bien como la manera que tenía de monitorear los movimientos de los demás habitantes de la casa. El dormitorio de Raymond estaba pegado al despacho y si le entraban ganas de ir al cuarto de baño o bajar a la cocina para picar algo, no podía hacerlo sin pasar por delante de la puerta del despacho de su padre. Raymond a menudo se desplazaba por la casa en calcetines para impedir ser detectado, pero en todo momento tenía la impresión de que su padre sabía con exactitud dónde estaba y qué hacía. Todas las noches, al retirarse el ama de llaves a su cuarto en la segunda planta, Raymond escuchaba a su padre elevar la voz en un susurro apenas audible:

—¿Madame Thérèse? ¿Es usted?

La casa estaba tan en silencio que no hacía falta gritar.

—Sí, maître —respondía ella desde el descansillo—. ¿Necesita algo el señor?

Maître Barthelme contestaba que no, y ambos se daban las buenas noches. A Raymond no dejaba de irritarle este intercambio. Que maître Barthelme no hubiera regresado a casa ya era inusitado de por sí. Pero cuando oyó sonar el timbre a las 23:47 (consultó la hora en el reloj digital que le había regalado su madre por su decimosexto cumpleaños), Raymond supo al instante que había sucedido algo fuera de lo corriente. En casa ya era raro que se presentara nadie a la puerta incluso durante el día. Así que, dada la hora que era, el visitante solo podía ser un policía. Y el único motivo que llevaría a un policía a presentarse ante su puerta era la necesidad de comunicar una mala noticia. La llegada de un policía y el hecho de que su padre no hubiese regresado eran dos coyunturas, concluyó Raymond, que no podían no estar relacionadas. Como poco tenía que haber sucedido un accidente. Pero ¿sería un mero accidente causa suficiente para que un policía visitase la casa a esas horas? Sin duda una llamada telefónica habría bastado.

Cuando oyó a madame Thérèse bajar las escaleras y abrir la puerta principal, Raymond aguzó el oído para escuchar la conversación. Apenas logró captar un murmullo de voces. Fue entonces, justo en el momento de subir Thérèse las escaleras y dar unos suaves golpecitos en la puerta del dormitorio de su madre, cuando Raymond se levantó de la silla y pegó la oreja a la puerta del suyo. Qué mejor prueba para confirmar que el visitante era un policía. De natural suspicaz y desconfiada, a Thérèse jamás se le habría ocurrido dejar en el vestíbulo sin supervisión a cualquier otra persona. Estaba convencida de que todos los vendedores eran unos ladrones a los que no se les podía quitar ojo, y no había ocasión en la que no proclamara que este o aquel tendero la había estafado. Al volver de hacer los recados, tenía la costumbre de pesar el género que había comprado para verificar que no le habían servido de menos.

Desde el vestíbulo le llegó el sonido de un intercambio indistinguible de palabras, seguido del ruido de dos pares de pisadas que ascendieron las escaleras y se dirigieron al dormitorio de su madre. La puerta debió de permanecer abierta un breve lapso de tiempo, porque Raymond alcanzó a captar una pequeña parte de la conversación antes de que le pidiesen a Thérèse que se retirara y ella cerrase al salir. En los minutos inmediatamente posteriores, Raymond concluyó que se había equivocado al asumir que existía una conexión entre el hecho de que su padre no hubiese regresado y la visita del policía. Quizá solo se había producido un robo en el vecindario y el agente se había pasado a preguntar si alguien había visto u oído algo fuera de lo común. En ese caso querría también hablar con Raymond, claro está. Tal vez lo interrogara acerca de sus movimientos y, dado que carecía de coartada —no había abandonado su dormitorio en toda la tarde—, él mismo pasara a ser sospechoso.

Hasta ese momento, Raymond había tenido un día normal y corriente. En torno a las ocho en punto de la mañana había desayunado un té y un poco de pan con mantequilla en la encimera de la cocina. Podía notar en la espalda el calor de los fogones. La casa era fría en invierno —su padre no era partidario de la calefacción—, pero en la cocina siempre hacía un calor sofocante. Madame Thérèse le estaba preparando a su madre la bandeja del desayuno con su habitual cara de mártir. Su padre ya se había marchado.

Raymond pasó, como de costumbre, a recoger a Yvette, que vivía en Rue des Trois Rois. Luego se encontraron con Stéphane en la esquina de Avenue de Bâle con Avenue Général de Gaulle. Mientras caminaban juntos al colegio, Stéphane habló con entusiasmo de un libro que estaba leyendo, pero Raymond no le prestó demasiada atención. La jornada no había tenido nada de particular. Madmoiselle Delarue, la profesora de francés, se ausentó, como sucedía a menudo, y la sustituyó el director, que se limitó a poner una tarea a la clase y luego abandonó el aula. Raymond se pasó la hora observando por la ventana a una pareja de estiradas palomas torcaces que se paseaban ufanas por el patio. A la hora del almuerzo comió una porción de pastel de cebolla con ensalada de patata en la cantina. A última hora no tuvo clase, así que regresó andando solo a casa. Se preparó una tetera, se la llevó a su dormitorio y escuchó unos discos. Su padre cenaba fuera los martes, de modo que siempre era un alivio no tener que cumplir con la última comida del día en su presencia. Esas noches, su madre se mostraba de mejor humor, y hasta parecía que sus mejillas adquirían un leve rubor. Se interesaba por la jornada de Raymond y él la divertía con anécdotas sobre incidentes triviales acaecidos en el colegio, que aderezaba en ocasiones con imitaciones de profesores o compañeros. Cuando remedaba a alguno de sus maestros con particular crueldad, ella le reprendía, aunque con tan poca pasión que resultaba obvio que, en realidad, no lo desaprobaba. Hasta madame Thérèse presentaba un aire menos sombrío en su atareado ir y venir y, de tanto en tanto, si había algún asunto doméstico que discutir, se sentaba con ellos a la mesa para el postre. Un día que el padre de Raymond regresó de improviso, el ama de llaves había brincado de su silla, como si se hubiera sentado sobre una chincheta, y se había puesto a trasegar con los platos en el aparador. Al entrar, maître Barthelme no dio muestras de haberse percatado de aquella violación del protocolo, pero a Raymond le hizo gracia observar que Thérèse estaba colorada como una colegiala.

Transcurrieron cinco minutos antes de que Raymond oyera abrirse la puerta del dormitorio de su madre. Escuchó atento los pasos del policía mientras se aproximaban a las escaleras y las pasaban de largo. Raymond se apartó de la puerta. Recogió el libro del suelo y se tiró en la cama. Esto parecería raro, no obstante, con la silla de respaldo recto plantada aún allí en medio, como colocada adrede para un interrogatorio. Sin embargo, no había tiempo para reordenar el escenario y Raymond no deseaba que el policía le oyera corretear de un lado para otro como si estuviera escondiendo pruebas. Sonó un golpe en la puerta. Raymond no sabía qué hacer. ¿Sonaría grosero preguntar «¿Quién es?»? Eso daría a entender que el permiso de entrada a su habitación estaba en cierta forma supeditado a la identidad de la persona que llamaba. En cualquier caso, no sería una pregunta sincera, puesto que él sabía ya quién aguardaba en el pasillo. No era un dilema al que Raymond hubiese tenido que hacer frente hasta ahora. Su madre nunca entraba en su dormitorio, y Thérèse aprovechaba mientras él estaba en el colegio. Su padre se negaba a llamar a la puerta, una costumbre que sacaba de quicio a Raymond, ya que nunca podía relajarse del todo en sus propios dominios; estaba sujeto a que le pasaran revista en cualquier momento. Ni siquiera acababa de entender del todo el objeto de las visitas de su padre. Las conversaciones que mantenían eran breves y tensas, y le costaba no llegar a la conclusión de que el único propósito de aquellas incursiones paternas era tenerlo vigilado, recordarle que aún no era lo bastante mayor para disfrutar de cierto grado de intimidad.

Al final Raymond se levantó de la cama, libro en mano, y abrió él la puerta. El hombre del pasillo no tenía pinta de policía. Era de mediana estatura, con el pelo canoso muy rapado, casi al estilo militar. Tenía un rostro agradable, con unos ojos de mirada levemente inquisitiva y pobladas cejas negras. Vestía un traje marrón oscuro, de un tejido que emitía un brillo discreto. Llevaba aflojado el nudo de la corbata y desabrochado el botón superior de la camisa. Carecía de la presencia imponente que Raymond hubiese esperado de un detective.

—Buenas noches, Raymond —saludó—, soy Georges Gorski, de la policía de Saint-Louis.

No le enseñó su identificación. Raymond se preguntó si no debería haber fingido sorpresa, pero se le había pasado el momento. Así que solo asintió con la cabeza.

—¿Puedo pasar? —El policía levantó el mentón hacia el dormitorio.

Raymond se hizo a un lado para franquearle el paso. La habitación estaba casi a oscuras. El policía se adentró unos pasos. Contempló con desconcierto la silla plantada en medio de la estancia. Paseó la mirada por las paredes desnudas. Raymond se colocó de pie junto a la cama, sin saber qué hacer. Eran las 23:53.

Gorski giró la silla y la colocó de cara a Raymond, pero no se sentó, solo apoyó la mano derecha sobre el respaldo. Entonces, sin ningún miramiento, dijo:

—Tu padre ha muerto en un accidente de coche.

Raymond no supo qué decir. Lo primero que pensó fue: *¿Cómo debería reaccionar?* Clavó la mirada en el suelo para ganar tiempo. Luego se sentó en la cama. Eso estuvo bien. Era lo que hacía la gente en aquellas circunstancias: se sentaba, como si la impresión hubiese drenado toda la fuerza de sus piernas. Pero Raymond no estaba impresionado. Nada más oír timbre de la puerta había asumido que era eso lo que había sucedido. Por un instante dudó si no habría sido aquello una premonición, pero desechó la idea. Lo realmente notable no era que hubiese dado por hecho que su padre había muerto, sino que —sin saberlo— lo había deseado. Si algo había sentido al escuchar la noticia fue entusiasmo, una sensación de liberación. Levantó la vista para mirar al policía y averiguar si este le había leído el pensamiento. Pero Gorski lo miraba con desinterés.

—Tu madre ha creído que era mejor que te diera yo la noticia —dijo sin abandonar el tono oficial.

Raymond asintió con la cabeza despacio.

—Gracias.

Tenía la impresión de que debería decir algo más. ¿Por qué clase de persona le iba a tomar si no tenía nada que decir al enterarse de la muerte de su padre?

—¿Un accidente de coche? —preguntó.

—Sí, en la A35. La muerte ha sido instantánea.

Gorski se llevó entonces la mano derecha a la muñeca izquierda, y Raymond interpretó que le preocupaba la hora. El policía se volvió hacia la puerta.

—Quizá deberías ir a ver cómo está tu madre.

—Sí, claro, desde luego —respondió Raymond.

El policía hizo un gesto de asentimiento, a todas luces satisfecho de haber cumplido con su obligación.

—Si no tienes ninguna pregunta, eso es todo por hoy. Mañana a primera hora llevaremos a cabo la identificación formal. Tal vez quieras acompañar a tu madre.

Gorski salió. Raymond lo siguió hasta la puerta de su dormitorio y lo observó bajar las escaleras. Thérèse estaba en el rellano, en actitud indecisa, tapándose la boca con una mano.

Raymond reculó al interior de manera instintiva. Algo le decía que cuando abandonase su cuarto ya nada volvería a ser igual, que de una manera u otra se requeriría de él que asumiera la responsabilidad. Se miró en el espejo interior de la puerta del armario. No se vio distinto en absoluto. Se apartó el pelo de la frente con las puntas de los dedos. Adoptó una expresión solemne, hundiendo las cejas y tensando la boca. El resultado le pareció muy cómico y sofocó una carcajada.

Entró en la alcoba de su madre sin llamar y cerró la puerta tras de sí. Lucette estaba incorporada en la cama. No tenía aspecto de haber estado llorando. Habría resultado raro quedarse de pie o sentarse en el diván, que de todos modos estaba cubierto de ropa interior desperdigada, así que se sentó en el borde de la cama. Lucette extendió una mano y Raymond la tomó entre las suyas. Mantuvo los ojos clavados en la pared detrás de ella. Su madre llevaba el camisón suelto y la curva de sus pechos era claramente visible. Se preguntó si habría recibido al policía igual de desvestida.

—¿Estás bien? —preguntó.

Ella sonrió con desmayo. Se ciñó el camisón con la mano que le quedaba libre.

—No termino de creerlo.

—Yo tampoco —dijo él.

Raymond no esperaba encontrarse a su madre llorando como una histérica. Nunca le había parecido que sus padres se profesaran demasiado afecto. De un tiempo a esta parte, en concreto desde que pasaba más tiempo en casa de sus amigos, se había dado cuenta de que la tensa formalidad que caracterizaba la relación de sus padres no era lo normal. Los padres de Yvette se reían y bromeaban juntos. Al llegar a casa, monsieur Arnaud besaba a su esposa en la boca y ella arqueaba su cuerpo hacia él de una manera que hacía pensar que le tenía cierto cariño. En las ocasiones en que invitaban a Raymond a quedarse a cenar, reinaba en torno a la mesa un aire cordial. Los distintos miembros de la familia —Yvette tenía dos hermanos pequeños— conversaban entre ellos como si de verdad les interesara conocer los detalles de la vida de los demás. Raymond sentía mucho afecto por su madre, pero el ambiente en el hogar de los Barthelme lo marcaba su padre. El único tema de conversación que maître Barthelme sacaba a colación mientras estaban sentados a la mesa eran los gastos domésticos. Cuando Thérèse aparecía con los platos, él la interrogaba sobre el importe de este producto o aquel y le preguntaba si había comparado precios en otras tiendas últimamente. «Ahorrar no te debe avergonzar» era su máxima preferida, y madame Thérèse la aplicaba de manera incondicional.

Que su padre era la causa del aire glacial que se respiraba en casa lo confirmaba el ambiente mucho más animado que gobernaba la cena cuando él no estaba. A pesar de esto, Raymond y su madre tendían a contenerse cada vez que compartían un momento de distendido esparcimiento, casi como si sus actos fueran a ser denunciados a las autoridades. A Raymond le hubiese gustado saber si su madre sentía, en ese momento —al igual que él— un cierto alivio; una sensación semejante a la que experimentaba él el último día de colegio antes de las vacaciones de verano, o cuando llegaba la primavera y por fin podía uno salir de casa sin abrigo.

Raymond se guardó para sí estos pensamientos, y dijo:

—El policía ha dicho que había que identificar el cadáver.

Era raro escucharse a sí mismo refiriéndose a su padre como «el cadáver».

—Sí —respondió su madre—. Mandarán un coche mañana a primera hora.

Era un alivio concentrarse en aquellos asuntos más prácticos. Raymond le preguntó si quería que la acompañase. Ella le apretó la mano y contestó que eso la ayudaría mucho. Se miraron el uno al otro durante un instante y, a continuación, como no había nada más que decir, Raymond se levantó y salió de la habitación.

3

En los primeros días posteriores a la partida de su mujer, Gorski había aprovechado la situación para empezar a afeitarse en el baño del dormitorio. Fue un acto de rebeldía en toda regla. Por lo general, estas eran unas abluciones que llevaba a cabo en el minúsculo aseo de la planta baja, adonde había sido desterrado apenas un mes después de casarse y de mudarse con su mujer a la casa de Rue de Village-Neuf. Se ve que tardaba demasiado y, además, dejaba siempre un cerco de pelillos en el lavabo, de modo que el baño principal se convirtió en el sanctasanctórum de Céline. Tanto era así que, incluso ahora que ella no estaba, Gorski no pudo evitar la sensación de estar invadiendo su territorio, así que al final volvió a utilizar el aseo de abajo. Luego, pasada cosa de una semana y como para poner a prueba los límites de su libertad, decidió que no se afeitaría más. Céline se había marchado, al fin y al cabo, así que podía hacer lo que le viniera en gana. Esa misma mañana, mientras desayunaba un café, se fumó un cigarrillo en la cocina. Ahora bien, no fue capaz de dejar la colilla en el cenicero. Porque ¿y si Céline escogía precisamente ese día para regresar a casa? El resto de la jornada, Gorski no pudo sacarse de la cabeza el hecho de que iba sin afeitar, si bien su aspecto descuidado tampoco suscitó ningún comentario en la comisaría. Por la tarde acudió al domicilio de una anciana viuda que vivía en Rue Saint-Jean y que decía que le habían robado unas herramientas del jardín. Al abrir la puerta, la mujer lo había escudriñado con desconfianza, mientras el perrillo faldero que llevaba pegado a los pies le ladraba sin parar. Gorski se pasó una mano por su áspera barbilla. Se sintió desaliñado y poco profesional. Al final resultó que las herramientas estaban en la caseta del jardín.

—Ay, sí —había dicho la mujer—, ahora me acuerdo de que las dejé aquí.

Pero no se disculpó por haberle hecho perder el tiempo.

En la mañana de después del accidente, Gorski se aseó, preparó café y se sentó a la mesa de la cocina. No se fumó un cigarrillo. Sin Céline y Clémence revoloteando por allí, todo se le hacía raro. Antes se las habría visto y deseado para ofrecer una descripción detallada del mobiliario y demás cachivaches de la estancia en la que se encontraba. El parloteo y el ir y venir de su mujer y su hija, que acababa de cumplir diecisiete años, habrían copado toda su atención. Pero ahora no había nada que lo distrajera de contemplar los armarios, los azulejos y la encimera. Se había imaginado que lo llamaban para investigar la desaparición de su propia mujer. Y pensó que le habría abochornado tener que interrogar a un marido en semejantes circunstancias.

¿Dejó una nota?

—Sí.

¿Y qué decía?

—Que se marchaba, nada más.

En aras de la rigurosidad, se vería entonces en la obligación de pedir que le enseñara la nota. Y visto que no era posible —Gorski la había tirado a la basura—, no le quedaría más remedio que seguir haciendo preguntas.

¿Cuándo la vio por última vez?

Habría sido aquella misma mañana, claro está, pero Gorski no se acordaría de ningún detalle en concreto. El día había sido como cualquier otro. Sus actos, los de Céline y los suyos propios, una réplica de los ejecutados un millar de mañanas anteriores. Ella no había dejado ver sus intenciones, desde luego, y si lo había hecho, Gorski no se enteró.

¿Y tiene usted alguna idea de adónde puede haberse marchado?

—Digo yo que a casa de sus padres.

¿Ha probado a llamarla allí?

En este punto acababa la escena. Desde que se fue, había transcurrido cerca de un mes y no se habían puesto en contacto. Gorski tendría que haberla llamado el primer día. Después, se le había pasado la oportunidad. Si la llamase ahora, la primera pregunta de Céline sería «¿Por qué no me has llamado?» y a partir de ese instante la conversación degeneraría en bronca rápidamente. De todos modos, Gorski no tenía preparada una razón a la que atribuir su silencio. O al menos no una que deseara manifestarle a Céline. La verdad es que, al leer su nota, había sentido poco más que un ligero alivio. Pero esa sensación había desaparecido en un par de días. Ahora ya había empezado a echarla de menos y se arrepentía de no haberse puesto en contacto. Nada le hubiese costado pasarse por su tienda, situada a escasa distancia andando de la comisaría, y si no lo había hecho era solo por cabezonería. Disfrutaba pensando en lo mal que debió de sentarle a Céline que él no la llamase aquella primera noche. Sin duda daba por descontado que él haría todo lo contrario. Seguro que creía que él la llamaría suplicando que regresara, prometiendo cambiar su manera de ser. Pero Gorski no quería cambiar su manera de ser. A decir verdad, no sabía qué había hecho mal. De modo que no la llamó. Y, claro, Céline no iba a ser quien diese su brazo a torcer. Gorski interpretaba su propio silencio como una pequeña victoria. Aunque se trataba de una victoria más bien pírrica. Ahora notaba mucho su ausencia. Solo había hecho falta que pasaran unos pocos días para que las peculiaridades que tanto le irritaban de su mujer —su quisquillosidad, su esnobismo, su obsesión por las apariencias— se transformaran en adorables idiosincrasias. Echaba en falta que a la hora del desayuno le dijeran que no podía ponerse tal o cual corbata con esta o aquella camisa, y mientras que en el pasado hubo ocasiones en que combinaba mal determinadas prendas a propósito solo para picarla, ahora ponía mucho cuidado en vestirse de una manera que, en su opinión, gozaría de la aprobación de ella.

Pero a quién más echaba de menos era a su hija. Los primeros días abrigó la esperanza de que llegaría a casa y se encontraría a Clémence sentada a la mesa de la cocina, mojando una galleta en esa infusión de poleo menta a la que tanto se había aficionado de un tiempo a esta parte. Pero ella no apareció, y si por algo había cogido la costumbre de pasar las tardes en Le Pot, era en parte para rehuir la decepción de volver del trabajo y encontrar la casa vacía.

Eran pasadas las diez cuando Gorski subió los peldaños de acceso al pequeño vestíbulo de la comisaría. El sargento de la recepción, Schmitt, ocupaba el mostrador con la misma postura de siempre, encorvado sobre un ejemplar de *L'Alsace* y exhibiendo su calvorota a todo el que entraba. Un cigarrillo se consumía en el cenicero que reposaba junto a su mano derecha. Hacía mucho que Gorski se había rendido y había dejado de exigirle que ofreciera un aspecto más profesional ante el público. Al oír la puerta, Schmitt levantó la vista del periódico y, al ver a Gorski, echó una miradita al reloj de pared que había encima de la hilera de sillas de plástico que conformaban la sala de espera de la comisaría. Torció el gesto en una mueca con la clara intención de dar a entender que algunos podían llegar a trabajar cuando les venía en gana. Gorski no hizo caso. Por lo general, ponía todo su empeño en estar sentado a su escritorio a las ocho en punto. No tenía obligación de entrar a la comisaría a una hora concreta, ni menos aún de justificarse, pero le gustaba dar ejemplo en lo que atañía a la puntualidad. Por otra parte, tampoco quería que sus subordinados pensaran que se creía mejor que ellos. Lo que opinase de él un vago redomado como Schmitt no debería molestarle, pero le molestaba. ¿Por qué se sentía, incluso a estas alturas, como un colegial tardón? ¿Por qué tenía que reprimir la urgencia imperiosa de ofrecerle a Schmitt una explicación de su tardanza? En su día, Ribéry llegaba a la comisaría a la hora que le apetecía, tan pancho y a menudo apestando a vino. A él nadie lo miró nunca de mala manera, ni siquiera cuando les soltaba comentarios soeces a las funcionarias. Pero Gorski no era Ribéry. Por algún motivo, no encajaba. Cuando intentaba participar en las conversaciones de sus compañeros, sus contribuciones siempre eran recibidas con un silencio atronador.

Gorski dio los buenos días a unos cuantos agentes en la zona diáfana de detrás de la ventanilla de recepción. Todos le devolvieron el saludo, pero ninguno le prestó especial atención. Revisó la correspondencia que encontró sobre el escritorio de su despacho. Era todo puro teatro. Tenía que estar en Mulhouse a las once en punto para la identificación del cuerpo de Bertrand Barthelme. Gorski se sirvió un café de la máquina del pasillo y regresó a su Peugeot. Al subir, se lo derramó entero en la pernera del pantalón. Por suerte había escogido un traje oscuro para la ocasión. Nada le habría impedido acercarse a recoger a madame Barthelme y a su hijo en persona para acercarlos a Mulhouse, que estaba veinte kilómetros al norte. Salvo que no le parecía de recibo que el jefe de policía hiciera de chófer. Es más, el trayecto habría transcurrido en un incómodo silencio, por no decir que, una vez hubieran visto el cuerpo, habría tenido que llevar a la traumatizada viuda de vuelta a casa. Gorski no llevaba bien el luto. Las condolencias, por sentidas que fueran, siempre sonaban huecas. Después del funeral de su padre, él y su madre habían regresado al apartamento de Rue des Trois Rois. Ella se dispuso a preparar un almuerzo ligero como si nada. Cuando Gorski se asomó a la estrecha cocina, no obstante, se la encontró llorando sobre la tabla de cortar. Gorski reculó y se alejó de la puerta, y para cuando el almuerzo estuvo servido, madame Gorski ya se había enjugado las lágrimas. Desde entonces no habían cruzado una sola palabra sobre el funeral ni sobre la muerte de su padre.

De modo que Gorski le había ordenado a un joven gendarme llamado Roland que pasara a recoger a madame Barthelme.

Roland estaba aún en periodo de prueba y, al parecer, no había reparado en la fría relación entre Gorski y el resto de sus colegas. Era uno de esos tipos que buscan a toda costa complacer a los demás y aceptó aquella tarea tan rutinaria con el entusiasmo propio de quien cree que le han confiado una misión de extrema importancia.

La llovizna no había escampado durante la noche y el firme se mostraba traicionero bajo los neumáticos del desgarbado 504 de Gorski. Cuando pasó por el lugar del accidente, el carril derecho de la autovía seguía cortado. Había una grúa aparcada en el arcén, y dos hombres estaban enganchando un cable hidráulico a los bajos del abollado Mercedes. Gorski se felicitó por haber decidido no recoger a madame Barthelme. Llegó a la morgue de Mulhouse escasos minutos pasadas las once. La viuda y su hijo ya aguardaban en la sala de espera. Roland deambulaba junto a su coche sin saber qué hacer. Cuando apareció Gorski, se puso firme de una manera bastante cómica.

El mobiliario y la decoración del vestíbulo no se diferenciaban demasiado de los de la comisaría de policía. Se distinguía, eso sí, por el penetrante olor a formaldehído o a algún otro producto químico, y por unos pósteres ajados en los que se recordaba al personal la importancia de mantener una buena higiene. Madame Barthelme lucía un vestido veraniego de color celeste y una gabardina beis atada a la cintura. Su atuendo se antojaba tan inapropiado para la estación del año como para las circunstancias. Se la veía menos pálida que la noche anterior, y Gorski sospechó que se había aplicado un poco de colorete en las mejillas. El vestido le caía hasta justo debajo de la rodilla, y Gorski se fijó un instante en sus torneadas pantorrillas, desprovistas de medias. El hijo estaba de pie junto a su madre. Llevaba camisa de franela, pantalones de pana marrón y chaqueta de ante. A Gorski el muchacho le había desagradado desde el principio. Era frecuente que la gente actuase de manera desconcertante cuando le comunicaban la muerte de un pariente, pero en aquel joven la reacción había tenido algo de falso. Y ahora estaba mirando a Gorski con un aire rayano en el desprecio, como si fuera el culpable de que se encontraran allí reunidos.

Gorski los saludó a ambos con sendos apretones de manos y se disculpó por llegar tarde. Les pidió que aguardaran aún unos momentos y pasó al interior del depósito. Un auxiliar cuyo nombre Gorski no consiguió recordar estaba ajustando la sábana azul de plástico que cubría el cuerpo sobre la camilla. Levantó la vista cuando Gorski entró en la sala, y los dos hombres se estrecharon la mano. El olor a productos químicos era más intenso allí dentro.

—Debido al traumatismo en el lado izquierdo del cráneo, he dispuesto el cadáver de forma que solo haya que exhibir la sección intacta de la cara —dijo.

A continuación hizo una demostración de cómo pensaba retirar la sábana, y Gorski dio su aprobación con un gesto de asentimiento. Regresó al vestíbulo y le explicó a madame Barthelme el procedimiento. Añadió que no hacía falta que ambos vieran el cuerpo, pero el hijo no se mostró reacio a acompañar a su madre. A esa edad, los chicos eran morbosos. Sin duda pensaba que aquel era un material excelente con el que impresionar a sus compañeros de clase.

Se situaron solemnemente en torno a la camilla; Gorski en la cabecera, la viuda y su hijo a un costado del cuerpo. Gorski hizo una señal con la cabeza al auxiliar, que procedió a apartar con discreción la sábana. Gorski hizo su pregunta a madame Barthelme. Ella afirmó que sin duda se trataba de su marido. Y eso fue todo. Gorski los guio hacia la puerta. La pantomima apenas había durado treinta segundos de principio a fin. Quizá más de uno habría cuestionado la necesidad del numerito. La probabilidad de que el cuerpo que yacía sobre la camilla no fuera Bertrand Barthelme era tan lejana como para descartarla de plano. De lo contrario, habría que dar por supuesto que un desconocido le había robado la ropa, la cartera y el coche y se había estrellado durante la huida. O eso o que el propio Barthelme había escenificado el accidente de algún modo para fingir su muerte. Estas dos teorías eran lo bastante disparatadas como para no someterlas a consideración, y en tales circunstancias podría parecer un acto inútil, e incluso cruel, obligar a una viuda a identificar los restos de su marido. Pero Gorski no pensaba lo mismo. El procedimiento a seguir en caso de muerte, ya fuera por accidente o por cualquier otra causa, no era arbitrario. Debía seguirse sin prejuicios fueran cuales fueran las circunstancias. En un protocolo de esa naturaleza no cabía la injerencia de opiniones personales, ni siquiera del sentido común. El Estado requería que la causa de la muerte de cada uno de sus ciudadanos se registrara debidamente, y la única manera de determinarla con exactitud pasaba por establecer una base perfectamente fundamentada. De todos modos, y que Gorski supiera, nadie se había negado nunca a participar en una identificación formal. En situaciones como aquella, las personas aceptaban la necesidad de cumplir con ciertas obligaciones —tal vez hasta les tranquilizaba— y Gorski nunca se sentía culpable por tener que someter a la gente a aquella experiencia. Él solo seguía el procedimiento.

Gorski condujo a madame Barthelme de vuelta al vestíbulo y se ofreció a llevarle un vaso de agua. Ella esbozó una débil sonrisa y negó con la cabeza, pero las manos le temblaban un poco. El chico miraba a su alrededor como si estuviera en una excursión escolar. Gorski salió del edificio. El coche de Roland se había esfumado, y Gorski se dio cuenta de que no le había dado instrucciones para que esperase.

—Quería preguntarle una cosa, inspector —dijo madame Barthelme cuando él volvió a entrar.

Dando por hecho que lo que deseaba saber era cuándo podrían disponer del cuerpo, Gorski le explicó que antes habría que realizar la autopsia y cerrar la investigación del accidente.

Madame Barthelme negó con la cabeza.

—No es eso —dijo.

El olor a productos químicos empezaba ya a darle nauseas a Gorski. Sugirió continuar con la conversación en el trayecto de vuelta a Saint-Louis. Madame Barthelme esperó a que Gorski hubiese sacado el coche del aparcamiento para hablar, y antes de empezar miró de reojo a su hijo.

—Hay una cosa que no acabo de entender —empezó—. Anoche mi marido cenó en el pueblo.

Gorski la miró a través del espejo retrovisor. Estaba echada un poco hacia adelante, con actitud expectante.

—¿Ah, sí? —contestó él.

—Cenaba con unos colegas de trabajo, su club, lo llamaba él, todos los martes. De modo que, como entenderá, no había ningún motivo para que se encontrara en la A35.

—¿Dónde solían cenar?

—Siempre iban al Auberge du Rhin.

Aquel restaurante estaba situado en Avenue de Bâle, y era el establecimiento menos cutre que Saint-Louis podía ofrecer.

—A lo mejor cenaron en otro sitio. ¿En Mulhouse, quizá? —aventuró Gorski. Esta era una posibilidad que explicaría por qué Barthelme circulaba en dirección sur en el momento del accidente.

—¿Y por qué iban a cambiar de restaurante? —respondió ella.

Gorski guardó silencio. ¿Cómo lo iba a saber? En cualquier caso, se trataba de un detalle sin importancia.

—Supongo que comprenderá mi desconcierto —insistió madame Barthelme—. Anoche no pegué ojo de tanto darle vueltas a este asunto.

—Créame que la entiendo —dijo Gorski—, pero dudo que yo pueda hacer algo al respecto. Si no hay delito, la investigación se circunscribirá a determinar la causa del accidente. Es competencia del juez de instrucción más que de la policía.

Madame Barthelme se dejó caer contra el respaldo del asiento y bajó la mirada. Gorski se preguntó si sería consciente de que la observaba por el espejo retrovisor. La había decepcionado. Su hijo miraba fijamente por la ventanilla, como si no hubiese escuchado la conversación, o al menos como si no le interesase. Llegaron al

lugar del accidente. Estaban cargando el Mercedes en la platafor-
ma de la grúa. Gorski pisó un poco más a fondo el acelerador.
Madame Barthelme apartó la vista, luego se dio unos ligeros to-
ques en los ojos con un pequeño pañuelo. Tenía unos rasgos muy
delicados. Gorski sintió que debía decir algo.

—Claro que tampoco supondría una extralimitación indagar
con discreción en los movimientos de su marido mientras se esta-
blece la causa del accidente —dijo.

La expresión de madame Barthelme se animó de manera ostensible. Se echó hacia adelante y tocó la hombrera de la gabardina
de Gorski.

—Se lo agradecería mucho —dijo.

Él forzó una sonrisa. Era muy guapa, y de todos modos tampoco es que él tuviera ningún asunto urgente del que ocuparse en
ese momento.

4

Yvette y Stéphane estaban en el reservado situado al fondo del local del Café des Vosges. Raymond sabía que los encontraría allí. Los tres iban al café después de clase casi a diario. Se trataba de un establecimiento insulso, con mesas y sillas metálicas que chirriaban contra el suelo cada vez que alguien se levantaba. Las vistas a la nada sugerente Avenue Général de Gaulle se hallaban veladas por unas cortinas de gasa. En el ventanal, un descascarillado rótulo dorado identificaba al establecimiento como *Salon de thé*. Unas sosas acuarelas que adornaban las paredes le procuraban cierto aire distinguido al local. Una enorme vitrina acristalada exhibía una selección de pasteles y tartas junto al mostrador. Estaba regentado sobre todo por ancianas. Si los tres amigos frecuentaban el lugar era solo porque se encontraba en el trayecto del instituto a casa, y puede que también debido a que la simpleza del entorno los hacía sentirse más extravagantes de lo que eran en realidad.

Stéphane interrumpió la conversación con Yvette cuando vio que Raymond se acercaba a la mesa.

—Bueno, amigos, ¿qué os contáis? —dijo Raymond, deslizándose en el asiento junto a Yvette—. ¿Qué tal en clase? ¿Me he perdido algo?

Yvette y Stéphane intercambiaron una mirada, y Raymond experimentó cierta satisfacción al comprobar el efecto que les había causado su llegada. Ninguno de los dos sabía qué decirle. La camarera del labio leporino acudió a la mesa y apuntó su pedido.

—Siento mucho lo de tu viejo —dijo Stéphane cuando la camarera se hubo retirado a la barra. Nunca se había referido a maître Barthelme en aquellos términos. La forzada jovialidad de la frase sonó artificiosa en los oídos de Raymond.

—¿Así que ya os habéis enterado? —preguntó.

Yvette lo miraba con inquietud.

—Ha salido en el periódico —dijo Stéphane—. Lo sabe todo el mundo.

Raymond enarcó las cejas. A su padre no le hubiese gustado en absoluto. Detestaba llamar la atención. Siempre se negaba a asistir a bodas o fiestas, y al hogar de los Barthelme jamás se invitaba a nadie.

—Qué le vamos a hacer —dijo encogiéndose de hombros.

Yvette se inclinó hacia él. Raymond pensó que iba a reconfortarle posando una mano en su brazo, pero no lo hizo. Apareció la camarera con el té de Raymond. Los tres guardaron un silencio incómodo mientras ella depositaba sobre la mesa la taza y el platillo de cristal ahumado y la tetera de acero inoxidable.

—¿Podría traerme también un poco de agua? —dijo Raymond, sin otra finalidad que seguir fingiendo que no había ocurrido nada fuera de común. Vertió agua caliente sobre la bolsita de té y se quedó mirando cómo el líquido adquiría color en la taza de cristal. Ninguno habló hasta que la camarera regresó con el agua que había pedido.

—¿Cómo se ha dado con el viejo Peletière esta mañana? —comentó—. ¿Tan casposo y sudado como siempre?

Peletière era el profesor de Historia.

—¡Raymond! —exclamó Yvette—. ¿Por qué te comportas así?

Eran las primeras palabras que pronunciaba desde la llegada de Raymond.

Él la miró y abrió las manos con gesto inocente.

—Ya sabes que no soportaba al viejo cabrón —dijo—. Sería un poco cínico interpretar el papel de hijo afligido, ¿no te parece?

Yvette apartó la vista. A Raymond le dio la impresión de que tenía lágrimas en los ojos, como si fuera *ella* a quien él había dicho no soportar. Se sintió fatal.

Raymond e Yvette se conocían desde los once años. La familia de ella se había mudado a Saint-Louis desde un pueblecito del Bajo Rin cuando su padre consiguió empleo de capataz en una cementera de las afueras del pueblo. Desde el primer momento su relación había sido como la de un matrimonio de ancianos: se contentaban con pasar horas y horas sentados observando picotear a las palomas en la tierra del parquecito junto al templo protestante. Al salir de clase, él la acompañaba hasta el final de la calle donde estaba su casa y luego desandaba el camino con parsimonia hacia Rue des Bois. Llegada la adolescencia, no obstante, aprovechando que los sábados las clases acababan a mediodía, tomaban la ruta más larga, por el canal, y se sentaban junto a la orilla, en silencio, contemplando las remansadas aguas verdes sin mediar palabra. A veces se besaban, o más bien juntaban fuerte sus labios. Al principio era algo que hacían de manera tentativa, como si jugaran a papás y mamás, pero al cabo de un tiempo Raymond descubrió que le excitaba. Por entonces, jamás se le ocurrió pensar que aquello quizá pudiera surtir un efecto parecido en Yvette, y mantenía la mano colocada estratégicamente para ocultar su erección.

Una vez, en una calurosa tarde durante las vacaciones estivales, cuanto tenían catorce o quince años, Yvette apoyó la mano sobre la entrepierna de los pantalones cortos de lona de Raymond. Agarró su pene con suavidad a través del grueso tejido, y él eyaculó al instante ahogando un jadeo. Yvette lo miró con expresión maliciosa y soltó una risita, pero Raymond sintió un bochorno espantoso, como si lo hubiesen sorprendido cometiendo alguna indecencia. A su pesar, no logró articular palabra. Yvette no reparó —o fingió no reparar— en la mancha oscura que se había formado en sus pantalones. Para disimularla, Raymond se quitó la camisa de repente y se zambulló en el canal. Se sumergió en las opacas aguas y luego emergió, con el pelo aplastado contra la frente. El efecto paralizante del agua helada en su cuerpo disipó su sofoco.

—¿Por qué no te metes para refrescarte? —la llamó.

De pronto anhelaba ver a Yvette sacarse el vestido por encima de la cabeza y lanzarse al canal. Ella solo sonrió con indulgencia, igual que lo haría una madre mientras observa a su hijo corretear por un parque de columpios. Raymond nadó hasta la orilla opuesta en un abrir y cerrar de ojos, volvió a sumergirse y resurgió entre los juncos, a los pies de Yvette. La cogió de los tobillos e intentó tirar de ella jugando, pero Yvette recogió las piernas y siguió sentada abrazándoselas con firmeza. Raymond se quedó un rato flotando sobre la espalda, sintiendo cómo el sol le secaba el pecho, y luego salió a gatas del canal.

Después de aquello sus actividades amorosas cesaron durante un tiempo. En las ocasiones en las que sí llegaban a besarse, era Raymond quien se apartaba. No quería que Yvette creyese que confiaba en que ella repitiera el avance de la otra vez. Es más, le preocupaba que quizá ella esperase de él alguna clase de acto recíproco. No es que no tuviera curiosidad por lo que yacía entre las piernas de Yvette, pero se le habría antojado indecente tocarla allí. En los últimos tiempos, no obstante, la cosa había progresado. El cuerpo de Yvette había madurado, y una tarde en su dormitorio, mientras se besaban, ella se apartó y, sin mediar palabra, se desabrochó el segundo y el tercer botón de la blusa. Tampoco es que fuera un gesto desvergonzado, pero Raymond no supo interpretarlo de otra manera que como una invitación a deslizar su mano por la abertura. Cosa que hizo en el acto. Ella no lo rechazó, pero tampoco se atrevió él a ir más lejos y apartar el tejido del sujetador. Aun así, la presencia de su mano hizo que de Yvette brotara un gemido de placer. El sonido bastó para que Raymond eyaculase. Él dijo, entonces, con un tono infantil: «Me parece que he tenido un accidente», e Yvette le respondió con voz maternal que era un niño muy malo. Se volvió una práctica habitual que Raymond acariciara los pechos de Yvette mientras ella le presionaba la entrepierna con la base de la mano. Empezó a sentirse culpable porque al hacer el amor —para él aquello lo era— no existía una reciprocidad, pero él solo tenía una vaguísima idea de cómo satisfacer a una mujer. Yvette, por su parte, no se mostraba insatisfecha con aquella rutina, y sin decir nada siempre le tendía un pañuelo al final para que se limpiase la polución.

Raymond había pensado en pedirle consejo a Stéphane. Su amigo era nueve meses mayor que él y había vivido fuera del pueblo, así que imaginaba que tendría mucha más experiencia. No obstante, jamás se hacía alusión a lo que Yvette y él se traían entre manos. En su presencia, guardaban las distancias. Y lo mismo en el instituto, donde se comportaban como meros amigos. A veces a Raymond le daba por preguntarse si no compartiría Yvette el mismo género de intimidades con Stéphane. Hasta le resultaba excitante imaginárselos juntos, pero estaba convencido de que nunca había sucedido entre ellos nada por el estilo. En cualquier caso, ellos dos nunca pasaban tiempo a solas. Y lo cierto era que la naturaleza clandestina de las actividades de Raymond con Yvette no hacía sino aumentar su frenesí.

Una tarde, hacia el final de verano, los tres fueron de picnic en bicicleta a la Petite Camargue. Tendieron una manta a orillas del lago y se sentaron a comer el paté y el queso que habían llevado para la ocasión. Stéphane estaba soltando una prolija disertación sobre lo absurdo que le parecía optar por seguir existiendo en un universo sin Dios, pero Raymond no le estaba escuchando. No podía imaginarse a nadie menos propenso al suicidio que Stéphane. Los árboles que bordeaban el agua ya empezaban a cambiar de tonalidad, y lo embargó la melancólica sensación de que algo llegaba a su fin. Pronto acometerían su último año de instituto y después el trío se separaría. Yvette y Stéphane habían convertido en su tema predilecto de conversación las virtudes relativas de las universidades en las que contemplaban estudiar. Yvette apostaba por Estrasburgo, mientras que Stéphane había puesto las miras en París. «¿Por qué iba uno a escoger otro lugar?», manifestaba con frecuencia. Era una conversación en la que Raymond se veía incapaz de participar, y se dedicaba a boicotear continuamente el debate de sus amigos con comentarios que no venían a cuento. Él era un estudiante mediocre. En los boletines de calificaciones del colegio se le describía de manera recurrente como un alumno inteligente que se negaba a esforzarse. Una vez al año, el padre de Raymond lo invitaba a su despacho para departir sobre su progreso en los estudios.

—Estas notas me tienen perplejo —le declaró a su hijo cuando este tenía once o doce años—. No veo evidencia alguna de esa supuesta inteligencia tuya de la que hablan tus profesores. Desde luego que las calificaciones no apoyan esa afirmación. ¿Me lo puedes explicar tú?

Cuando Raymond no supo qué contestar, maître Barthelme meneó la cabeza y añadió:

—Supongo que tiene menos delito ser tonto que ser incapaz de sacar provecho del propio talento.

Era verdad que Raymond se había esforzado muy poco en los estudios. Venía a ser una especie de apática insumisión hacia su padre. A medida que fue transcurriendo su adolescencia, la idea de que un día el bufete Barthelme & Corbeil llegaría convertirse en Barthelme, Corbeil & Hijos se fue desvaneciendo. Si Raymond hincaba los codos para mejorar sus calificaciones, su padre insistiría en que estudiase Derecho. Aun así, al empecinarse en aquella actitud de autosabotaje, Raymond estaba dando al traste con sus aspiraciones a huir de Saint-Louis algún día. No tenía ningunas ganas de acabar trabajando en un banco en Rue de Mulhouse y tirándose a las vías del tren antes de cumplir los cuarenta. Así que decidió mejorar sus notas. El proceso, sin embargo, no resultó tan sencillo como había imaginado. Hacía tiempo que había aceptado la cómoda etiqueta de genio rebelde. Pero ¿y si al final resultaba que no era tan inteligente como sus profesores —y él mismo— creían? ¿Y si sus calificaciones eran un reflejo preciso de su capacidad? El fracaso era más humillante si uno se había esforzado. Si no levantabas un dedo, todavía era posible conservar la ilusión de que eras un vago en lugar de un zopenco. A pesar de esto, la perspectiva de verse atrapado para siempre en aquel pueblo de mala muerte lo animó a seguir intentándolo. Al principio le costó, y mucho. No había adquirido los hábitos de concentración y autodisciplina que se le presuponían a un estudiante de su edad. Pero sus resultados empezaron a mejorar poco a poco. Aunque mantuvo cuidadosamente su acostumbrada apatía de cara al público, sus profesores percibieron el progreso y lo animaron a seguir así. No obstante, las probabilidades de que se sacara el bachillerato aún pendían de un hilo.

Cuando acabaron el picnic, Stéphane declaró que se marchaba a dar una vuelta por el lago. Rebosaba energía y era incapaz de quedarse quieto un momento. Raymond se quitó la camisa y se tumbó en la manta con las manos cruzadas debajo de la cabeza. Él se encontraba a gusto donde estaba. Yvette, como Raymond sabía de sobra que haría, dijo que también prefería quedarse. Intentó convencer a Stéphane de que no se fuera, aunque no puso demasiado empeño. Stéphane meneó la cabeza con un gesto que daba a entender que despreciaba la indolencia de sus amigos y se alejó entre los árboles con paso decidido.

Raymond sacó su ejemplar de *La Curée* de Zola, la novela que iban a estudiar en clase el siguiente trimestre. Se había propuesto adelantar la lectura, pero no conseguía pasar del primer capítulo. Se volvió hacia Yvette, que se había terminado el libro en pocos días, y se quejó de que la descripción inicial de la procesión de carruajes por el Bois de Boulogne era interminable.

—Son cinco páginas —repuso ella muy seria—. Lo hace para poner en contexto la historia.

—Es un plomazo —protestó Raymond.

Y empezó a leérsela en voz alta, con exagerada cadencia monótona:

—El lago, visto de frente, a la luz pálida que se arrastraba aún sobre el agua, se redondeaba, como una inmensa lámina de estaño; en las dos orillas, los bosques de árboles verdes, cuyos troncos delgados y rectos parecen salir del lienzo durmiente, adoptaban, a esa hora, una apariencia de columnatas violáceas...

Yvette se tendió a su lado y le posó una mano sobre el pecho. Luego rozó su oreja con sus labios. Raymond continuó leyendo:

—... dibujando con su arquitectura regular las estudiadas curvas de las riberas; detrás, al fondo, ascendían macizos, grandes follajes confusos, anchas manchas negras cerraban el horizonte.[1]

Yvette besó su cuello mientras dibujaba círculos sobre su pecho con los dedos. Raymond soltó el libro y se giró para besarla. Sus ritos habían adquirido una sobriedad desconocida. Raymond apostó la palma de la mano sobre el vientre desnudo de Yvette y la deslizó por debajo de la cinturilla de sus pantalones cortos. Yvette no solo no se resistió, sino que desabrochó el botón metálico para facilitar el avance. Las puntas de los dedos de Raymond alcanzaron el vello público, que él ni siquiera había visto hasta ese momento. Su dedo corazón se detuvo sobre una turgente protuberancia, muy suave y resbaladiza. Yvette aspiró con fuerza. Raymond no sabía qué tenía que hacer y se limitó a dejar la mano donde estaba. Yvette lo agarró de la muñeca y presionó la mano de él contra su sexo. Empezó a mover las caderas muy despacio. Su respiración se aceleró. Tenía la cara enterrada contra el cuello de Raymond. La luz del sol parpadeaba entre las hojas que amarilleaban en las ramas sobre sus cabezas. La muñeca de Raymond reposaba en un ángulo retorcido que comenzaba a resultar muy doloroso. Yvette la sujetó con más fuerza y la empujó más abajo entre sus piernas. Respiraba de una manera entrecortada que le recordó a Raymond a una locomotora de vapor ganando velocidad. Justo en ese instante, los distrajo una pareja desde la otra

---

1. *La Jauría.* Barcelona: Alba, 2022. Traducción de Esther Benítez. *(Todas las notas son de la traductora.)*

orilla del lago. No podían distinguir lo que decían, pero era obvio que estaban discutiendo. Raymond se incorporó apoyándose sobre un codo para contemplar la escena entre los árboles. La mujer abofeteó a su acompañante en la cara y se alejó rabiosa por el bosque. El hombre se quedó plantado donde estaba, manteniendo el tipo y mirando a su alrededor para comprobar si alguien había presenciado el incidente. Raymond sacó la mano del interior de los pantalones de Yvette y se masajeó la entumecida muñeca. Soltó un comentario jocoso acerca de qué tenía que haber dicho el hombre para merecerse semejante bofetada. Yvette se giró y le dio la espalda. Cuando Raymond le posó una mano sobre el hombro, ella la rechazó con un meneo. Él se llevó los dedos a la boca y probó el residuo salado que los impregnaba. Luego cogió el libro y fingió leer. No hablaron hasta que regresó Stéphane, que llegó entusiasmado con el rifirrafe de la pareja, al que había asistido desde muy cerca. Pero ni Raymond ni Yvette mostraron interés, y recogieron sus cosas en silencio antes de volver adonde habían dejado las bicicletas.

Raymond dio un sorbo a su té. La camarera de labio leporino lo observaba desde detrás de la barra. Quizá ella estuviera enterada también de lo del accidente y le intrigase su comportamiento. Tal vez hasta había aparecido publicada una fotografía de su padre en *L'Alsace*. Los artículos de ese género a menudo se remataban con una frase del tipo: «El difunto deja mujer y un hijo».

Yvette comenzó a guardar sus cosas en la cartera. Se levantó para marcharse.

—No entiendo por qué siempre tienes que actuar así —dijo.

Raymond adoptó una expresión de inocencia.

—¿Así cómo? —contestó él.

—Como si no te importase nada. Ni nadie. —Se colgó la cartera del hombro.

Si Stéphane no hubiera estado presente, Raymond podría haber dicho algo para reconciliarse con ella. Es más, de haber estado a solas con Yvette, ni siquiera se habría comportado de aquella manera. Aquella exhibición de displicencia la había desplegado por y para Stéphane. Pero ahora ya no podía dar marcha atrás, así que se encogió de hombros sin más.

—A lo mejor es que nada me importa.

Stéphane intercedió.

—Solo está disgustado.

A Raymond no le entusiasmaba que Stéphane lo defendiera, pero se arrepentía de su comportamiento. No quería que Yvette se marchara.

—Lo siento —susurró—. Mi madre y yo hemos tenido que identificar el cuerpo esta mañana.

—Oh —dijo ella. Se sentó y apoyó la cartera en el suelo.

—No suena divertido —dijo Stéphane.

Raymond les dijo que en la carretera de camino a Mulhouse habían pasado junto al coche de su padre. De la identificación en sí, tampoco es que hubiera mucho que comentar, la verdad. No les contó que, al entrar en la morgue, se le vino a la cabeza una imagen de *Frankenstein* y que por un momento pensó que el cuerpo que yacía debajo de la sábana iba a empezar a incorporarse muy despacio en la camilla.

—No ha durado mucho, apenas unos segundos. Aunque han intentado disimularlo, se notaba que estaba destrozado. Mi madre no se ha desmayado ni nada. Ha sido todo muy raro.

Yvette meneó la cabeza consternada.

—Qué horror.

Raymond se encogió de hombros, pero sin malicia. La miró esbozando una leve sonrisa. Se alegraba de que Stéphane estuviera allí. No tenía ganas de entrar en detalles, de explicar cómo, a pesar de todo, tuvo que ahogar un sollozo cuando retiraron la sábana para descubrir el rostro de su padre.

—Lo más gracioso ha sido el policía. Creo que ya le ha echado el ojo a mi madre. —Le dio unas palmaditas a Yvette en el brazo, imitando a Gorski—. Ya está, ya está, madame Barthelme. Siento mucho haberla hecho pasar este mal trago, madame Barthelme. —Entonces dibujó con las manos una obsequiosa floritura y lanzó un beso al aire con un sonoro chasquido de los labios.

Yvette y Stéphane rieron secamente, pero quedó claro que a ninguno de los dos les habían hecho gracia sus comentarios. Raymond reparó en la mirada que intercambiaron sus amigos. Se hizo el silencio en la mesa. Stéphane consultó su reloj y se excusó diciendo que debía recoger un libro en la biblioteca. Raymond creyó que Yvette se quedaría todavía un rato más, pero también ella tenía que marcharse. Calcularon la parte de la cuenta que debía pagar cada uno, como de costumbre, y depositaron las monedas en el platillo de peltre.

Se despidieron de Stéphane en la calle. Estaba claro que su excusa era una trola. Si de verdad hubiera tenido que pasar por la biblioteca, lo habría hecho antes de salir del colegio. A pesar de esto, a Raymond le alegró quedarse a solas con Yvette. Lamentaba haberse comportado de aquel modo. Así lo iba a expresar, pero algo lo retuvo. De pronto experimentó un sentimiento de animosidad hacia Stéphane, como si su amigo fuera el responsable de su manera de actuar.

Raymond e Yvette caminaron despacio por Rue de Mulhouse. Cuanto más perduraba, más intratable se volvía el silencio entre ellos. Una vez perdida la oportunidad de disculparse, a Raymond solo se le ocurrían frivolidades tontas que decir, y así solo exacerbaría la impresión de fría insensibilidad que había dado en el café. Sopesó preguntarle a Yvette en qué estaba pensando, pero a él siempre le molestaba cuando ella lo sometía a esa clase de interrogatorios, por lo general a la postre de alguna clase de intercambio sexual.

Un hombre gordo caminaba bamboleándose hacia ellos. Llevaba un sombrero tirolés con una pluma en la cinta. Tenía el rostro rubicundo, y tuvieron que hacerse a un lado para dejarlo pasar. En otras circunstancias, Raymond habría soltado algún comentario sobre su nariz rechoncha. Pero las cosas habían cambiado. No era apropiado burlarse de los viandantes, ya no. Raymond se preguntó cuánto tiempo tendría que pasar antes de que fuera de nuevo aceptable. O si acaso habían entrado en una nueva fase de sus vidas en la que tendrían que comportarse con la solemnidad de un adulto a todas horas.

Ah, sí —se imaginó Raymond que comentaría la gente sobre él—, *nunca sonríe. No ha vuelto a ser el mismo desde que falleció su padre.*

Miró a Yvette de reojo. Le gustaba su perfil. Tenía la nariz pequeña y largas pestañas. Su boca se arqueaba hacia abajo de manera natural, pero la expresión general de su rostro era de calma, no de tristeza, como si el mundo a su alrededor le resultara vagamente divertido. De pronto, experimentó una oleada de cariño hacia ella.

Alcanzaron la esquina con Rue des Tres Rois, donde acostumbraban a despedirse. Yvette le ofreció una sonrisa compasiva. Extendió la mano y le rozó la muñeca. Raymond aprovechó la ocasión que le ofreció el ademán de ella.

—Perdona por lo de antes —dijo—, me he portado como un imbécil.

Yvette se encogió de hombros con resignación. No esperaba mucho más.

5

El despacho de Barthelme & Corbeil no volvía a abrir hasta las dos en punto. Gorski decidió almorzar en el Restaurant de la Cloche. No tenía hambre, pero menos ganas tenía aún de pasar el ínterin en la comisaría. Allí nunca se sentía a gusto, ni siquiera en la soledad de su despacho. Podía acceder al edificio desde el aparcamiento de la parte de atrás, evitando así cualquier interacción con Schmitt o con quien fuera que estuviera de guardia en recepción, pero siempre que lo hacía tenía la impresión de estar entrando de manera furtiva. Es más, si usaba la puerta trasera, nadie se enteraba de que estaba en el despacho y, por tanto, no le pasaban las llamadas, si es que recibía alguna. Con el fin de evitar esto, a Gorski no le quedaba otro remedio que recorrer todo el pasillo y asomarse a la sala común. Por muy risueño que saludara a sus compañeros, siempre le daba la impresión de que estos creían que estaba tratando de escuchar lo que decían o que intentaba pillarlos vagueando. Entonces, para disipar ese recelo, se veía obligado a demorarse en el umbral y entablar una charla forzada e intrascendente, antes de anunciar: «Bueno, si alguien me necesita, estoy en el despacho».

De modo que, incluso cuando aparcaba detrás de la comisaría, entraba por la puerta principal; saludar a Schmitt con un breve gesto no era un precio tan alto y le evitaba esos otros trances. Una vez en el despacho dejaba la puerta entornada para que no pareciera que marcaba distancias con sus subalternos. Nada le habría gustado más que romper con esta rutina, que por otra parte agravaba la sensación de ridículo, pero si empezaba a cerrar la puerta después de tantos años, estaba convencido de que sus colegas comenzarían a rumiar acerca de qué género de actividades clandestinas habían propiciado aquella alteración en sus costumbres. Si estaba en su mano, Gorski evitaba la comisaría a toda costa.

Eran las 12:45 cuando entró en el Restaurant de la Cloche. El servicio estaba en plena faena despachando comidas. A pesar de ir cargada de platos, Marie se acercó corriendo y lo acompañó hasta una mesa pegada al ventanal que daba al aparcamiento de Place de l'Europe. Cuando se marchó Céline, Gorski se prometió a sí mismo que no visitaría La Cloche más de dos o tres veces a la semana. Ribéry había almorzado allí todos los días, incluso después de jubilarse. Aunque hacía ya quince años que su antiguo mentor había pasado a mejor vida, Gorski seguía resistiéndose a que Marie lo sentase en la mesa del rincón que otrora ocupara Ribéry habitualmente. Es más, incluso evitaba sentarse en la misma mesa en visitas consecutivas. Como es natural, Gorski se daba cuenta de que este insignificante alarde de libertad constituía en sí mismo una forma de rutina. Ese día, no obstante, le gustó el sitio. Estaba sentado de espaldas al corpulento barbero que ocupaba la mesa de al lado de la puerta. El carácter de Lemerre era tan grosero como su físico, y no había ocasión en la que no intentase embarcar a Gorski en algún chismorreo sobre lo que se cocía en Saint-Louis. La huraña camarera, que hacía poco había acaparado el centro de atención en el pueblo, estaba atendiendo las mesas del otro extremo del restaurante. Gorski se sintió aliviado. Ella nunca le hacía el menor caso, pero a él su presencia lo incomodaba. Tenía que hacer un esfuerzo para no seguir sus movimientos por el comedor.

Marie acudió a tomarle la comanda. Además de negarse a ocupar la misma mesa, Gorski tampoco pedía nunca los mismos platos. Ribéry había comido a diario el mismo almuerzo a base de *salade de viande, pot-au-feu* y *tarte aux pommes* durante treinta años, exceptuando los jueves, día de mercado, cuando se decantaba invariablemente por el *baeckeoffe*. Debía de desconcertarles lo suyo que Gorski no se decidiese a pedir siempre lo mismo. Así que cuando Marie le preguntó «¿Y qué tomará hoy?», lo hizo aplicando un especial retintín a la última palabra, como si le hablara a un niño caprichoso. ¿Acaso no sabía qué le gustaba y qué no? Y fue con estudiada concentración —dándose golpecitos en el labio con un dedo— como Gorski pasó entonces a escudriñar las pizarras donde aparecía garabateado el menú. Lo que almorzara, en cualquier caso, carecía de importancia. Gorski no podía engañarse a sí mismo acerca de cuál era el verdadero motivo por el que visitaba La Cloche. Justo cuando Marie se alejaba de la mesa, levantó la voz, como si la idea se le hubiese ocurrido en el último momento.

—Ah, y tomaré un *pichet* de vino.

—Por supuesto, inspector. —Si lo desaprobaba, no dejó que se le notase.

Una vez pedido el vino, Gorski se relajó un poco. Tenía que reconocer que se habría sentido más cómodo en Le Pot, donde podía pedirse todas las cervezas que le apeteciera sin que Yves levantara una sola ceja, y donde no se veía obligado a sentarse junto al ventanal, a plena vista de los transeúntes. Él prefería beber cerveza. El vino blanco no le caía bien al estómago, y había adquirido la costumbre de llevar un tubo de comprimidos contra la acidez en el bolsillo de la gabardina.

Llegó el primer plato y ni rastro del vino. Se tomó la sopa obedientemente, como un niño al que le han prometido un premio si se come la verdura, aunque con creciente inquietud. Quería ahorrarse el bochorno de reclamárselo a Marie. Pero ella solo estaba esperando a que Pasteur, su marido, decantase el dichoso vino en la jarrita. Cuando se lo plantaron en la mesa, Gorski hizo un gesto de sorpresa, como si no recordara haberlo pedido, y luego sonrió agradecido a la *patronne.*

Detrás de él, Lemerre pasaba las hojas de *L'Alsace* a la vez que iba comentando las noticias del día a un farmacéutico del pueblo, Cloutier, que se había sentado a su mesa. A Cloutier le gustaba cuchichear sobre los medicamentos que vendía a sus clientes, chismes que remataba sí o sí con algún comentario de la clase «No descartaría un caso de gonorrea», acompañado de un guiño de complicidad. Gorski miraba fijamente por el ventanal. Marie le trajo el escalope. Fue cortando la carne empanada en finas tiras, que masticaba muy despacio. Después de cada trozo, se permitía un sorbito de vino. Pensaba en Lucette Barthelme y en el fugaz destello de agradecimiento que asomó a sus ojos cuando él había consentido en realizar indagaciones en su nombre. No tenía ninguna razón de peso para hacerlo. Aun así, no hacía daño a nadie, y de todos modos él tampoco tenía mucho más que hacer.

Estos pensamientos fueron interrumpidos por Lemerre. Gorski se volvió de mala gana, apoyando el codo en el respaldo de la silla. El barbero estaba señalando un titular en las páginas interiores de su periódico.

—Un caso jugoso —dijo con deleite.

Una mujer había sido estrangulada en su apartamento de Estrasburgo.

—Parece que la chica era de armas tomar —prosiguió Lemerre—. «Se conoce que recibía caballeros en su casa con frecuencia» —leyó, antes de repetir la última frase con deleite —. Un auténtico *crime passionnel,* por lo que se ve.

Gorski negó con la cabeza muy serio. El crimen pasional era un mito, una idea alimentada por novelistas y solteronas más que por investigadores, pero sabía por experiencia que sería un error dejarse arrastrar a una discusión con Lemerre.

—Sin duda —respondió. Empezó a girarse para retomar su almuerzo, pero Lemerre no había acabado.

—Por aquí no es que abunden, precisamente. —Hizo un gesto abarcando el pueblo en general.

—¿Disculpe? —dijo Gorski.

—Los crímenes pasionales —aclaró el otro—. No es que se produzcan muchos en Saint-Louis.

—Pues no —respondió Gorski.

—Lo que me lleva a preguntarme a qué se dedica el jefe de policía.

Gorski le sonrió con tirantez. Lemerre se disculpó entonces por haber interrumpido su almuerzo.

—Ya veo lo ocupado que está, inspector.

Cloutier se unió a la carcajada.

Gorski apuró su copa y, a continuación, la llenó hasta el borde sin preocuparse de quién pudiera estar mirando. Hizo un esfuerzo por terminarse la ternera, pero no se comió el montoncito de ensalada de patata que la acompañaba.

Las oficinas del bufete Barthelme & Corbeil no eran nada fuera de lo común. Los nombres de los abogados estaban grabados en una discreta placa de latón a la entrada de lo que aparentaba ser un edificio residencial sin más. La plaquita daba a entender que aquel era un bufete que no necesitaba publicitar su presencia ni cazar clientes. Gorski pulsó el botón del telefonillo y le brindaron acceso. Las oficinas estaban en la primera planta. Solo un rótulo en el cristal esmerilado de la puerta indicaba la naturaleza del negocio de Barthelme & Corbeil: abogados y notarios.

Gorski entró sin llamar y lo saludó una secretaria sentada a un impresionante escritorio de roble. Era una mujer menuda, de unos cuarenta años. Llevaba el pelo peinado sin ton ni son enmarcando su cara. Lucía una blusa verde con estampado de cachemira y del cuello le pendía una medalla con un símbolo oriental. Tenía los ojos enrojecidos y la punta de la nariz un poco rosada. Debían de haber esperado a que llegase al trabajo para informarle de la muerte de Barthelme. Resultaba revelador que no le hubiesen dado el día libre y, desde luego, que el despacho estuviera abierto siquiera. El antedespacho carecía de atractivo. Aparte del escritorio de madera de roble, ofrecía un aspecto cutre. La alfombra estaba raída en las zonas de paso. Con todo y con esto, la impresión que daba en general no era la de un bufete venido a menos, sino más bien la de un negocio guarecido del mundo exterior. Un lugar donde se podía cuchichear de asuntos delicados. Barthelme & Corbeil actuaba de intermediario entre las familias que se escudaban tras las hileras de sicomoros de Rue des Bois y el mundo deleznable del otro lado.

Gorski sonrió con lástima y expresó sus condolencias a la secretaria.

La mujer forzó una sonrisa.

—Ha sido un golpe durísimo —aclaró. A pesar de las lágrimas, había una vivacidad en su mirada que chocaba de plano con su entorno.

Gorski preguntó si podía hablar con maître Corbeil. La mujer aceptó su tarjeta de visita y, tras dar unos suaves golpes en la puerta, entró en una habitación que quedaba a la izquierda de la mesa.

Corbeil estaba sentado a su escritorio hojeando unos documentos, y en ello siguió incluso después de que se le anunciara la presencia de Gorski. Sin levantar la vista, señaló hacia una pareja de butacas verdes de piel. Gorski no quería pasar por alto aquella grosería, así que se quedó plantado en medio del despacho. Ribéry jamás habría tolerado un trato semejante. Habría ido hasta el escritorio con paso firme y le habría arrancado los documentos al abogado de debajo de las narices. Aunque la situación ni se habría dado, claro está. A pesar de sus muchos defectos, Ribéry poseía algo que Gorski no tendría jamás, y eso era don de gentes. Conocía a todo el pueblo, desde el alcalde hasta el último camarero, y ni Corbeil ni nadie le habría faltado tanto al respeto. Como llevado por un afán de demostrar que la descortesía del abogado no le afectaba, Gorski se acercó a la ventana y miró hacia la calle. Lemerre regresaba con paso tardo a su establecimiento, en la acera de enfrente, resoplando aparatosamente por la boca. Gorski encendió un cigarrillo. El chasquido del mechero alteró a Corbeil, que levantó la vista como si hubiera olvidado que Gorski estaba allí. Desenroscó el capuchón de una robusta estilográfica y plantó su firma al pie del documento que estaba leyendo. Luego se levantó y fue hasta Gorski. Tendió la mano.

—De modo que usted es nuestro famoso inspector Gorski, ¿eh?

Gorski le devolvió la mirada. El comentario le había irritado, como sin duda buscaba conseguir. No tanto por el a todas luces irónico «famoso», sino por el empleo de la palabra «nuestro», insinuando claramente que Gorski era en cierto modo propiedad de los potentados del pueblo. Nada en el abogado apuntaba a que estuviera afectado por la muerte de su socio. Era de estatura mediana y poseía una inmaculada tez rosada. Estaba completamente calvo salvo por unas pocas matas bien rasuradas detrás de las orejas. Vestía traje de *tweed* y zapatos de cuero marrón con perforaciones. Sus movimientos eran delicados y un tanto afeminados. Gorski tuvo la impresión de que los dos colegas no se habrían dirigido nunca el uno al otro por el nombre de pila y aun menos de tú. Es más, cuando Gorski explicó el motivo de su visita, fue como si Corbeil ya hubiese olvidado las circunstancias de la muerte de su socio.

—Por lo que tengo entendido, no fue más que un accidente —dijo el abogado—, de modo que se me escapa el motivo por el que… —hizo una pausa, como para escoger la expresión más hiriente—… anda usted husmeando por aquí.

Antes de que Gorski tuviera ocasión de responder, Corbeil le instó a que lo acompañara hasta las butacas que le había señalado antes. Entre ambas había una mesa baja con un enorme cenicero de cristal tallado y una licorera llena de jerez. Tomó asiento e invitó a Gorski a hacer otro tanto. Cruzó las piernas y, al instante, se levantó de un brinco. Sacó dos vasos de una vitrina situada detrás de su escritorio.

—Olvido mis modales —dijo. Se sentó de nuevo y sirvió dos generosas medidas de jerez—. Que yo recuerde, su predecesor nunca decía que no a un trago. Doy por hecho que seguirá usted sus costumbres.

Gorski dio un pequeño sorbo a su jerez, aunque tuvo que vencer el deseo de vaciar la copa de un trago. El vino que había tomado en el Restaurant de la Cloche solo había conseguido avivar su sed.

—Iba usted a explicarme el motivo de su visita —dijo el abogado.

El jerez dejó una pátina pegajosa en la lengua de Gorski.

—Solo intento determinar cuáles fueron los movimientos de maître Barthelme justo antes del accidente.

La expresión de Corbeil no mudó. Tenía una cara tan insulsa que costaba imaginarla expresando algo siquiera.

—¿Acaso hay indicios de juego sucio?

Juego sucio. Se trataba de un eufemismo al que solo recurría la gente si su interlocutor era policía; de esta manera evitaban emplear expresiones más truculentas.

—La Unidad de Atestados de Tráfico no ha emitido aún su informe —respondió Gorski.

—No obstante —replicó Corbeil—, parece que se parte de la suposición de que fue un accidente y no algo más siniestro. Usted mismo ha empleado ese término hace un momento. Y si ese es el caso, no acabo de entender qué necesidad hay de ahondar en los «movimientos» de mi colega, como los llama usted.

La actitud del abogado empezaba a crispar a Gorski. Jamás habría empleado ese tono con Ribéry. También resultaba curioso que hablase de una «suposición». La información publicada en *L'Alsace* tan solo ofrecía una somera descripción del escenario y unas cuantas líneas sobre la víctima. En ningún momento especulaba sobre la causa. Tal vez Corbeil había hecho ya unas cuantas llamadas por su cuenta.

—Yo no baso mis investigaciones en suposiciones —dijo Gorski—. Sean cuales sean las conclusiones del encargado del atestado, hay ciertas cuestiones que es necesario abordar.

—Pues a mí no me lo parece, inspector. No comprendo a cuento de qué se arroga usted el derecho de inmiscuirse en los asuntos privados de un individuo que solo ha tenido la mala fortuna de verse implicado en un accidente.

A Gorski se le agotó la paciencia.

—Maître Corbeil, yo no me «inmiscuyo». Investigo un... —se mordió la lengua antes de volver a utilizar la palabra «accidente»—..., la muerte de un individuo, y no veo a qué viene esa actitud tan reacia a colaborar.

Sacó un segundo cigarrillo. Corbeil se puso de pie, cogió un puro de una caja que había encima de su escritorio y lo encendió con un voluminoso encendedor de ónice. Se entretuvo un momento dándole unas caladas, se diría que abstraído en la apreciación del excelente tabaco. Luego sacudió un poco la cabeza, como recordando de pronto que Gorski seguía allí.

—Tiene usted toda la razón, mi querido inspector. No deseo obstaculizar sus pesquisas, al contrario. Le ruego disculpe mi propensión legalista a analizarlo todo.

Volvió a arrellanarse en la butaca. Gorski forzó una sonrisa.

—Por ahora, mis indagaciones se centran solamente en averiguar la razón por la cual su socio transitaba en dirección sur por la A35 en el momento del incidente. Me cuesta creer que no se haya hecho usted la misma pregunta.

Corbeil meneó la cabeza muy despacio.

—No sé por qué tendría que hacérmela, pero bueno... —Hizo un gesto con el puro invitando a Gorski a continuar.

—El vehículo de maître Barthelme se salió de calzada en algún momento pasadas las 21:00. Lo único que deseo saber es a qué hora se separaron esa noche y si él mencionó adónde se dirigía.

Los ojos de Corbeil parpadearon, delatando una leve confusión.

—Me parece que no le sigo —dijo.

—La pregunta es bien simple —insistió Gorski.

—Pero parece partir de un malentendido por su parte —aclaró Corbeil—. Yo no volví a ver a maître Barthelme después de salir de este despacho.

Gorski reprimió una sonrisa. Tenía la vaga sensación de que había logrado una pequeña victoria. Restringió su reacción a un leve cabeceo, gesto con el que pretendía dar la impresión de que en cierta forma había engañado al abogado para sonsacarle esa afirmación.

—¿Entonces no cenó con maître Barthelme en el Auberge du Rhin?

Corbeil soltó una carcajada de desconcierto.

—No.

—Tengo entendido que ustedes dos cenaban juntos todos los martes.

El abogado miró a Gorski de soslayo y le contestó diciendo que se equivocaba. Él ni siquiera había puesto un pie en aquel restaurante en su vida.

—No se me ocurre de dónde se saca usted esa idea —dijo.

—En tal caso, ¿podría decirme a qué hora lo vio por última vez?

—En algún momento de aquella misma tarde, aquí, en la oficina.

—¿Cuándo, exactamente?

Corbeil hinchó los carrillos, como dando a entender que era un disparate esperar que recordase un dato tan trivial.

Gorski resaltó que estaban hablando de algo sucedido tan solo el día anterior.

—Puede que su secretaria tenga mejor memoria —sugirió.

Corbeil lo miró, se levantó de mala gana y fue hasta la mesa. Consultó una agenda de escritorio de gran tamaño y manifestó que esa tarde no había pasado por la oficina. A continuación, pulsó un botón en un intercomunicador y le pidió a la secretaria que acudiera al despacho. No le habría costado nada asomarse a la puerta, pero estaba claro que el tipo creía que el ridículo aparatito le confería cierta dignidad.

La mujer entró unos instantes después y se quedó parada en el umbral con aire indeciso. Corbeil la invitó a entrar, pero no le ofreció asiento.

—Irène, el señor inspector desea hacerle un par de preguntas sobre maître Barthelme.

Los ojos de la mujer se pasearon fugaces de un hombre al otro. Gorski sonrió para que se relajara.

—No es nada grave, no se inquiete —dijo—. Solo quiero saber a qué hora de la tarde se marchó ayer maître Barthelme del despacho.

—A las cuatro, o un poco más tarde.

—¿Sabe si tenía una cita?

—No había nada apuntado en la agenda.

—¿No le dijo adónde iba?

Irène sofocó un sollozo. Miró a Corbeil con la esperanza de que este quizá pudiese intervenir.

—Pero dice que fue en torno a las cuatro, ¿verdad? —preguntó Gorski.

—Sí.

—¿Y volvió a pasar por la oficina después?

Ella negó con la cabeza.

—¿Y usted a qué hora se marchó?

—Un rato después. —De nuevo lanzó una mirada hacia Corbeil, que la observaba con cierto desagrado—. Maître Barthelme me dijo que, si había acabado con lo mío, podía marcharme.

—De modo que es posible que regresara a la oficina después de que usted se hubiese ido.

Ella se secó los ojos con un pañuelo que llevaba arrugado en el puño.

—No sé qué relevancia puede tener todo esto —terció Corbeil.

A Gorski le entraron ganas de soltarle al abogado cuatro verdades sobre lo que él consideraba importante y lo que no, pero prefirió dejarlo estar. La secretaria parecía ser la única persona mínimamente afectada por la muerte de Barthelme y estimó innecesario agravar su sufrimiento.

6

El camino más corto de regreso a la comisaría obligaba a Gorski a pasar por delante de Le Pot. Era perfectamente posible tomar una ruta alternativa, pero si optaba por dar un rodeo, ¿no sería como reconocer que tenía un problema? ¿Que era incapaz de pasar de largo un bar sin entrar en él? Por otro lado, ¿no sería lo más natural del mundo hacer un alto para tomarse una cervecita mientras ponderaba su conversación con Corbeil? Tampoco es que se muriera por echar un trago. Lo que pasaba es que era una opción mucho más apetecible que volver al despacho. Con todo, ¿no había decidido esa misma mañana, ni más ni menos, que no volvería a pasar ni un minuto más en Le Pot? No le gustaba beber a solas, y era muy consciente del efecto que surtía en el ambiente del bar la presencia de un policía. Sencillamente se había convertido en una manera de evitar pasar las tardes en la casa de Rue de Village-Neuf.

Dobló la esquina y tiró por la calle de Le Pot. Resistir la tentación de entrar en el bar no tendría demasiado valor si no pasaba de largo físicamente. Incluso cruzó de acera con el fin de verse obligado a caminar por delante de la puerta. A escasos metros del bar, Gorski consultó su reloj y adoptó una expresión con la que buscaba sugerir a cualquiera que pudiera estar observándolo que de pronto se había dado cuenta de que disponía de más tiempo del que creía.

Tres hombres ataviados con ropa de faena estaban apostados a la barra delante de un periódico abierto. Gorski se deslizó en el banco corrido de escay desgarrado e hizo un gesto remedando el movimiento de tirar una cerveza. Esperó a que Yves la depositara sobre la mesa, cosa que hizo sin mediar palabra, y solo entonces se levantó y se quitó la gabardina. Dejó reposar la cerveza unos instantes. Ahora que estaba allí no tenía prisa. Contempló cómo las burbujas se elevaban y acomodaban en la parte inferior de la capa de espuma que el dueño del bar había aligerado con la espátula de metal que, para tal menester, tenía siempre a mano junto al tirador. Los hombres de la barra cruzaron varios comentarios de mal gusto sobre la víctima del asesinato de Estrasburgo. En ese momento, Yves hizo un gesto casi imperceptible con el mentón para ponerlos sobre aviso de la presencia de Gorski, y la conversación decayó al instante.

La entrevista con Corbeil había dejado a Gorski muy intrigado. En general, su trabajo como policía era de lo más prosaico. La gente se equivoca al pensar que los detectives se pasan el día desentrañando oscuros misterios. No es así. En la vasta mayoría de los casos, al culpable del delito o se lo conoce desde el principio o, en casos de hurtos y robos, es improbable atraparlo. Ante todo, la policía hace el paripé de investigar los delitos no con la esperanza de dar con el delincuente, sino con el simple objetivo de demostrar a los ciudadanos, cuyos impuestos pagan sus salarios, que están protegidos de esos malhechores que la prensa insiste en hacerles creer que andan siempre al acecho para convertirlos en víctimas de robos, violaciones o asesinatos. En las raras ocasiones en las que una investigación culmina con una detención, es más probable que sea a resultas de un sinfín de tediosas jornadas pateando las calles que como consecuencia de un instante de clarividente intuición. Así sucede al menos en un pueblo como

Saint-Louis, que —salvo por un puñado de ladrones habituales— no ha sido bendecido con una clase criminal en condiciones ni con una acusada propensión a la violencia. Es un lugar pacífico que apenas se ve afectado por sucesos dramáticos. En las reuniones sociales, todo el mundo esperaba que Gorski entretuviera a propios y extraños con anécdotas sobre los desconcertantes casos que había resuelto, pero cuando este trataba de explicar la verdadera naturaleza de la labor policial, la conversación derivaba rápidamente a otro tema.

Su intriga, por lo tanto, se debía al mero hecho de haber descubierto algo que antes desconocía; algo que desdecía la versión previamente aceptada de los hechos. A decir verdad, tampoco es que fuera nada del otro mundo. Un hombre había mentido a su mujer. La noche de su muerte, Barthelme no estaba donde dijo que estaría. Y lo que era más importante, no había ido adonde decía que iba las noches de los martes en ningún momento a lo largo de toda su vida conyugal. La explicación más probable era obvia, pero no por ello dejaba de resultar curiosa. Bertrand Barthelme no parecía ser el tipo de hombre que tiene una amante. Por otra parte, la actitud recelosa de Corbeil apuntaba a que estaba al tanto de que su socio ocultaba algo. Que el abogado se negase a colaborar podría muy bien achacarse a un deseo de proteger la reputación del difunto —y, por extensión, la del bufete—, pero también hacía sospechar que quizá se ocultase algo turbio tras la pomposa imagen burguesa con la que Barthelme se había vendido al mundo.

Gorski bebió de su cerveza. Se recordó que lo que hiciese Barthelme con su vida durante aquellas horas misteriosas no era asunto de la policía. No se había cometido ningún crimen. Sus indagaciones obedecían únicamente a un ridículo deseo de complacer a Lucette Barthelme. Algo del todo impropio de un policía, y Corbeil se había dado perfecta cuenta de ello. Lo correcto sería comunicar a la viuda los resultados de sus pesquisas hasta ese momento y dejarlo estar. Lo habían engatusado. Se imaginó a Ribéry sentado

73

a su lado con su *pichet*. Como policía era lo opuesto a Gorski: todo instinto y corazonadas. Si su olfato no le ofrecía una solución instantánea a un caso, lo más seguro es que se encogiera de hombros y les echara la culpa a los gitanos (un grupo que consideraba ajeno a su jurisdicción). Él no estaba hecho para gastar suelas, llamar a las puertas o analizar a conciencia recortes de periódico y antecedentes penales.

Se levantó y le pidió a Yves un *jeton* para la cabina de teléfono situada en un rincón del establecimiento. Llamó a Lucette Barthelme. Quizá solo estaba equivocada acerca de con quién cenaba su marido. Seguro que había una explicación perfectamente inocente a todo aquello. Cuando el ama de llaves le pasó a la viuda, esta le sonó desorientada, como si se acabara de despertar. Gorski se disculpó por las molestias y le explicó que no había podido ver a maître Corbeil. Le preguntó si se le ocurría alguna otra persona con la que su marido podría haber pasado la tarde.

—Ay, pues no sé —contestó ella.

—Mencionó usted una especie de club —dijo él.

—Sí —dijo ella—, en efecto. Qué buena memoria tiene usted, inspector.

Gorski la presionó con delicadeza para sacarle algunos nombres.

Ella, después de pensarlo un rato, le proporcionó dos: el primero era el de un *agent immobilier,* el segundo pertenecía al dueño de una fábrica ubicada en las afueras del pueblo. Gorski le dio las gracias y añadió que la mantendría informada sobre cualquier avance.

La oficina de Henri Martin quedaba apartada de las arterias principales de Saint-Louis y ocupaba la planta baja de un edificio residencial de Rue des Vosges. No contaba con un escaparate donde se exhibieran fotos de las propiedades en venta o alquiler. Junto al timbre Gorski encontró un cartel: «Solo atendemos con cita previa».

Una de las primeras lecciones que había aprendido de Ribéry era la de no llamar jamás con antelación. Nunca concedas a un testigo la oportunidad de preparar su versión de los hechos. Aun así, no pareció que la visita de Gorski pillara a Henri Martin ni mucho menos por sorpresa. Era un hombre menudo pulcramente ataviado con un tres piezas de color oscuro. Sin preguntarle siquiera si lo quería, le sirvió un whisky de una licorera antes de invitarle a que tomara asiento frente a la mesa de su despacho.

—Me imagino que no viene a interesarse por una propiedad —dijo, mientras Gorski se ponía cómodo.

—¿No me diga? ¿Y eso por qué? —replicó Gorski—. La verdad es que estoy pensando en mudarme.

Martin pareció azorado. Esbozó una sonrisa de disculpa.

—El servicio que ofrecemos es muy exclusivo —explicó—. No somos agentes inmobiliarios, sino inversores, más bien. Digamos que nuestra clientela es… —buscó la palabra adecuada—… bastante pudiente. Pero será un placer recomendarle los servicios de alguna de las otras inmobiliarias del pueblo.

Gorski curvó la boca en una sonrisa para indicar que no se sentía ofendido, pero pospuso el momento de explicar el propósito de su visita. Martin se había puesto a la defensiva, y cuando la gente estaba a la defensiva los silencios les resultaban incómodos. Martin se sentó a su escritorio y, con cuidado, depositó su bebida sobre un posavasos. Intentaba ganar tiempo. Gorski estaba convencido de que Corbeil ya lo había llamado. Le dio un trago a su copa. No era un gran entendido en whisky, pero tuvo claro que aquel no era de los corrientes que anega uno a diario con soda.

—Entonces —arrancó Martin—, si no viene a pedir asesoramiento, ¿he de suponer que la visita guarda relación con la muerte de maître Barthelme?

—¿Y por qué habría de hacer esa suposición? —preguntó Gorski.

Martin hizo un gesto con la mano.

—¿Por qué iba a venir si no?

El propósito de su visita era de lo más trivial, Gorski solo quería que Martin le confirmase que no había cenado con Barthelme la noche de su muerte. Para conseguirlo bastaba con plantearle una simple pregunta, pero Gorski estaba decidido a sacar el máximo partido a la entrevista. «Echa el anzuelo a ver qué pescas», le habría dicho Ribéry.

—Verá, quería preguntarle por este club suyo —le dijo con deliberada ambigüedad.

—¿Y qué club es ese? —contestó Martin con un leve meneo de la cabeza.

—El club del que usted, maîtres Corbeil y Barthelme y… —Gorski sacó su libreta del bolsillo interior de la chaqueta para consultar el nombre—… monsieur Tarrou son miembros.

Le complació el efecto que surtió su pregunta. De pronto, Martin parecía muy preocupado por que los puños de su camisa no estuvieran bien estirados. Llevaba gemelos de oro grabados con sus iniciales. Sus pupilas salieron disparadas hacia arriba como si tratase de acceder a un olvidado rincón de su memoria, una reacción involuntaria que Gorski había observado en numerosas ocasiones. Removió el whisky bajo su nariz y luego le dio un trago.

—Me temo que juega usted con ventaja, inspector —dijo finalmente.

—¿Y eso?

—No sé qué club es ese del que habla.

—Pero sí que conoce a esos tres caballeros, ¿cierto?

—Bueno, sí, pero no hay ningún «club», como lo llama usted.

—El apelativo es de maître Barthelme, no mío —atajó Gorski.

—Aun así.

Gorski conocía la respuesta a su siguiente pregunta antes incluso de plantearla.

—¿Y puedo saber cuándo lo vio por última vez?

Martin negó con la cabeza.

—Si no lo vi anoche, no veo por qué iba a importar, la verdad.

—Quizá quiera darme el gusto de responder.

Martin hinchó los carrillos y soltó un bufido. Empezaba a exasperarse, que era justo lo que buscaba Gorski.

—Pues no sabría decirle con exactitud, hará dos o tres semanas.

—¿Y la relación que mantenían? ¿Cómo la describiría?

Monsieur Martin echó los hombros hacia atrás y abatió la barbilla hacia su estrecho torso, pero mantuvo el tono afable en la voz.

—Si no le importa, me gustaría saber a qué viene este interrogatorio. Por lo que tengo entendido, la muerte de maître Barthelme no fue más que un accidente.

Era la misma frase que había empleado Corbeil.

—¿Acaso he sugerido yo que no fuera así? —replicó Gorski de manera inocente.

—En tal caso, no entiendo qué tiene que ver la naturaleza de nuestra relación con nada de esto.

Gorski decidió tomar otro derrotero. Se echó hacia adelante.

—Confío en su discreción, monsieur Martin, al decirle que existen ciertas circunstancias en torno a la muerte de maître Barthelme que me obligan a indagar en su vida personal.

Martin lo miró con escepticismo.

—¿Y puedo preguntarle a qué se refiere?

Gorski esbozó una sonrisa de disculpa. Hizo un gesto con la mano como para dar a entender que no estaba en posición de compartir esa información.

—Y bien, ¿qué puede contarme de su relación?

Martin parecía incómodo.

—Supongo que se podría decir que éramos colegas —dijo—. Colegas de negocios.

—Colegas de negocios —repitió Gorski muy serio, como si estuviera grabando la frase en su memoria. Apuró el resto del whisky y luego se puso de pie de manera abrupta—. No le robo más tiempo. —Tendió la mano—. Confío en su discreción. Ya sabe lo dada que es la gente a los chismorreos.

—Desde luego —contestó Martin con tono solemne.

Al salir, Gorski se alejó por la calle con paso decidido. Luego, tras recorrer una distancia prudencial, regresó sobre sus pasos y se asomó disimuladamente a la cristalera de la inmobiliaria. Martin ya estaba llamando por teléfono.

7

Marc Tarrou estaba al teléfono cuando Gorski entró en la caseta prefabricada que le hacía las veces de oficina. La estructura estaba plantada sobre bloques de hormigón en el aparcamiento sembrado de socavones de su fábrica de cemento. Con gesto afable, indicó a Gorski que tomara asiento en una silla de plástico. Las paredes estaban forradas de contrachapado y empapeladas con almanaques varios y publicidad de proveedores de materiales de construcción. En el suelo apenas quedaba un hueco que no estuviera tomado por pilas de documentos o archivadores de anillas a punto de reventar. Aquel sitio no podía ser más diferente de las oficinas de Barthelme & Corbeil. Gorski se quedó de pie. Atrapó su mirada un desfasado calendario de cinco años atrás, que exhibía la fotografía de una chica en bikini arrodillada en la orilla de una playa caribeña. Tenía las piernas separadas y la cabeza echada hacia atrás mientras una ola rompía contra su cuerpo.

Tarrou prosiguió con su conversación telefónica, que versaba sobre el retraso de un pedido, durante varios minutos, saltando de vez en cuando a una lengua que Gorski conjeturó que era árabe al mismo tiempo que miraba a su visitante y, con dramatismo, ponía los ojos en blanco y meneaba la cabeza. Era un hombre atractivo de tez cetrina y con una abundante mata de pelo negro peinada hacia atrás. Aunque la caseta carecía de calefacción, iba en mangas de camisa. Un *blazer* azul con botones dorados colgaba del respaldo de la silla. Por debajo del escritorio asomaban los bajos de sus pantalones, repletos de salpicaduras del barro gris del aparcamiento. Tarrou finiquitó la charla con una retahíla de improperios chabacanos y colgó con delicadeza el auricular mientras le guiñaba un ojo.

—Putos moros —dijo—. Es el único lenguaje que entienden.

—Luego, como para legitimar sus sentimientos, añadió—: Que conste que yo soy medio moro, por parte de madre. Un mestizo marsellés, ja, ja, ja.

Gorski se preguntó cuántas veces habría utilizado esa coletilla. Costaba creer que Bertrand Barthelme y sus amigotes se relacionaran con semejante tipejo.

Tarrou abandonó su escritorio y se acercó con la mano tendida.

—¿Conque la poli, eh? ¿Qué he hecho esta vez? Inspector Gorski, ¿no?

Gorski reaccionó a la broma con una mueca. El constructor despejó de papeles un par de sillas de plástico y ambos tomaron asiento. Entonces Tarrou se levantó de un brinco. Sacó una botella de vino del cajón superior de un mueble archivador.

—¿Un traguito para romper el hielo? ¿Qué le parece?

Sobre la mesa que los separaba había dos vasos sucios. Uno estaba manchado de carmín. Tarrou encontró un pedazo de papel absorbente con el que les dio una somera pasada. Sirvió en uno de los vasos un poco de vino y se lo pasó a Gorski. El del carmín se lo quedó él.

—Chinchín —dijo.

Se sentó frente a Gorski y se echó hacia adelante, clavando los codos en las rodillas separadas.

—Supongo que se preguntará cómo sé quién es usted —dijo—. Pues bien, se lo voy a decir. Ese judas de Corbeil me ha llamado para contarme que andaba usted husmeando. Me dijo que me preparara para recibir una visita suya.

—Entiendo —dijo Gorski—. ¿Y por qué cree usted que ha sentido la necesidad de hacer algo así?

Tarrou soltó un bufido.

—Eso tendrá que preguntárselo a él, ¿no le parece, inspector?

Gorski no estaba seguro de cómo tomarse aquel despliegue de aparente sinceridad. Por su experiencia sabía que estas tácticas solían ser una cortina de humo. Se había cruzado con un montón de tipos campechanos como aquel, cuyos alardes de franqueza solo conseguían que uno sospechara que ocultaban algo. No obstante, el tal Tarrou no acababa de disgustarle. Fingida o no, prefería mil veces su cordialidad a la velada hostilidad de Corbeil y Martin.

—Pero bueno —prosiguió—, si tiene que husmear, ¡adelante!

Gorski posó el vaso sobre la mesa.

—¿Cómo describiría usted su relación con el difunto?

—¿El difunto? ¿Así es como vamos a llamarle? —Se encogió de hombros aparatosamente.

—¿Lo describiría como un amigo?

—¿Amigo? —La sugerencia pareció divertirle—. No creo que Barthelme tuviera amigos.

—¿Entonces?

—Hacíamos negocios de vez en cuando. No hace falta que le diga que en Saint-Louis poco se puede hacer sin que el viejo Barthelme meta las narices hasta el fondo.

Gorski asintió con la cabeza, como dando a entender que sabía muy bien a qué se refería. Quizá Tarrou fuera realmente tan ingenuo como aparentaba.

—¿Y cuándo lo vio por última vez?

Tarrou ejecutó todo un repertorio de gestos: hizo una mueca de fastidio, meneó la cabeza, hinchó los carrillos y soltó aire ruidosamente.

—Pues no sabría decirle, la verdad… Hará un par de semanas. Quizá tres.

—Pero no ayer, en cualquier caso.

—No.

—¿Y qué puede contarme de su club?

—¿Qué club?

—El club del que formaba parte junto con Barthelme, Corbeil y Martin.

Tarrou lo miró con una expresión genuina de perplejidad. Meneó la cabeza. Luego apuró su vino de un trago y volvió a llenar los vasos hasta el borde.

—¿No quedaba a cenar con estos caballeros?

—Sí. De vez en cuando —respondió Tarrou—. Pero yo no diría que formásemos un club. ¿Lo llamó así Barthelme? Ja, ja, ja. ¡Menudo gilipollas engreído!

—Pero, independientemente de que lo considerara usted un club o no, ¿tenía la costumbre de salir a cenar con estos caballeros?

—¿Que si tenía la costumbre? Pues no. Quedábamos de vez en cuando para tratar… Para tratar asuntos de interés mutuo. Nada más. Si existía algún club, yo no formaba parte de él.

Dejó el vino sobre la mesa, como con miedo de que este acabara soltándole la lengua.

Gorski asintió. Desde luego, cabía la posibilidad de que el famoso club no fuera más que una falacia inventada por Barthelme para engañar a su mujer. Pero resultaba evidente que existía alguna clase de relación entre aquellos hombres, y era cuando menos curioso que se esforzaran todos tanto por disociarse de ella. A pesar de todo, tenía la impresión de que podía contar con Tarrou como aliado y no quiso perder esa baza incidiendo más en el asunto.

—Sea como sea, usted no cenó anoche con maître Barthelme, ¿es así?

—Exacto.

—¿Y no lo vio entre las cuatro de la tarde de ayer y la hora de la muerte?

—Bueno, desconozco la hora de la muerte, pero no.

Gorski apuró su vino y se levantó.

—Tenía entendido que no había sido más que un accidente —añadió Tarrou.

—Solo puedo decirle que hay una investigación en marcha —respondió Gorski. Entonces, consciente de que Tarrou sería la última persona en guardarse para sí cualquier ápice de información, añadió—: Hay un par de cabos sueltos. —Hizo un gesto displicente con la mano, como si se tratara de algo sin importancia, pero se fijó en la expresión de intriga que de manera fugaz mudó el semblante del dueño de la fábrica.

Tarrou lo acompañó hasta la puerta.

—Salude a madame Barthelme de mi parte —dijo mientras se estrechaban la mano.

Gorski lo miró. Sintió que se sonrojaba. Tarrou le propinó un suave codazo en el brazo:

—Porque no queremos que un bomboncito como ese se eche a perder, ¿eh? —Celebró su broma con una sonora carcajada.

Gorski bajó los escalones de bloques de hormigón de la caseta y aterrizó en un charco. El agua embarrada se le coló dentro del zapato. Subió al coche y se encendió un cigarrillo. No pensaba con claridad. Lo más probable era que la muerte de Barthelme fuera accidental, y a pesar de eso allí estaba él, yendo de acá para allá lanzando insinuaciones sin fundamento. Se había dejado engatusar. ¿Y qué si un grupo de hombres de negocios quedaba a cenar de vez en cuando? ¿Y qué si la víctima de un accidente de tráfico había mentido a su mujer acerca de su paradero? No había razones para creer que aquellas dos circunstancias guardaran relación entre sí. Y el grosero comentario de Tarrou indicaba que lo tenía calado. Estaba menos interesado en los asuntos de Bertrand Barthelme que en la hermosa Lucette.

Gorski siempre le había tenido manía a la casa de Rue de Village-Neuf. El desarrollo urbanístico de la periferia septentrional de

Saint-Louis databa de veinte años atrás. Las casas eran de un estilo rústico artificial. En las fachadas, falsos entramados de madera remedaban la estructura tradicional de los hogares alsacianos rurales. Las contraventanas eran de PVC y no de madera. Antes de casarse, Gorski se había imaginado viviendo en un apartamento como el de sus padres, pero Céline se negó en rotundo y antes de que se diera cuenta ya habían decidido por él. El padre de Céline, que por aquel entonces ya era teniente de alcalde del ayuntamiento, compró la casa y se la regaló a la pareja por su boda. Esto entusiasmó a Céline, que se dedicó a pasearse de habitación en habitación, pronunciándose sobre posibles combinaciones de colores y muebles, mientras Gorski y monsieur Keller esperaban incómodos en el vestíbulo.

Las dimensiones del nuevo hogar de la pareja no pasaron desapercibidas en comisaría, donde Schmitt y sus amigotes se dedicaron a aprovechar cualquier oportunidad para lanzar insinuaciones sobre cómo era posible que pudiera permitirse semejante casa con un salario de detective. «Quizá esté aceptando sobornos», repetían un día sí y otro también. «¿Tiene que pedir licencia de obras para acostarse con la parienta?», porfiaba Schmitt con su sentencia preferida. Gorski cometió el error de no atajar los comentarios a la primera. Si no lo hizo fue solo por un deseo equivocado de sentirse como uno más, de demostrar que, aun siendo el jefe, era capaz de aceptar una broma como cualquier otro. Lo único que consiguió fue convertirse en el hazmerreír de la comisaría.

Si Gorski evitaba regresar a la casa de Rue de Village-Neuf, era porque, aun veinte años después, se sentía como un acomodador subiendo al escenario después de que el teatro se hubiese vaciado de público. No había un solo rincón donde arrellanarse tranquilamente con el periódico o donde poder dejar un botellín de cerveza sin tener que preocuparse de dejar un cerco en la mesa. Esa noche al menos hizo el esfuerzo de marcharse de Le Pot antes de que Yves volteara con cansancio el cartelito de la puerta. Pero en cuanto detuvo el coche junto a la acera, delante de la casa, se arrepintió hasta de haberse pasado siquiera por el bar. A través del cristal lateral de la puerta se filtraba la luz de la lámpara del vestíbulo. La puerta principal estaba cerrada con llave. Una vez dentro, voceó un tímido saludo. El resto de la casa se encontraba a oscuras, y nadie contestó. Encendió la luz de la cocina y luego subió las escaleras. La habitación de su hija tenía la puerta entornada. Seguro que Clémence se había pasado a recoger algunas de sus cosas. Gorski se maldijo por no haber coincidido con ella. Volvió a la planta baja y retiró el corcho a una botella de vino medio vacía. Mientras se servía una copa, reparó en la pequeña nota apoyada contra las angarillas de la mesa de la cocina.

Hola, papi. He pasado a recoger algunos trastos. Supongo que estarás ocupado trincando a alguna banda internacional de delincuentes. ¡Mamá me saca de quicio, por cierto! Besis, C.
P. D.: ¡¡No irás a ponerte esa corbata con esa camisa, no!?

Gorski sonrió. La última línea era una broma que se gastaban entre ellos. Pero al mismo tiempo sintió un escozor detrás de los ojos. Tuvo que tragar saliva con fuerza para ahogar un sollozo. Qué asco haber estado sentado en Le Pot como un triste borrachuzo mientras Clémence estaba allí. Se bebió de un trago el vino que se había servido y vació en su copa el que quedaba en la botella.

En ese momento sonó el teléfono. Gorski descolgó de golpe. El aparato estaba atornillado a la pared, junto a la puerta de la cocina.

—¿Clémence? —dijo.

—¡Georges! ¡Qué bien que te pillo en casa! —Era su suegra. Le habló con su voz cantarina de siempre, como si todo fuera a las mil maravillas.

Gorski sintió una punzada de zozobra en el pecho.

—Buenas tardes, madame Keller —dijo. A pesar de los constantes correctivos y la insistencia por parte de su suegra para que la llamase por su nombre de pila, a Gorski no le salía. De alguna manera habría tenido la sensación de estar flirteando con ella.

—A ver, Georges —empezó ella con un tono de falso reproche—, ¿se puede saber qué os pasa a Céline y a ti? Va por la casa como un alma en pena. Llámala, anda. Seguro que podéis solucionar esto. Parecéis bobos.

Su suegra le caía bien y no le importaba que interfiriese. Es más, hasta le animaron un bastante sus palabras. No obstante, se sintió en la obligación de hacerse el duro, aunque solo fuese un poco.

—¿No cree que debería ser ella la que me llamase a mí? —contestó.

Hizo palanca y se sacó los zapatos. Estaban rebozados del barro gris del aparcamiento de Tarrou. Había dejado un rastro de huellas en el parqué. Apuró el último sorbo de vino de su copa.

—Georges, ya sabes lo cabezota que es. Tú eres el más sensato de los dos. Seguro que con una llamadita lo arreglas.

Gorski estiró el cable del teléfono cuanto daba de sí y abrió la nevera. Cogió un botellín de cerveza del estante de la puerta y se encajó el auricular entre el cuello y el hombro mientras lo abría.

—Me lo pensaré —dijo—. Pero ¿podría hablar con Clémence?

—Céline está aquí mismo si quieres que te la pase —repuso ella.

—No creo que sea buena idea. —Pero escuchó que madame Keller ya estaba llamando a su hija.

Seguro que había tapado el auricular con la mano, porque la conversación que escuchó a continuación sonó amortiguada. Gorski echó un buen trago a la cerveza y estiró el cuello, inclinando la cabeza de un lado a otro. No quería colgar por respeto a madame Keller. Esta regresó al teléfono.

—Aquí la tengo —dijo—. Es que se estaba empolvando la nariz. ¡Chaooo!

Gorski podía imaginarse a Céline sosteniendo el auricular de mala gana con las puntas de los dedos, como si fuera un calcetín apestoso.

—Georges —dijo. Su tono de voz era el de siempre: monocorde, un pelín seco.

—¿Qué tal? —contestó él.

—Bien. ¿Llamas solo para preguntarme eso?

Gorski pensó en contestar que no era él quien había llamado, pero se mordió la lengua.

—¿Y Clémence? ¿Qué tal está?

—¿Clémence? Bien, supongo. ¿Por qué no iba a estarlo?

A Gorski no se le ocurrió una respuesta apropiada.

—¿Algo más?

—¿Y si nos viéramos? —sugirió, nada convencido. Una parte de él deseaba que Céline volviese, pero, por el momento, seguía disfrutando de la novedad de no tener que responder ante ella—. Te echo de menos —añadió, creyendo que era lo que debía decir.

—Ay, venga ya, Georges —dijo Céline—. No te pongas sentimental. ¿Has estado bebiendo o qué?

—Acabo de llegar a casa —respondió él. Y no era mentira…, estrictamente hablando.

Se hizo un silencio. Al cabo, Céline dijo:

—¿Algo más?

Gorski porfió:

—Quizá debiéramos cenar juntos o algo. Hay ciertas cosas que creo que deberíamos hablar. —Si se ella se negaba, al menos podría decirle a madame Keller que él lo había intentado.

Céline lanzó un suspiro sobrevenido y, para sorpresa de Gorski, aceptó.

—¿Está Clémence por ahí? —preguntó.

—Sí, está en su habitación, enfurruñada como siempre —contestó Céline.

—¿Podrías…?

Pero Céline había colgado. Gorski se llevó la cerveza al salón. Encendió el televisor, donde echaban un debate sobre temas de actualidad. Se sacó la chaqueta y aflojó el nudo de su corbata. Se sentó en el sofá y estaba dormido como un tronco en cuestión de pocos minutos. El botellín de cerveza se resbaló de su mano y vació su contenido sobre la alfombra.

8

Raymond iba en el tren a Mulhouse. Era recién pasado el mediodía y el vagón estaba casi vacío. Cogió su libro de la cartera y sacó el trozo de papel que había escondido entre las páginas. Lo examinó por tercera o cuarta vez. La víspera, después de cenar, había entrado en el despacho de su padre. No había estado allí a solas demasiadas veces, como mucho para recoger algo para su padre o para comprobar que las contraventanas estaban bien cerradas. Aquella no era una estancia en la que uno pusiera el pie sin la pertinente autorización. Así que cuando Raymond pasó al interior, no fue con un propósito concreto: lo hizo simple y llanamente porque podía. Al principio se paseó despacio a lo largo de las estanterías que cubrían las paredes, rodeando con recelo el escritorio, que constituía la pieza central de la habitación. Pasó los dedos sobre los lomos de los libros en los estantes. Luego se sentó en la butaca junto a la ventana. La piel verde de la tapicería estaba craquelada y desgastada por el uso. En el asiento perduraba la hendidura del trasero de su padre. El tapete contra el que Raymond apoyó la cabeza estaba impregnado del aroma a tabaco de pipa.

El primer recuerdo que tenía de su padre era aquel olor. Lo asociaba sobre todo con el grueso tejido de sus trajes y con el pelo hirsuto de su barba, pero lo permeaba todo. Era curioso que persistiera este aroma, como si su padre estuviera todavía presente en la habitación. Raymond se evocó sentado a los pies de su padre mientras él leía arrellanado en esa misma butaca. Tendría tres o cuatro años. Había pasado las puntas de los dedos por los bajos de los pantalones de su padre, disfrutando de las cosquillas que le producía el roce con la textura del *tweed*. Pero lo que mejor recordaba era el olor, la dulzona y compleja esencia de un mundo al que él no pertenecía. Incluso entonces, Raymond sabía que a su padre no había que molestarlo, pero anhelaba alguna muestra de afecto por su parte, que bajase la mano del reposabrazos de la butaca y le alborotase el pelo. Sin embargo, maître Barthelme había dado una patada al aire, como si una mosca se le hubiera posado en el tobillo. Raymond se había escabullido del despacho.

Se levantó y fue hasta el escritorio. Se acomodó en la silla desde la que su padre pronunciaba su discurso anual acerca de los defectos de aprendizaje de Raymond. No había papeles sobre la mesa. Los únicos objetos a la vista eran la lamparita de pantalla verde con su anticuado cable de tela, un teléfono, un expositor de pipas, un tintero y una pluma estilográfica. Raymond cogió una de las pipas del soporte y se la llevó a la boca. La cánula tenía un gusto amargo; se la sacó, la devolvió a su lugar y se frotó los labios con el dorso de la mano para deshacerse del sabor. Abrió uno a uno los seis cajones. Para su sorpresa, cinco de ellos estaban completamente vacíos. Solo el cajón superior de la izquierda contenía una miscelánea de objetos: una caja de escobillas para limpiar pipas, cerillas, clips y cosas así. En este cajón fue donde Raymond encontró el pedazo de papel que estaba inspeccionando en ese momento. Mediría unos cuatro por dos centímetros y había sido arrancado de la página de una libreta o una agenda. El papel era de buena calidad y estaba amarilleado por el paso del tiempo. En la esquina inferior se distinguía una mancha de agua, y la tinta de las últimas letras se había corrido sobre la fibra del papel. Quizá en algún momento había cambiado de manos, arrastrado sobre la mesa de un café donde quedaran restos de alguna bebida. En él figuraba una dirección: *13, Rue Saint-Fiacre, Mulhouse*. La caligrafía era redondeada y femenina. La ese y la efe mayúsculas de Saint-Fiacre presentaban sendas florituras, lo que apuntaba a una naturaleza extravagante y abierta. La e de Mulhouse estaba rematada con un pequeño rizo. La dirección no iba acompañada de un nombre, y el hecho de que no apareciese el código postal sugería que se había anotado para que el receptor pudiese visitarla y no tanto enviar un correo.

El tren paró en Bartenheim y una mujer subió al vagón con un niño pequeño. Aunque iba casi vacío, ocuparon los asientos frente a Raymond. Él volvió a encajar la dirección entre las páginas del libro y lo guardó de nuevo en la cartera. Clavó la vista en la ventana. No deseaba entablar conversación y que lo interrogasen sobre su destino o la naturaleza del asunto que le llevaba allí. La mujer se entretuvo hablando en tono infantiloide a su pequeño, una fea criatura de cabello pelirrojo y con un ojo vago.

Cuando el tren se detuvo en la parada anterior a Mulhouse, Raymond se levantó y se dirigió al otro extremo del vagón. Se apeó del tren y, acto seguido, se montó en el vagón de al lado. Estaba muy ufano con su truquito hasta que cayó en la cuenta de que lo más probable era que la mujer también viajara a Mulhouse, donde lo vería en el andén. Unos minutos después, cuando llegaron a la ciudad, Raymond se apeó del tren tan pronto como este se hubo detenido del todo y se encaminó hacia las escaleras que descendían al paso subterráneo. Se dio el gusto de mirar hacia atrás. La mujer estaba sacando a su hijo a rastras del tren.

A pesar de su proximidad, Raymond rara vez ponía un pie en Mulhouse. Si él y su madre necesitaban algo que no pudieran conseguir en Saint-Louis, solían ir a Estrasburgo. Para Raymond, Mulhouse era poco más que una versión de su pueblo natal, algo más grande, pero igual de deprimente y no menos provinciana. Lo que no se le había ocurrido era que, en comparación con un pueblo de veinte mil habitantes, una ciudad de cien mil tiene cabida para unos cuantos individuos que no se ajustan a los modos de vida convencionales. Que los bares y los restaurantes pueden ofrecer cosas más exóticas que los platos típicos de la cocina regional. Que, si bien una ciudad del tamaño de Mulhouse no tiene muchas probabilidades de ser un hervidero de anarquistas, sí que es lo bastante grande para que las personas con ideas poco ortodoxas conozcan a espíritus afines y encuentren un lugar apropiado donde intercambiar pareceres. Además, en una ciudad como Mulhouse es posible vivir, si uno así lo desea, en relativo anonimato. La población es más desapegada y los habitantes se preocupan menos de las miserias de sus vecinos. Cuanto más pequeño es el pueblo, más se miran el ombligo sus residentes. Cada vez son menos los que se mudan para instalarse en nuestras poblaciones más pequeñas. Los cambios, cuando se dan, requieren varias generaciones. La ciudanía se hace a una forma de vida, y a cualquiera que se salga de la norma se le hace saber —de una manera u otra— que no es bienvenido. Nuestros pueblos y ciudades más grandes surten, por lo tanto, un efecto de imán sobre aquellos individuos que, por cualesquiera razones, no encajan en otro lugar.

Esto no significa que Mulhouse sea una metrópoli como París, Lyon o Marsella. No lo es. Se trata de una ciudad provinciana donde la idea de vivir en una urbe más grande echaría para atrás a la mayoría de sus habitantes. Mulhouse no está mal. Dispone de un teatro que goza de buena fama, y también cuenta con varias salas de cine. Hay una galería de arte y una universidad con buena reputación. El centro puede presumir de una pintoresca plaza mayor, a la que rodea un laberinto de sinuosas callecitas repletas de cafés y tiendas de artesanía. Las grandes cadenas comerciales también están representadas. ¿Qué más se puede pedir?, se preguntan los moradores de Mulhouse. Las grandes urbes son caldo de cultivo para la delincuencia. Están sucias y deterioradas. Los vagabundos y los negros te agarran de la muñeca al pasar para pedirte unos céntimos de limosna. Los camellos y las putas venden su género en oscuros callejones, siempre acechando para atraer a tus hijos hacia una vida de perdición.

Aunque tampoco es que los ciudadanos de Mulhouse anhelen la vida rural. ¿Quién iba a querer vivir en un pueblo donde no hay nada que hacer por las tardes, y donde los lugareños no tienen mejor entretenimiento que hincar el codo en el mostrador de la tienda de turno y cotillear en un dialecto del demonio? No, Mulhouse no está mal. Ningún habitante de Mulhouse cambiaría jamás esta ciudad por otra.

Al salir de la estación, Raymond se topó con un intercambiador de autobuses de dimensiones nada desdeñables. Fuera de la estación de Saint-Louis también paraban autobuses, pero nunca había necesidad de coger uno. Raymond localizó un plano de la ciudad en la parte posterior del rayado panel de metacrilato de un tablón informativo, pero estaba rasgado y descolorido y solo incluía los nombres de las arterias principales. Allí no aparecía marcada ninguna Rue Saint-Fiacre. La mujer del tren salió por la puerta de la estación y miró a Raymond con asombro. Él se dio la vuelta y siguió la dirección de una señal hacia el centro. Pronto se halló en un laberinto de calles sinuosas y no tardó en desorientarse. Estaba sorprendido por la variedad de comercios y restaurantes que ofrecía Mulhouse. Pasó por delante de un callejón donde zanganeaba un grupo de hombres con mala pinta, vestidos de chándal. Uno de ellos captó su mirada. «¿Hachís?», preguntó con un susurro. Raymond apretó el paso. Al cabo de una media hora dando vueltas sin ton ni son, tuvo claro que así era poco probable que encontrara Rue Saint-Fiacre. Se estaba desanimando, pero se alentó diciéndose que aquello era una aventura. Resultaba liberador encontrarse en un lugar donde nadie lo reconociese en cada esquina.

En el cruce de dos grandes avenidas, buscó a su alrededor una persona adecuada a quien pedir ayuda. Eran cerca de las tres de la tarde y las calles estaban casi desiertas. Unas pocas mujeres hacían la compra para la cena. A la puerta de los cafés, los camareros aguardaban ociosos la llegada de algún cliente. Raymond sacó el trocito de papel y escrutó la dirección, como si esta fuera a revelar su ubicación por arte de birlibirloque. Un hombre de traje pasó apresuradamente por su lado. Dos jóvenes un poco mayores que Raymond estaban plantados fumando en la acera de enfrente. Lo observaban de reojo, como si hubiesen detectado la presencia de un intruso en su territorio. Raymond se alejó de allí a toda prisa. Una atractiva mujer de unos veinticinco años caminaba hacia él. Iba ataviada con un abrigo corto de color azul y una falda que le llegaba hasta la mitad de los muslos. Sus tacones repiqueteaban sobre la acera. No daba la sensación de ir con prisa. Reparó en que Raymond la miraba y lo ojeó con una expresión inquisitiva, como si esperase que él fuera a hacerle alguna proposición. Raymond se sonrojó y pasó de largo sin detener la marcha.

Dobló una esquina para internarse por una calle lateral y se dio de bruces con una joven que estaba allí parada, inclinada sobre un cochecito de bebé. Se disculpó y, aprovechando que ya se había roto el hielo entre ambos, le dijo:

—Quizá pudiera usted ayudarme. Busco Rue Saint-Fiacre.

Le enseñó el papel como para corroborar su historia. La mujer lo cogió. Repitió el nombre de la calle y, a continuación, negó con la cabeza muy despacio.

—Lo siento —dijo—, no conozco esta calle. —Tenía unas oscuras ojeras.

Un hombre que rondaría los treinta se bajó de la acera para sortearlos. La mujer extendió una mano para llamar su atención.

—Monsieur, el chico anda perdido —dijo, como si Raymond fura un extranjero incapaz de comunicarse.

Ella le tendió la dirección. De la comisura de los labios del hombre colgaba un cigarrillo. A Raymond no le hizo gracia que su nota anduviera así de mano en mano. Medio Mulhouse estaría pronto al tanto de la naturaleza de su visita.

—¿Rue Saint-Fiacre? —dijo el tipo. Se echó el sombrero hacia el cogote, y se retiró el cigarrillo de los labios—. Sí, sé dónde es.

—Tenía unos treinta y cinco años y la cara picada.

Se giró y señaló calle abajo con el brazo extendido, el cigarrillo pinzado entre dos dedos. Empezó a proporcionar a la mujer una serie de complejas indicaciones, como si fuera ella quien las requería. Raymond no dejaba de asentir con la cabeza, pero apenas prestaba atención. El hombre se calló de repente. Se frotó la boca como si él también se hubiese desorientado.

—Bueno, el caso es que queda por ahí.

El bebé de la mujer rompió a llorar. Raymond le dio las gracias al tipo y echó a caminar en la dirección que este le había indicado.

—Espera —dijo él—. Me pilla de camino. Yo te llevo.

—No hace falta —contestó Raymond.

Pero el hombre ya caminaba a su lado. A Raymond no le quedó más remedio que aceptar. La mujer estaba murmurándole algo al pequeño. Raymond le agradeció su ayuda, pero ella no levantó la vista del cochecito. Mientras se alejaban, el tipo echó la vista atrás y se quedó mirando a la mujer.

—Madre soltera —apuntó de manera tajante.

Raymond hizo un vago gesto de asentimiento con la cabeza. La acera era demasiado estrecha para que pudiesen caminar a gusto el uno al lado del otro, y Raymond bajó el bordillo para seguir por la canaleta. El hombre todavía sujetaba en la mano el papel con la dirección. Raymond preguntó si se lo podía devolver. De repente, le asaltó un temor repentino de que pudieran utilizarlo más tarde como prueba en su contra; de que había sido un error enseñarlo, o incluso pedir indicaciones. Había llamado la atención hacia su presencia en Mulhouse. El hombre le entregó el papel y él se lo embutió en el bolsillo trasero del pantalón. Cuando volviera a casa lo devolvería al escritorio de su padre antes de que alguien se percatara de su ausencia.

Avanzaron en silencio unos minutos. Después el hombre le preguntó a qué iba a Rue Saint-Fiacre. Era justo la pregunta que Raymond aguardaba con pavor. No podía contarle la verdad al hombre, eso estaba claro. Daba por hecho que el número 13 de Rue Saint-Fiacre era la dirección de un particular e incluso se había formado una imagen del aspecto que tenía la calle. Pero, hasta donde sabía, podía tratarse de un bar o una tienda o la sede de cualquier otro negocio. Puede que incluso se tratara de la oficina de un colega de profesión de su padre. Fuera como fuera, lo que no podía hacer de ninguna manera era admitir ante aquel extraño que no tenía ni idea de qué había allí ni a qué iba él.

Como tardaba en responder, el hombre se giró y lo miró con curiosidad. Raymond contestó:

—Voy a ver a un amigo.

La respuesta era tan buena como cualquier otra. Incluso si lo acompañaba hasta la misma puerta, él siempre podría quedarse en el portal esperando a su amigo imaginario. Desde luego, no tenía ni pies ni cabeza que hubiese quedado con alguien en una dirección que no conocía, pero el hombre se limitó a hacer un gesto de aquiescencia, y Raymond se dio cuenta de que su único propósito al hacerle aquella pregunta había sido romper el silencio que se había instalado entre ambos. Salieron a una calle más transitada, torcieron a la derecha y siguieron adelante unos minutos. El hombre se detuvo y saludó con un apretón de mano a un conocido a la puerta de un bar. Intercambiaron unas palabras mientras Raymond aguardaba en el asfalto sin saber qué hacer.

Al llegar al final de la calle, el hombre le dijo que él continuaría en la dirección opuesta. Raymond miró por encima del hombro de aquel tipo y memorizó el nombre de la calle, que era Rue de la Sinne. Él le indicó que siguiera todo recto y que, a continuación, tomara por la tercera o la cuarta calle a la izquierda. Se encogió de hombros:

—Seguro que la encuentras —concluyó.

Luego le estrechó la mano y le deseó buena suerte. A Raymond esto le chocó bastante, porque sonaba como si el hombre se oliera que la empresa de Raymond no era tan simple como le había hecho ver. En cualquier caso, sus indicaciones resultaron precisas.

Rue Saint-Fiacre era justo como la había imaginado: de hecho, hasta se preguntó si no habría estado allí en alguna ocasión. Era una calle estrecha flanqueada por edificios residenciales de cuatro plantas. Los coches estaban aparcados en el lado derecho solamente. Hacia la mitad de la calle había una destartalada tienda de filatelia. Rotulado sobre el escaparate se podía leer en descascarilladas letras doradas:

TIMBRES POSTE
ACHAT - VENTE

En la esquina al final de la calle había un pequeño café con dos mesas plegables de metal instaladas en la acera. El número 13 quedaba justo en la acera de enfrente de la tienda de filatelia. Se trataba de un típico edificio residencial de principios de siglo, con una puerta de madera maciza pintada de color marrón. Raymond miró a su alrededor, luego pasó al interior. El corazón le latía muy deprisa. En esencia, no estaba haciendo nada malo, claro está. Y aun así tenía la sensación de haberse embarcado en algo ilícito. En el caso de verse interpelado, ¿reconocería el verdadero motivo que lo había llevado hasta allí? *Ah, sí,* se imaginó que respondería, *he encontrado esta dirección en un trozo de papel en el escritorio de mi padre y he pensado que quizá estuvo aquí la noche que murió.* Sonaba absurdo. Es más, lo era. Y, a pesar de todo, allí estaba.

La única luz que iluminaba el portal provenía de una ventana situada en el primer rellano de las escaleras. Un interruptor refulgía con un brillo naranja, pero Raymond no se atrevió a pulsarlo. Aguardó a que sus ojos se acostumbraran a la penumbra. Trató de apaciguar su respiración. En la pared de la derecha del estrecho portal había una hilera de buzones metálicos. La pintura verde oscuro estaba deteriorada, con ampollas y desconchones. Raymond se inclinó para leer los nombres de los buzones. Ninguno le decía nada. En el último, que estaba a rebosar de folletos de publicidad, no figuraba ningún nombre. De ello dedujo que uno de los pisos del edificio estaba vacío. No había nada que indicase a qué piso correspondía cada buzón. En algún lugar por encima de él, Raymond oyó que se abría una puerta. No se quedó a averiguar si bajaba alguien. Abandonó el edificio y se alejó a toda prisa, sin echar la vista atrás para comprobar si alguien salía del portal. Recitó en voz baja los nombres de los buzones que recordaba: Abbas, Lenoir, Comte, Ziegler o algo parecido. Si hubiese sido más previsor, se habría llevado un cuaderno y un bolígrafo. Continuó hasta el final de la calle y se apoyó contra una farola, con una pose despreocupada. Nadie salió del edificio. De repente tuvo la sensación de que aquella excursión estaba mal planeada desde el principio. En lo único en lo que había pensado era en localizar la dirección del pedazo de papel, nada más. ¿Qué había esperado averiguar? Si no era llamando a la puerta de cada piso y explicando quién era —un método que descartaba por completo—, difícilmente iba a poder descubrir algo de utilidad.

En cualquier caso, ya estaba allí y en casa no le esperaban hasta dentro de dos o tres horas. Junto a la tienda de filatelia se abría un pasadizo que desembocaba en un patio adoquinado. Un lugar perfecto desde el que vigilar la calle sin ser visto. Tras pasarse por un café y comprar una cajetilla de tabaco, Raymond se apostó en la galería. Fumar no le agradaba demasiado. A veces él y Stéphane se fumaban a medias un cigarrillo o dos en el Café des Vosges, pero lo hacían más por dar la nota que porque les gustara el sabor del tabaco. Al principio, Yvette los reprendía por arruinar su salud —a ellos les divertía que ella los regañara—, pero con el tiempo se unió a ellos, sosteniendo el cigarrillo con ostentación entre las puntas de los dedos pulgar y corazón, si bien apenas le daba una calada.

Los pisos de las dos plantas superiores del edificio contaban cada uno con un balconcito protegido por una barandilla de hierro forjado. Se accedía a ellos por una puerta veneciana y tenían el espacio justo para albergar un par de sillas pequeñas. En la segunda planta, el que quedaba a la derecha albergaba una bicicleta infantil oxidada y un macetero con macetas vacías. En el balcón contiguo, una pareja de geranios faltos de cariño se aferraba a la vida. La capa de pintura de la rejería se estaba pelando. La mala hierba medraba a sus anchas en los canalones y el revestimiento de la fachada se estaba desmoronando y presentaba manchas de humedad. En general, ofrecía una impresión ruinosa. Raymond fabricó una imagen de su padre saliendo de aquel edificio decadente y mirando de manera furtiva a su alrededor antes de meterse en su Mercedes.

Tenía la sensación de que su presencia en el pasadizo llamaba la atención. Era casi imposible que un viandante de paso o un residente que se asomase a la ventana no reparase en él y se preguntara qué hacía allí. Al cabo de veinte minutos aproximadamente, salió del edificio una anciana con un carlino. Iba ataviada con un grueso abrigo de color malva y tocada con un sombrero de fieltro a juego. La pareja cruzó la calle y se aproximó al pasadizo. El perro emprendió una jadeante inspección de la mala hierba que sobresalía de la base de un caño de desagüe. La mujer miró a Raymond, pero ni lo saludó ni mostró extrañeza. Su perro levantó la pata contra la pared antes de que ambos partieran en dirección al centro. Un reguerillo de orina se abrió camino por la estrecha acera.

Discurrió otra media hora. Nadie más entró ni salió del edificio. Por la calle pasaron pocos transeúntes, y los que lo hicieron no se fijaron en Raymond. Se fumó otro cigarrillo. Empezó a olvidarse del propósito original de su misión. No se aburría. Al contrario, cada mínimo acontecimiento que tenía lugar en la calle guardaba cierto interés. Comenzó a especular sobre las vidas de la gente que veía: la mujer de mediana edad que entró en la tienda de filatelia con una caja de cartón repleta de enseres y la abandonó con las manos vacías escasos minutos después; el viejo acompañado de un terrier que, a pesar de la llovizna que había empezado a caer, permaneció sentado diez minutos sin pedir nada en una de las mesitas de afuera del café, para finalmente levantarse y marcharse por donde había venido. Desde uno de los pisos de arriba, le llegaba el sonido de unas notas de piano mal tocadas. A los pocos minutos de extinguirse la música, una chica de unos trece o catorce años salió del edificio y se alejó despacio por la calle, interpretando un arpegio contra el costado con los dedos de su mano derecha.

El edificio residencial comenzó a revelarle más detalles. En la fachada, a la izquierda del portal, había un parche de pintura fresca con el que alguien había cubierto sin demasiado éxito un grafiti. Sobre la puerta se cernía una pequeña gárgola, con cuernos en la cabeza, ojos saltones y una lengua que le sobresalía con gesto lascivo de la boca. El trozo de acera situado a la izquierda de la puerta estaba sembrado de colillas, arrojadas probablemente desde alguno de los balcones superiores. Las ventanas del piso de la planta baja, a la derecha de la puerta, estaban cubiertas por unas cortinas amarillas. Los cristales tenían todo el aspecto de que no los habían limpiado en años. Era sorprendente que Raymond no hubiese reparado de inmediato en estas cosas. Asimismo, tardó nada menos que una hora en percatarse del olor viciado que se respiraba en el pasadizo. Y de que, al salir a la acera, una brisa proveniente del extremo de la calle transportaba un leve tufo industrial, como a curtiduría quizá.

Regresó la anciana del carlino. Volvía cargada con una bolsa de lona repleta de verdura y se movía todavía más despacio que antes. Raymond no quería que lo viese. Resultaría extraño que siguiera allí desde que ella salió del edificio. Abandonó el pasadizo y se metió en la filatelia. Encima de la puerta sonó una campanita. El local olía a libros viejos. Era más una tienda de trastos de segunda mano que de compraventa de artículos filatélicos. Aparte de las hojas con sellos que se exponían en el mostrador acristalado tras el cual estaba sentado el dueño, no había mucho más que justificase el cartel del exterior. Una vitrina a la izquierda del mostrador aparecía repleta de piezas de bisutería. De las paredes colgaban botas anticuadas de esquí, instrumentos musicales y ajados trofeos de caza. El tintineo hizo que el propietario levantara la vista del catálogo que estaba leyendo. Miró a Raymond sin interés. El escaparate estaba atestado de artículos, tanto que costaba ver la calle. Raymond se plantó cerca de la puerta, desde donde podía otear el exterior a través del panel de cristal, y se entretuvo hojeando una edición de las obras completas de Balzac encuadernada en cuero. La anciana debía de caminar extremadamente despacio porque le pareció que estaba tardando una eternidad en pasar por delante de la puerta. Raymond sintió la mirada del dueño clavada en su espalda.

—Te puedes llevar la colección completa por cincuenta francos —dijo.

Raymond lo miró de reojo. El dueño lo observaba por encima de la montura de sus gafas. Raymond hizo un gesto de asentimiento con la cabeza y se apartó de los libros. Y fue justo en ese momento cuando sus ojos se posaron en la navaja. Estaba colocada encima de una pila de castigadas maletas de piel. La hoja tendría diez o doce centímetros de longitud y dibujaba una elegante curva hasta la punta. Las cachas eran de asta o de cuerno. Incluía una funda oscura de cuero con pespuntes de hilo amarillo, lisa y brillante del uso. Raymond cogió la navaja y tasó su peso en la mano. Era consciente de que el dueño lo estaba mirando.

—¿Cuánto cuesta? —preguntó, haciendo un esfuerzo por sonar lo más desinteresado posible.

El propietario le dio el precio y, a continuación, como para justificarlo, añadió:

—Es antigua. Una pieza notable.

Raymond asintió y volvió a dejarla donde estaba. Ni de lejos disponía de aquella cantidad. No había visto pasar a la anciana, pero la navaja lo había distraído. Se despidió del tendero deseándole los buenos días y se marchó. La calle estaba desierta. Ya eran las cinco. La tarde no se había dado tan mal. No existía evidencia alguna de que su padre hubiese visitado una sola vez aquel lugar, pero estaba claro que el pedacito de papel llevaba años en el cajón. En algún momento debía de haber significado algo para él, lo bastante como para no querer tirarlo. Raymond no estaba acostumbrado a considerarlo una persona con secretos. Hasta entonces había aceptado, como hacen los niños, la imagen que ofrecía su padre al mundo. Pero aquel pedacito de papel garabateado con caligrafía femenina era una grieta en aquella fachada. Raymond podría haberse quedado vigilando el edificio tan contento durante la noche entera, pero en casa lo esperaban para cenar a las seis y media y no deseaba levantar sospechas y que lo interrogasen sobre dónde había estado. Mientras caminaba de regreso a la estación de tren, ya estaba planeando volver al día siguiente.

9

E l informe del atestado del accidente y los resultados de la autopsia descansaban sobre el escritorio de Gorski. El primero
arrancaba con una descripción somera del tramo de la A35 donde
se había producido el siniestro, a la que acompañaba un plano
con flechas que marcaban la trayectoria que había seguido el vehículo y su posición final. Incluía información sobre las condiciones atmosféricas respaldada con datos de una estación meteorológica de la zona. El informe se centraba a continuación en el
vehículo propiamente dicho. Las especificaciones y el estado general del vehículo aparecían detallados con minuciosidad. Se había recuperado de la guantera el historial completo de revisiones y
reparaciones y todo apuntaba a que el automóvil funcionaba perfectamente. Esto permitía descartar casi por completo la posibilidad de que el accidente lo hubiera causado un fallo mecánico. Le
seguía una lista de los veintinueve daños sufridos, cada uno con
su correspondiente descripción y causa probable. En la mayoría
de ellos se especificaba como causa «impacto por colisión contra
árbol». Aunque era tedioso, Gorski se leyó de cabo a rabo el atestado, que acababa con una serie de cálculos y con la conclusión de

que el vehículo había abandonado la vía en el punto que aparecía marcado en el plano mientras circulaba a una velocidad de entre 104 y 110 kilómetros por hora. El informe de autopsia era igual de meticuloso. Tras detallar la estatura, peso, edad y estado general del cuerpo, describía una por una las lesiones, adscribiéndoles una causa probable. El estilo e incluso parte del vocabulario —«abrasión», «fractura», «fisura»— eran indistinguibles de los empleados en el atestado del siniestro. No había razón para que fuesen distintos. El cuerpo de Barthelme solo era una prueba más, como su coche. Que uno estuviera compuesto de tejido, piel y huesos y el otro de metal, cristal y plástico era irrelevante. Gorski leyó ambos informes con el mismo desapego. Aparte de las lesiones del cráneo, que habrían producido la muerte instantánea, la caja torácica presentaba un traumatismo contundente por impacto contra el volante y los daños en los órganos del tórax también habrían resultado fatales. Nada de esto aportaba información adicional a las observaciones que Gorski había realizado en la escena del siniestro. Pero la rigurosidad del informe lo dejaba más tranquilo. Al Estado no le valían las impresiones vagas o las probabilidades. El Estado —al igual que Gorski— exigía certezas. Y si no se podía alcanzar una certeza, entonces cualquier conclusión sobre la causa probable tenía que basarse, al menos, en un número de pruebas verificables. Por muy evidente que pareciera la causa de la muerte de un ciudadano, no cabía obviar los protocolos de investigación. Ribéry siempre había despreciado estos procedimientos; para él era tirar el dinero y se negaba incluso a abrir las carpetillas de papel manila que contenían dichos informes. «Si el informe de una autopsia te revela algo que no hayas observado antes con tus propios ojos, es que no estás haciendo bien tu trabajo, muchacho», solía decir. «Dios te puso dos ojos en la cara, no un bolígrafo en la mano.» Era una lectura del Evangelio de Ribéry a la que Gorski atendía con gestos de asentimiento, pero en realidad la consideraba de una estrechez de miras apabullante. Aunque no había nada como llevar a cabo en persona un examen minucioso de la escena de un crimen, siempre existían muchos detalles que escapaban a la percepción del ojo humano. En este caso, el informe de la autopsia contenía dos datos imposibles de detectar mediante una inspección ocular de las pruebas. A partir de la temperatura ambiente registrada en una estación meteorológica cercana, el primero fijaba la hora de la muerte entre las 22:25 y las 22:40. Esto quería decir que el accidente se había producido entre cinco y veinte minutos antes de que se efectuase la llamada que alertó sobre el siniestro. Nada sospechoso, por otra parte. Apenas circulaban vehículos a esa hora y el coche no era plenamente visible desde la carretera.

El segundo dato relevante era el elevado nivel de alcohol —el equivalente a más de una botella de vino— hallado en la sangre de la víctima. Según concluía el informe, una tasa semejante de alcohol aumentaba de manera considerable la probabilidad de que el conductor se hubiese quedado dormido al volante y sin duda habría menguado la capacidad del sujeto de controlar el vehículo.

El asunto no podía estar más claro. Pero, por irónico que parezca, fue el consejo de Ribéry el que llevó a Gorski a consultar de nuevo el informe del atestado. Todas las pruebas allí contenidas apuntaban a una única conclusión, pero se había omitido un detalle. Gorski se encendió un cigarrillo y repasó con un dedo de arriba abajo el listado de veintinueve daños materiales detectados en el Mercedes. Luego pasó las hojas y se fijó en la firma estampada al final del informe. Consultó el listín telefónico que tenía siempre a mano sobre el poyete de la ventana detrás de su escritorio y marcó el número del agente encargado del atestado. Se llamaba Walter Lutz. Había estado presente en el escenario del siniestro la noche del accidente, y Gorski y él habían charlado un rato mientras fumaban un cigarrillo en la cuneta. Era un tipo bajo y fornido, de modales bruscos y directos.

Respondió a la tercera o cuarta señal.

—Luzt —dijo.

Gorski explicó el motivo de su llamada.

—Está todo en el informe —contestó el investigador.

—Sí, por supuesto —replicó Gorski—. Solo quería que me aclarase un par de cosas.

—Pues está todo clarísimo, ¿no le parece?

—Más claro que el agua.

—¿Y entonces? —Lutz se esforzaba por no sonar impaciente.

Gorski no deseaba ofender a su colega sugiriendo que su informe era una chapuza.

—Es una duda que me ha surgido, un detalle ínfimo. Seguro que me la puede despejar para que me quede tranquilo.

Lutz emitió un leve sonido gutural para indicarle a Gorski que continuase.

—Se trata de los arañazos en el lateral del vehículo.

—¿Qué pasa con ellos?

—No aparecen en su informe.

—¿Y qué?

—¿Es por alguna razón en particular? —preguntó Gorski. No varió el tono despreocupado de su voz.

—No he considerado que constituyeran una prueba.

Gorski ya no pudo proseguir sin que sus palabras dejasen traslucir un cierto reproche hacia el trabajo de su colega.

—Ya, pero en el informe deberían aparecer registrados todos los daños sufridos por el vehículo.

—Sí, todos los daños relacionados con el siniestro —aclaró Lutz.

Gorski se aguantó las ganas de contradecirle.

—Entonces ¿opina que los arañazos no están relacionados?

Lutz soltó un resoplido.

—No los causó la colisión, así que no, creo que no son pertinentes. Que sepamos, podrían llevar meses ahí.

En opinión de Gorski, Bertrand Barthelme no parecía la clase de hombre capaz de ponerse al volante de un coche que no estuviese inmaculado.

—De modo que, como los arañazos no encajaban con su conclusión sobre la causa del accidente, los ha descartado como prueba.

—Correcto —contestó Lutz.

Gorski guardó silencio unos momentos. Con la mano que le quedaba libre golpeó la cajetilla contra el escritorio y sacó un cigarrillo.

—Perdone que insista —prosiguió—, pero si su conclusión no explica cómo se produjeron los arañazos en el vehículo, ¿no cree que debería revisarla?

—No veo por qué —respondió Lutz—. Todas las pruebas sustentan mi conclusión.

Gorski no creyó que fuera a ganar nada señalando que eso era inevitable si uno se dedicaba a descartar todas las pruebas que contradecían la conclusión de marras, de modo que decidió adoptar un tono conciliador.

—Solo por curiosidad, según su opinión profesional ¿qué cree que pudo causar esos arañazos?

Casi pudo escuchar a Lutz encogerse de hombros.

—¿Podría ser —sugirió Gorski— que el coche volcara lateralmente mientras descendía la pendiente y que volviese a recuperar la estabilidad antes de colisionar contra el árbol?

—Es posible —dijo Lutz. Era evidente que estaba dispuesto a aceptar cualquier cosa que le dijera Gorski con tal de poner fin a la conversación.

—Pero de haber sido ese el caso, ¿no tendría usted que revisar sus cálculos acerca de la velocidad a la que circulaba el coche antes del accidente?

—Supongo que sí —admitió Lutz—, pero eso no afectaría en modo alguno a la conclusión.

—Desde luego —concedió Gorski—. Y qué me dice de esto: ¿no podría haber causado los arañazos la colisión con otro vehículo?

—¿De qué manera?

Gorski ya se había resignado a convertir a Lutz en su enemigo.

—Por ejemplo, si otro vehículo se hubiese situado a la altura del Mercedes y lo hubiese echado de la carretera.

Lutz se quedó callado unos instantes.

—Me parece que eso es altamente improbable.

—Ya, no es probable, desde luego. —Gorski soltó una risita, como descartando su propia sugerencia—. Pero explicaría la presencia de los arañazos.

Pareció que Lutz se animaba un poco, como si hubiese llegado a la conclusión de que aquella era una discusión meramente hipotética que en ningún modo comportaba una crítica a su trabajo.

—De haber sido así, el conductor habría pisado el freno o tomado alguna medida para evitar la colisión. Habríamos encontrado huellas de frenada en el asfalto.

—Pero había llovido —dijo Gorski—. El firme estaba resbaladizo. ¿No impediría eso que quedaran marcas? —Le recordó, además, que el nivel de alcohol en sangre de Barthelme lo habría incapacitado para reaccionar a tiempo.

Lutz le dio la razón a regañadientes.

—Entonces, si tomamos como prueba la presencia de arañazos en el lateral del coche —prosiguió Gorski—, no se puede descartar del todo que el coche fuera desalojado de la vía por otro vehículo.

—Mire, inspector —dijo Lutz—, ya tiene usted mi informe. Las pruebas respaldan mi conclusión. Si quiere fantasear, adelante. Yo tengo cosas mejores que hacer.

Gorski se disculpó por haber abusado de su tiempo y colgó el teléfono. Lo más probable era que Lutz tuviese razón: era un fantasioso. Era el calificativo que habría utilizado Ribéry. Se habría burlado de él y le habría dicho que dejara de darle tantas vueltas a las cosas. Gorski apagó el cigarrillo y se marchó a Le Pot.

A estas alturas, Yves ya empezaba a servirle una cerveza antes incluso de que él se hubiese sentado. Cuando el dueño se la acercó a la mesa, Gorski le pidió que le preparase un perrito caliente.

No tenía hambre, pero sabía que necesitaba comer algo. De todas maneras, los perritos de Yves eran muy poca cosa. La carne se disolvía en la lengua y el pan que la rodeaba era de una consistencia esponjosa y melosa que hacía innecesaria la masticación. Si algo aportaba algún sabor era el grueso chorretón amarillo de mostaza. Gorski se inclinó y cogió un ejemplar de *L'Alsace* que alguien había dejado abandonado en el banco corrido. El asesinato de Estrasburgo había sido relegado a las páginas interiores: LA POLICÍA, DESCONCERTADA POR EL ESTRANGULAMIENTO. Él ya estaba familiarizado con los hechos básicos del caso. Una mujer, Veronique Marchal, había sido hallada estrangulada en su apartamento. No había señales de que se hubiese forzado la entrada, ni tampoco se habían hallado indicios de robo. Hasta el momento, la policía se había reservado divulgar información alguna acerca de las circunstancias en las que se halló el cuerpo de mademoiselle Marchal, pero se daba por hecho —y el artículo aludía a fuentes próximas a la investigación— que el móvil del asesinato era sexual. Según los testimonios de los vecinos, la mujer recibía visitas masculinas en su apartamento con frecuencia, aunque no estaba claro de cuántos hombres se trataba, ni de si pagaban a mademoiselle Marchal por sus servicios. El artículo reiteraba los hechos principales de la historia, antes de recoger unas declaraciones del investigador a cargo, Philippe Lambert, en las que este aseguraba que la policía seguía varias pistas y que él mismo informaría a la prensa de los avances de la investigación a su debido tiempo. Gorski captó a la primera lo que esto quería decir realmente: Lambert no tenía nada. El cuerpo de la mujer no se había descubierto hasta la mañana siguiente, lo que dificultaba establecer la hora concreta de la muerte, pero se sabía con certeza que el asesinato había tenido lugar en algún momento de la tarde-noche del 14 de noviembre.

Gorski se arrellanó en el banco. Tragó el último bocado de su perrito caliente y se limpió los dedos en la servilleta de papel provista. Luego releyó las últimas líneas de la noticia. No se equivocaba.

El asesinato se había producido en las horas previas a la muerte de Bertrand Barthelme, justo en el lapso en que los movimientos de este seguían siendo un misterio. El primer impulso de Gorski fue pedirle un *jeton* a Yves y llamar de inmediato a Lambert. Sin embargo, aparte de que realizar una llamada de esa naturaleza desde Le Pot habría sido una indiscreción, debía evitar sacar conclusiones precipitadas. Se encajó el periódico doblado bajo el brazo y regresó a la comisaría. Se llevó una taza de café al despacho y volvió a leer el artículo. Aun suponiendo que hubiese tardado una holgada hora y media en recorrer los ciento treinta kilómetros hasta Estrasburgo, era totalmente posible que a Barthelme le hubiera dado tiempo de ir y volver en aquella franja de tiempo. Quizá la cantidad de alcohol consumida le había servido para armarse de valor y cometer el asesinato que tenía planeado. Gorski meneó la cabeza: no, estaba intentando ajustar los hechos a su teoría. Si obviaba que Barthelme circulaba desde esa dirección en el momento del accidente, no existía ningún otro indicio que apuntase a que hubiera visitado Estrasburgo esa noche. Además, la idea de que hubiese cometido un asesinato no encajaba con la teoría de que se había quedado dormido al volante. De haber estado huyendo del escenario de un crimen, lo más lógico era que se hallase en un estado de suma agitación y no de somnolencia, a no ser, claro, que fuera el más impasible de los asesinos. Otra alternativa era que, tras perpetrar el crimen, quizá se hubiera sentido abrumado por la culpa y dirigido el coche contra el árbol a propósito.

Aquello al menos merecía una llamada a Lambert. Haría que sonara trivial. *Seguro que no es nada, pero me ha parecido que debía comentártelo. Es probable que solo se trate de una coincidencia.* Y era verdad; lo más probable es fuera una coincidencia y nada más. Porque, después de todo, ¿qué pruebas tenía? Un hombre que conducía en dirección sur por la A35 a una hora que más o menos encajaba con el momento del asesinato. ¿Y? Que este hubiese muerto en un accidente era irrelevante. Gorski vaciló. Se recordó que Barthelme había mentido a su esposa sobre su paradero y que llevaba años haciéndolo. Resultaba evidente que estaba envuelto en alguna clase de actividad ilícita. Trajo a su memoria la frase que Lemerre había leído con tanta delectación: «Se conoce que recibía caballeros con frecuencia». ¿Por qué no podía haber sido Barthelme uno de aquellos caballeros? Después de todo, él y su mujer dormían en habitaciones separadas.

Gorski se puso de pie y empezó a dar vueltas por el despacho. Miró por la ventana. La pintura del alféizar se estaba descascarillando y la madera de debajo ya empezaba a mostrar señales de podredumbre. Una anciana caminaba muy despacio por Rue de Mulhouse tirando de un maltrecho carrito de la compra.

Se sentó al escritorio y levantó el auricular del teléfono. Sería negligente de su parte no llamar. De ser él quien llevase el caso, le gustaría que cualquiera que tuviese la más mínima pista la compartiese con él. Además, Lambert era un tipo astuto, y era posible que hubiese ocultado información a la prensa. Tal vez alguien había visto a un hombre abandonar el escenario en un Mercedes verde. Tal vez si se les mostraba una foto de Barthelme, los vecinos lo reconocieran de pronto como el hombre que visitaba a mademoiselle Marchal todos los martes por la noche.

La recepcionista de la comisaría de Rue de la Nuée-Bleue preguntó con voz aburrida quién llamaba y, sin otro comentario, marcó una extensión. Contestaron a la sexta señal.

—¿Sí? —La voz masculina sonaba impaciente.

—¿Lambert? —dijo Gorski.

Utilizar su nombre de pila habría resultado demasiado informal —solo había coincidido con el detective de Estrasburgo en un puñado de ocasiones—, pero le parecía demasiado obsequioso referirse a él como inspector. En cualquier caso, fuera quien fuese, su interlocutor no medió palabra. Gorski solo escuchó una voz apagada que decía: «Phil. Te llaman». Seguramente había tapado el auricular con la mano.

Al cabo de unos instantes Lambert se puso al aparato. Sonaba hastiado. Gorski dudó si no habría cometido un error al llamar.

—Inspector —dijo, sin poder evitarlo—, soy Georges Gorski.

—Ah, Georges, de Saint-Louis.

A Gorski le alivió no tener que recordarle a Lambert quién era.

—Al final aclaraste el asunto ese de la camarera desaparecida, ¿eh?

—Se aclaró solo —puntualizó Gorski.

—Un caso cerrado es un caso cerrado —apostilló Lambert.

Hubo una pausa.

—¿Qué puedo hacer por ti?

Gorski captó lo que se infería de la pregunta. A Lambert jamás se le pasaría por la cabeza la posibilidad de que Gorski pudiera hacer algo por él.

—Bueno, seguro que no es nada, porque la probabilidad es muy remota, pero se me ha ocurrido…

Lambert lo interrumpió.

—Mira, Georges, ahora mismo estoy hasta arriba, así que si pudieras ir al grano…

—Sí, desde luego —respondió Gorski—. Tengo entendido que estás al frente del caso Marchal.

—En efecto.

Gorski se lo imaginó poniendo los ojos en blanco, con gesto de impaciencia.

—Te llamo por ese asunto precisamente.

—Ah, ¿sí? —Lambert sonó un poco más interesado—. No me digas que tienes algo para mí, porque si es así, cojo el coche y me acerco ahora mismo hasta donde quiera que esté Saint-Louis y te planto un beso.

—Verás, como digo, es probable que no sea nada, pero me ha parecido que tenía que contártelo.

—Ya. —El tono de irritación había vuelto a colarse en su voz.

—La noche del asesinato, un abogado llamado Bertrand Barthelme circulaba en dirección sur por la A35. Se estrelló escasos kilómetros al norte de Saint-Louis hacia las diez y media de la noche.

—¿Y qué? —dijo Lambert.

—Bueno, se me ocurre… —Gorski dudó, al darse cuenta de repente de lo endeble que era lo que iba a decir—. Se me ocurre que quizá estuviera volviendo de Estrasburgo.

—Pues sí, podría ser. Él y diez mil personas más. ¿Y?

—Bueno, claro, desde luego, pero la razón por la que creo que tal vez estuviera implicado, o por la que quizá, al menos, debía comentártelo, es que mintió a su esposa acerca de su paradero esa noche y, además…

Lambert suspiró con impaciencia.

—Perdona que te interrumpa, Georges, pero ahora mismo tengo aquí a toda la prensa encima. Te agradezco la llamada.

—Desde luego, solo he pensado que sería negligente de mi parte no hacértelo saber —contestó Gorski, pero Lambert ya había colgado el teléfono.

Gorski encontró a su madre dormida en la silla junto a la chimenea. Levantó la cabeza al cerrarse la puerta y pestañeó con párpados pesados. La habitación era un horno debido a la estufa eléctrica que ahora ocupaba la chimenea.

—Georges, ¿eres tú? —preguntó con la voz agitada—. ¿Dónde está Georges?

Gorski depositó la bolsa de la compra que traía consigo sobre la mesa junto a la ventana y fue a sentarse al lado de su madre.

—Estoy aquí, mamá —dijo, cogiendo su mano—. Te has quedado dormida.

—Tu padre llega tarde a cenar —dijo—. Se va a echar todo a perder.

Gorski no se molestó en corregirla. Esos despistes se habían tornado más frecuentes en los últimos tiempos. Al principio había achacado aquellos comentarios de su madre a algo con lo que había estado soñando, pero llegados a este punto resultaba evidente que se debían a algo más. Él le había propuesto con mucho tacto que quizá debiera pasarse por la consulta del doctor Faubel, pero ella insistía en que no le pasaba nada y se había cerrado en banda a hacer tal cosa. En cualquier caso, a Gorski le preocupaba que un posible diagnóstico de deterioro mental incitase al médico a sugerir que la ingresaran en una residencia para recibir los debidos cuidados: esa era una solución que madame Gorski no iba a aceptar de ninguna de las maneras. «Quiero morir en mi propia casa, gracias», diría con voz cantarina.

Gorski recogió la compra y preparó un té. Se tomó su tiempo en la diminuta cocina. Los ratos que pasaba con su madre se le hacían cada vez más cuesta arriba. Cuando por fin volvió con las tazas pulcramente dispuestas en la bandeja junto con un platillo de rodajas de limón, le pareció que su madre había regresado del todo a la realidad. Abrió la ventana para que circulara un poco de aire.

—Pareces cansado —dijo ella—. Tienes mala cara. ¿Es que Céline no te cuida como es debido?

Gorski no le había dicho que Céline se había marchado. Aunque a su madre nunca le había gustado su mujer, estaba convencido de que la iba a decepcionar de todos modos. En cualquier caso, tampoco le parecía que valiese la pena darle el disgusto, porque, después de todo, la cosa podría ser solo temporal.

Contestó que últimamente había tenido mucha carga de trabajo, añadió tres cucharaditas de azúcar a la taza de su madre y las removió. Ella sonrió agradecida cuando él se la depositó sobre la mesita auxiliar que tenía junto a su butaca. Gorski tomó asiento en la butaca de su padre, junto a la mesa, y dio un sorbo a su infusión. El sabor agridulce del té con limón siempre lo transportaba a los días de su niñez en aquel mismo apartamento. La estancia seguía igual que entonces. No había una sola superficie que no estuviera atestada de un cúmulo de cachivaches rescatados a lo largo de los años de la tienda de empeños de su padre. Dirigió la vista hacia la puerta, como si él también esperase que este fuera a cruzarla de un momento a otro con su guardapolvo marrón, proveniente de la tienda de abajo. Su mirada se detuvo en el mezuzá de la jamba, junto al que había pasado tantas veces sin reparar en él.

—Mamá —dijo—, ¿te acuerdas de que cuando yo era pequeño se presentaron en casa una tarde dos americanos?

Él y su madre solían limitar su conversación a charlas intrascendentes sobre Clémence o sobre madame Beck, la dueña de la floristería que ocupaba ahora el local de abajo y que a menudo le subía a su madre una sopa o un plato de guiso. Hasta la noche del accidente, hacía años que no se había vuelto a acordar de la visita de los dos mormones. Madame Gorski, en cambio, no se mostró en absoluto desconcertada por la pregunta.

—Ah, sí —contestó, como si hablaran de algo sucedido tan solo la semana anterior—. Dos jóvenes muy educados. Pero raros. Iban vestidos igual. Y con qué acento hablaban... —Se echó a reír—. Me sorprende que te acuerdes de ellos. Eras muy pequeño.

Gorski quería recordarle la frase que habían empleado, aquello de la «confesión judía». En ningún momento había pretendido sacar a colación el episodio, y si ahora lo había hecho se debía solo a esas palabras en concreto. Estaba seguro de que ese era el único motivo por el que recordaba la visita. Después de aquello jamás se había vuelto a mencionar el credo al que habían hecho alusión los americanos. ¿Quién era el judío, su madre o su padre? ¿O acaso aquella cajita pegada a la puerta era solo un adorno con tan poca trascendencia como las jarras de cerveza de cerámica inglesa con forma de hombre sentado que había colocadas a ambos extremos de la repisa de la chimenea? Él había albergado la esperanza de que su madre dijera algo sobre el asunto, pero estaba claro que no iba a ser así. A lo mejor ella sencillamente había olvidado el comentario. Así que, en lugar de sacarlo a relucir, se limitó a contestar que lo más seguro era que el episodio se le hubiera quedado grabado en la cabeza porque fue la primera vez que vio a un americano.

—Ya, es que eran *muy* americanos —respondió ella con una risita—. Homosexuales, por supuesto.

Gorski sonrió. Le alegró que al menos fuera capaz de recordar el incidente.

10

Al día siguiente, Raymond regresó a Rue Saint-Fiacre. La noche anterior, durante la cena, le dijo a su madre que había decidido volver al colegio. Por la mañana desayunó como de costumbre, de pie junto a la encimera. Cuando Thérèse salió de la cocina para subirle a su madre la bandeja del desayuno, Raymond no esperó a tragarse el pan que estaba masticando y abrió el bote de cerámica donde guardaban el dinero para los recados. Sacó dos billetes de cien francos y volvió a colocar la tapa. Al regresar Thérèse escasos minutos después, el corazón le latía desbocado, pero se obligó a permanecer en la cocina. E incluso hizo algún que otro comentario sobre el tiempo. Disimular de aquella manera era absurdo, claro está. Thérèse se daría cuenta de que faltaba el dinero tan pronto como se dispusiera a cumplir con las compras matutinas. Y, aunque solo fuera para defender su inocencia, denunciaría el robo a su madre al instante. Como es natural, no acusaría a Raymond directamente. Bastaría con decir que faltaba el dinero.

El acto de Raymond no fue espontáneo. Se le había ocurrido el día anterior, en el tren, mientras regresaba de Mulhouse. O incluso puede que antes, en el mismo instante en que el dueño de la filatelia le dijo el precio de la navaja. Desde ese momento se había resistido a ponderar las posibles consecuencias del robo, consciente de que ese ejercicio actuaría como un freno a sus planes. Pero, una vez hecho, se había dado cuenta, para su sorpresa, de que no le costaba comportarse como si nada. Es más, notó que hasta le había producido cierta complacencia el hecho de estar allí de pie, hablando de manera despreocupada con Thérèse, mientras los billetes descansaban a buen resguardo en el bolsillo trasero de su pantalón.

Raymond llegó a Rue Saint-Fiacre a las nueve y media. En la calle no había más ajetreo que el día anterior. Al hallarse apartada de las vías más transitadas de la ciudad, no había motivos para pasar por ella si uno no vivía allí. La filatelia aún no estaba abierta. En previsión de la jornada de vigilancia que tenía por delante, Raymond llevaba encima una libreta y un lápiz, media baguette, su novela y los cigarrillos que había comprado en el café de la esquina. En una página de la libreta había dibujado un plano de la calle y marcado en él la posición de cada lugar de interés. En la hoja contigua había hecho un diagrama del edificio, un rectángulo de cuatro cuadrados de alto por dos de ancho, donde cada recuadro representaba un apartamento. La noche anterior había buscado en el listín telefónico los nombres que había conseguido memorizar. No encontró a ningún Ziegler, pero tampoco estaba seguro de recordar el apellido correcto. En cambio, sí dio con los otros tres: Abbas, Lenoir y Comte. El primero no le interesaba. Le costaba creer que su padre pudiera haber fraternizado jamás con alguien de ascendencia árabe. Él siempre había insistido en que Francia debería ser para los franceses. Raymond llamó a los dos números restantes desde el teléfono del despacho de su padre. Una voz masculina respondió a la primera llamada con un escueto y cortante «¿Diga?». Se oía de fondo el llanto de un niño. Raymond dijo que se había equivocado de número y colgó. Anotó en su cuaderno los resultados de sus pesquisas junto al apellido Lenoir. Al segundo número de teléfono, que figuraba en el listín junto al nombre

Comte, I., respondió una mujer. Raymond habló con la mayor firmeza posible:

—¿Podría hablar con monsieur Comte? —dijo.

Hubo una pausa.

—Aquí no vive ningún monsieur Comte —respondió la mujer—. ¿Quién llama?

Su voz no sonaba juvenil ni cascada. Poseía un tono cristalino y afable, aunque traslucía también cierto nerviosismo, una suerte de leve temblor. Raymond se quedó callado unos instantes. Podía escuchar la respiración de la mujer. Quizá le estuviera dando caladas a un cigarrillo.

Ella repitió su pregunta.

Raymond colgó el auricular. Un leve y súbito sudor le cubría la frente. Se sintió culpable, como si hubiese cometido un leve acto de violencia. Junto al apellido Comte escribió: «Mujer soltera de mediana edad».

Raymond ocupó su puesto de observación en el pasadizo situado enfrente del número 13. Se forjó una imagen de mademoiselle Comte en camisón, sentada a la mesa de su cocina, en algún lugar del edificio, con un tazón de café y un cigarrillo consumiéndose en un cenicero. Supuso que rondaría los cuarenta. Tal vez un gato se restregaba contra sus piernas. Quizá pensaba en la desconcertante llamada telefónica que había recibido la noche anterior.

Hacia las diez, el filatélico salió de su tienda. Iba en zapatillas de andar por casa y llevaba un cigarrillo en la boca. Por fuerza tenía que vivir en el apartamento de encima. Procedió a abrir el candado que aseguraba la reja del escaparate. Raymond reculó al interior del pasadizo hasta que escuchó el estruendo metálico de la reja al enrollarse. Esperaría un rato antes de entrar. Si pretendía regatear el precio de la navaja, no convenía desarmarse dando la impresión de que llevaba un rato esperando ansioso a que abriera la tienda. Mejor aparentar que justo pasaba por allí y que ni le iba ni le venía hacerse o no con la navaja.

Al poco de encenderse el primer cigarrillo —había decidido darse un margen de cuatro— se abrió la puerta del número 13 y del portal salió apresuradamente un hombre de unos treinta años. Tenía aspecto apurado. Llevaba la corbata mal anudada e iba comiéndose lo que parecía un cruasán o un *pain au chocolat*. Portaba un maletín. Se subió a un Renault maltrecho, arrancó y se alejó por la calle. Seguramente se trataba del impaciente monsieur Lenoir que había contestado al teléfono la noche anterior. Escasos minutos después, una mujer de edad similar abandonó el portal con dos niños, el más pequeño en un carrito. El mayor llevaba un trozo de pan en la mano. Su anorak le colgaba de un hombro. Echaron a andar en dirección al centro. Raymond se adentró en el pasadizo y tomó nota de sus observaciones.

En la siguiente media hora o así no sucedió nada más. Entonces salió una mujer de unos veintimuchos. Iba vestida con una gabardina verde con cinturón. No llovía, pero ella abrió un paraguas transparente. Su cabello era rubio claro con ondas alborotadas. También ella se alejó aprisa hacia el centro, con sus tacones repiqueteando sobre la acera. Al pasar miró a Raymond, pero su expresión no reveló curiosidad alguna. ¿Podría ser ella la mujer con la que había hablado por teléfono? A Raymond le pareció que no. Sus pasos denotaban una confianza que no encajaba con la indecisión que había detectado en la voz de mademoiselle Comte. ¿Sería una de ellas la mujer que otrora anotó su dirección en el trocito de papel que Raymond ya había devuelto al escritorio de su padre? No había forma de saberlo. Aun así, Raymond tenía la sensación de estar progresando. Si contaba a la anciana del día anterior, y asumiendo que ninguno de los que había visto podía apellidarse Abbas, ya tenía localizados a los inquilinos de más de la mitad de los pisos.

Una calma mañanera se apoderó de la calle. Le pareció el momento idóneo para entrar en el edificio y tomar nota de los demás apellidos de los buzones. Si alguien le preguntaba qué hacía allí, ya había decidido que se limitaría a preguntar si vivía en el edificio un tal monsieur Dupont. Podría incluso dar unas palmaditas a su cartera, dando a entender que venía a hacer una entrega. Cruzó la calle con determinación, cuaderno y bolígrafo en mano. A pesar del cuento tapadera que llevaba pensado, estaba tan nervioso como cuando entró por primera vez al edificio el día anterior. Una vez más, vaciló en encender la luz, aunque si su presencia allí era tan inocente como pretendía, ¿por qué no iba a encenderla? Si le preguntaban, no iba a poder decir que no había visto el interruptor, pues estaba pegado a los buzones. Pulsó el botón iluminado. Para alivio suyo, no sucedió nada. Se puso manos a la obra, garabateando los nombres que le faltaban en una página en blanco: Ziegler (no se equivocaba), Jacquemin, Duval y Klein. Hecho esto, descubrió que le quedaba valor para avanzar hasta las puertas de los pisos de la planta baja. En la de la derecha había una plaquita grabada con el apellido Abbas en una letra muy historiada. Una robusta barra aseguraba la puerta del piso de la izquierda. Raymond salió a la calle y respiró hondo. Se alejó paseando por Rue Saint-Fiacre y, a continuación, desanduvo el camino por la casi idéntica calle paralela y regresó a su posición en el pasadizo. Empezaba a familiarizarse mucho con este trocito de Mulhouse. Recompensó sus esfuerzos con un cigarrillo.

Justo pasadas las once y media, una mujer de unos sesenta años salió de la tienda de filatelia. Raymond no la había visto entrar. Debía de ser la mujer del dueño. A los veinte minutos regresó con una baguette bajo el brazo y volvió a entrar en la tienda. Raymond resolvió que era hora de hacer su adquisición, pero al aproximarse al local se percató de que habían colgado un cartelito en la puerta con un mensaje que decía: CERRAMOS A MEDIODÍA. A pesar de esto, la puerta no estaba cerrada con llave. Raymond la abrió con suavidad, haciendo sonar la campanilla. Pasó al interior de la tienda vacía y se quedó muy quieto, atento a escuchar cualquier ruido de movimiento procedente del piso de arriba. Oyó el sonido de unos pasos sobre la tarima. Se abrió una puerta, seguramente la que brindaba acceso al piso, y el dueño alzó la voz desde lo alto de las escaleras: «¿Hay alguien ahí? Estamos cerrados». Raymond contuvo la respiración. Tenía la mirada clavada en la navaja, que seguía sobre la pila de maletas castigadas cerca del fondo del local.

La voz del filatélico sonó de nuevo. «¿Hay alguien ahí?». ¿Se dejaría siempre la puerta abierta a la hora del almuerzo o había sido un despiste? A lo mejor tanto él como su esposa creían que el otro había echado la llave. O también podía ser que fueran personas confiadas, de esas que creen que un cartel de cerrado basta para disuadir a los ladrones. En cualquier caso, ya podía escuchar unos pasos bajando por las escaleras. Sin pensárselo dos veces, Raymond se dirigió de puntillas hacia el fondo de la tienda, cogió la navaja y la introdujo en su cartera. Abandonó el local a toda prisa. Corrió hasta el patio al fondo del pasadizo y se pegó contra la pared. Estaba mareado, casi a punto de vomitar. Se agachó hasta quedarse en cuclillas. ¿Qué le había llevado a hacer semejante cosa? Hasta esa misma mañana, lo único que había robado era una bolsa de caramelos como mucho. No le cabía duda de que el filatélico se percataría de la desaparición de la navaja y recordaría que el día anterior un joven se había interesado por ella. Raymond no habría sido capaz de decir cuánto tiempo estuvo allí agachado, con la espalda pegada al muro. Trató de evaluar su situación. Cualquiera que se asomara desde uno de los pisos que daban al patio pensaría que su comportamiento era harto sospechoso. Tal vez alguien lo había visto ya y había dado parte a la policía. El dueño de la tienda también podía haber hecho otro tanto. Raymond hizo un esfuerzo para intentar pensar con claridad. Pasara lo que pasase, nadie lo había visto coger la navaja. Siempre y cuando no lo sorprendieran con ella encima, podía negarlo todo. Miró a su alrededor para comprobar que no lo observaban, sacó la navaja de la cartera y la escondió entre los hierbajos que sobresalían de la boca de un caño de desagüe. Luego se incorporó y regresó al pasadizo de la manera más despreocupada que fue capaz de afectar.

Asomó la cabeza a la calle muy despacio. Ni rastro del filatélico. Ni un solo eco de sirenas de la policía. Cuando salió a la acera, fingió ajustarse la cremallera del pantalón, como si hubiese entrado en el pasadizo para orinar. Luego echó a andar con pasos apresurados hacia el centro. Torció por la primera calle a la izquierda y, solo cuando hubo comprobado que nadie lo miraba, volvió a girar para regresar al otro extremo de Rue Saint-Fiacre. Encendió un cigarrillo. Le temblaban las manos. Echó el humo con una larga exhalación. ¡Menudo imbécil! De haberse parado a pensar, aunque fuera una fracción de segundo, no habría reunido el valor para hacer algo semejante. Pero ya estaba hecho, y no lo habían pillado. Sintió una explosión de júbilo. No por haber robado la navaja, que bien podría haberse comprado de todos modos, sino porque al presentársele la oportunidad de hacerlo, en lugar de verse paralizado por la indecisión, la había cogido.

Ahora solo tenía que esperar un tiempo razonable, en el que cerciorarse de que nadie había llamado a la policía, antes de recuperar la navaja de su escondite. Lo más probable era que el filatélico ni siquiera hubiese reparado en su ausencia. Se encendió otro cigarrillo, saltándose el tope que él mismo se había impuesto. Tenía doscientos francos en el bolsillo. Podía comprarse todas las cajetillas de tabaco que quisiera. Por el momento había olvidado casi por completo el verdadero propósito de su misión en Rue Saint-Fiacre.

Transcurrido un buen rato, Raymond regresó al patio para sacar la navaja de donde estaba oculta. Se acuclilló junto al caño y la deslizó en el interior de su funda. Encajaba a la perfección. Se incorporó y evitó caer en la tentación de mirar a su alrededor para comprobar si alguien lo observaba. Eso solo le daría un aspecto aún más sospechoso del que seguro que ofrecía ya. Así pues, mantuvo la vista clavada en el suelo y atravesó el pasadizo que desembocaba en la calle. Justo cuando iba a pisar la acera se abrió la puerta del número 13. Raymond reculó al interior del pasadizo. Salió una muchacha. Rondaría los diecinueve o veinte años y vestía pantalones vaqueros negros y unas botas de cordones que le llegaban hasta la pantorrilla. Encima se había puesto una chaqueta de *tweed* de hombre, con coderas. El día estaba encapotado, pero ella iba con unas gafas de sol de lentes redondas de cristal verde. En la cabeza llevaba un sombrero echado hacia atrás, chato con cinta y ala estrecha. Puso rumbo al centro. Andaba a zancadas, lánguida y decidida a la vez. Raymond partió en la misma dirección. No podrían acusarlo de estar siguiéndola. Era una mera coincidencia que ella saliera del edificio justo cuando él se encontraba a punto de marcharse. A pesar de esto, siguió por la acera opuesta de la calle y reguló la marcha con el fin de no adelantarla. La cartera le daba golpes contra la cadera. Le complacía saber que la navaja estaba a buen recaudo en su interior. La muchacha llegó al cruce donde Raymond se había separado del tipo de la cara picada que le había dado indicaciones. Raymond aminoró el paso.

La muchacha se abrió paso entre los coches, se diría que totalmente indiferente a si la atropellaban. Un camión de grandes dimensiones la ocultó momentáneamente de la vista de Raymond. Cuando emprendió la marcha y se alejó, la chica había desaparecido. Raymond sintió una punzada de decepción. Cruzó la calle a toda prisa, entre las filas de coches. Entonces, por encima de los vehículos, divisó su sombrero moviéndose arriba y abajo por Rue de la Sinne. Echó una breve carrera para no perderla de nuevo. Ya no podía fingir que no la estaba siguiendo. La muchacha se detuvo delante del escaparate de una tienda de discos. Raymond se metió en el umbral de un portal. Apenas le separaban veinte metros de ella. Su perfil le resultó chocante. Tenía una marcada nariz romana y los pómulos muy pronunciados. Mantenía la cabeza muy erguida, puede que solo para impedir que las gafas se le deslizaran por el puente de la nariz, pero la postura le confería un porte altivo. Si se daba la vuelta en ese instante, seguro que sorprendía a Raymond mirándola. Tal vez se hubiese percatado ya de su presencia al abandonar el portal de su casa, o lo había visto antes, desde la ventana de su piso. Raymond no alcanzaba a explicarse su propio comportamiento. Pero se sentía incapaz de marcharse. Una parte de él incluso deseaba que ella lo viera.

La muchacha prosiguió por Rue de la Sinne y entró en el bar en cuya puerta se había detenido a saludar a un conocido el tipo que le había ayudado. Raymond aguardó unos minutos y la siguió al interior. El local parecía una espaciosa caverna, con techos altos y cornisas ornamentales. Dos hombres ocupaban sendos taburetes junto a la barra; uno hojeaba con parsimonia las páginas de un periódico, el otro tenía la barbilla hincada contra el pecho, como si estuviera dormido. El camarero saludó a Raymond con un gesto del mentón, sin sonreír. Raymond se sentó en el banco corrido de color verde que se extendía a lo largo de la pared situada a la derecha de la puerta. No había ni rastro de la chica.

Muy arriba, en la pared de enfrente, había un enorme reloj estampado con el nombre del bar: Le Convivial. El segundero progresaba con un majestuoso tictac. Quedaban escasos minutos para las cinco en punto. Dispuestas por el perímetro del local había unas veinte mesas con sillas de madera dispares. Cerca de la mitad se hallaban ocupadas por un surtido muestrario de ancianos, cinturilla de los pantalones a la altura del ombligo y brazos cruzados sobre el vientre. Intercambiaban rondas de apretones de manos y saludos a la llegada de cada nuevo parroquiano, pero por lo demás permanecían sentados en silencio. Las paredes estaban aguadas de amarillo y salpicadas de litografías enmarcadas de Lautrec. Había dos columnas empapeladas con carteles cinematográficos y fotografías de Belmondo, Bardot, Gainsbourg y demás gente del mundillo. Al fondo vio una mesa de billar con un par de tacos abandonados de cualquier manera sobre el tapete. Cerca del centro de la mesa, el paño estaba rasgado y se había remendado con una tira de cinta aislante de color negro. Daba la impresión de que no se usaba nunca.

A Raymond ni lo miraron. Empezó a preguntarse si el camarero lo había visto siquiera. Era un tipo bajo y fornido, de unos treinta años, con pelo rubio oscuro peinado hacia atrás. Vestía una camisa azul de manga corta con el nombre de Le Convivial bordado en el bolsillo. Una variopinta colección de tatuajes rudimentarios decoraba sus brazos. Estaba apoyado en la barra, con la mirada perdida en algún punto indeterminado por encima de la puerta y no daba la sensación de tener la menor intención de servir ni a Raymond ni a nadie. Bajo el labio inferior se había dejado crecer un pequeño parche de barba, que se acariciaba de manera distraída con el pulgar y el índice de una mano. Tal vez era uno de esos locales donde hay que pedir en la barra. En cualquier caso, si la muchacha no estaba allí, no había razón para quedarse. Claro que parecería un idiota si se levantaba de repente y se marchaba sin pedir nada. Se imaginó al camarero alzando la voz a su espalda: «Eh, chaval, ¿te crees que esto es una sala de espera?», seguido de un coro de risas de los hombres sentados a las mesas.

Entonces, justo a las cinco en punto, la muchacha salió por una puerta marcada con el distintivo WC FEMMES, un espacio que a Raymond le costó imaginar que se utilizara con frecuencia. Se había cambiado de ropa y ahora lucía una blusa blanca y un mandil atado a la cintura. Se había quitado el sombrero, y llevaba las gafas de sol sobre la cabeza. Su abundante pelo castaño oscuro estaba cortado a la altura de la nuca y peinado hacia adelante, formando un tupé. Sin dirigir una sola palabra al camarero, se puso a recoger de inmediato las tazas y las copas vacías de las mesas, que a continuación limpiaba vigorosamente con un trapo. Se hizo evidente que la clientela había estado esperando su llegada, porque todos empezaron a ladrarle comandas, que ella no anotó en ningún caso. Mostraba una actitud distendida y familiar, e incluso utilizaba el apelativo *oncle* para dirigirse a los de más edad. Un hombre le plantó unas palmaditas en el trasero mientras ella limpiaba una mesa y se ganó una seria reprimenda que claramente lo divirtió. Una vez despejadas todas las mesas, ella procedió a recitar las comandas mecánicamente al camarero, que se puso manos a la obra. Solo entonces dirigió ella su atención a Raymond, a quien hasta ese momento había fingido no ver.

Se plantó delante de su mesa, con la mano derecha apoyada en la cintura. El pie izquierdo reposaba sobre el talón y se meneaba de un lado a otro como si estuviera aplastando una colilla.

—Y bien, monsieur, ¿qué desea? —dijo con un dejo de ironía en la palabra *monsieur*. Tenía una agradable voz grave. Sus ojos eran grandes, de párpados caídos, y tan separados entre sí que daban la impresión de mirar en direcciones opuestas. Raymond se preguntó si se pondría sus diminutas gafas para corregir algún defecto de visión o porque quería ocultar su estrabismo. Pero no parecía una persona con complejos de ningún tipo.

—Tomaré un té —contestó él.

—¿Un té? —repitió la muchacha. Ladeó la cabeza, como si la elección le hiciera gracia o la sorprendiera.

Tendría que haberse pedido una cerveza, por guardar las apariencias, pero antes de que le diera tiempo a cambiar de parecer, la muchacha ya había voceado la comanda por encima del hombro:

—Dédé, ¡marchando un té para el joven monsieur!

Esto provocó que los demás clientes miraran a Raymond. Notó que se sonrojaba. La muchacha regresó a la barra y empezó a repartir las bebidas que Dédé había ido preparando. El despacho de comandas se produjo sin sobresaltos. No hubo intercambio pecuniario. El desembolso sin duda se hacía más tarde. La muchacha depositó el té de Raymond sobre la mesa sin mediar palabra y dejó el recibo en un platillo metálico. Raymond vació los acostumbrados tres sobrecitos de azúcar en el vaso y removió el té con aire distraído. Sacó los cigarrillos del bolsillo y se encendió uno.

La muchacha, que ya había completado su primera tanda de tareas, estaba ahora apoyada en la esquina de la barra, charlando con Dédé. Hizo un gesto con la cabeza señalando a Raymond y murmuró un comentario que provocó una carcajada nasal del camarero. Raymond dirigió la vista hacia el despliegue de pósteres de la pared y luego hacia el reloj, que ya marcaba las cinco y diez. Abrió la cartera para sacar el libro. Su mano se demoró un instante sobre la funda de la navaja, y las yemas de sus dedos acariciaron el cuero gastado, recorriéndolo muy despacio hasta la guarda, y de ahí a la empuñadura. Miró a su alrededor para comprobar si lo observaban. Un par de mesas más allá, a lo largo del banco corrido, dos hombres jugaban absortos al ajedrez sobre un tablero de linóleo. Raymond sacó el libro, lo abrió y lo presionó para que quedase plano sobre la mesa. El lomo estaba roto y algunas de las páginas estaban empezando a soltarse.

Un viejo de papada flácida abrió la puerta de un empujón y se dirigió con pasos vacilantes hasta la barra. Los pantalones le estaban demasiado cortos y no llevaba calcetines. Tenía manchas en la zona de la entrepierna. Estrechó sin fuerza la mano del camarero, que le plantó delante una copita de un licor oscuro. El hombre la contempló durante unos instantes, con ambas manos apoyadas sobre la barra, como si se estuviera armando de valor. Luego alzó su bebida y la apuró de un trago. Hurgó en el bolsillo de su pantalón en busca de una moneda y se marchó con la misma parsimonia con la que había entrado.

Minutos después llegó otro hombre, que saludó con un gesto de la cabeza a los parroquianos que estaban sentados en las mesas próximas a la puerta. Sacó un periódico del revistero y fue a sentarse a una mesa vacía. Era el tipo que le había dado indicaciones a Raymond el día anterior. Debía de ser cliente habitual porque, sin pedir él nada, la camarera le sirvió un café solo y un vasito de aguardiente. El hombre la siguió con la mirada mientras se alejaba hacia la barra y, por el camino, sus ojos se posaron en Raymond, que de inmediato se encorvó sobre su libro. Pero no fue lo bastante rápido. El tipo hizo un gesto de extrañeza. Cuando Raymond alzó la vista instantes después, el otro lo seguía mirando. Levantó la mano a modo de saludo.

—¿La encontraste sin problema? —preguntó alzando la voz desde el otro extremo del local.

Raymond dirigió la vista hacia la barra para ver si la camarera estaba escuchando. Ella lo miraba intrigada. Al menos el tipo no había pronunciado en voz alta el nombre de Rue Saint-Fiacre.

—Sí. Gracias —contestó. Bajó la vista otra vez hacia el libro de manera elocuente.

Raymond no sabía qué quería que pasara, si es que quería que pasara algo. Su instinto le decía que debía beberse el té y salir de allí lo antes posible. Era lo que hubiese hecho el Raymond de pocos días atrás. Pero el Raymond de pocos días atrás no estaría allí, para empezar. El Raymond de pocos días atrás no se habría atrevido a robar doscientos francos del bote que guardaba Thérèse en la cocina. Por nada del mundo habría robado la navaja que reposaba ahora en el interior de su cartera. Ni tampoco habría perseguido a una muchacha desconocida por las calles de Mulhouse. Si abandonaba el bar ahora, todo habría terminado. Pero él no quería que terminara. Ni siquiera conocía el nombre de la muchacha. ¿Tan fuera de lugar estaría preguntárselo sin más? Es verdad que había entrado en la tienda de filatelia y robado la navaja, pero entonces había actuado de manera totalmente impulsiva. De haber sido algo premeditado, jamás habría reunido el valor para llevarlo a cabo. Asimismo, si hubiera vacilado tan solo un instante antes de seguir a la chica hasta Le Convivial, se le habrían ocurrido mil razones para no hacerlo. Pero ahora, perdida la ocasión de preguntarle cómo se llamaba cuando ella acudió a pedirle la comanda, esa misión quedaba descartada. No resultaría para nada espontánea. Exceptuando a Yvette, a la que consideraba casi una hermana —a pesar del sexo—, Raymond se quedaba en blanco en todas y cada una de las raras ocasiones en las que una chica le dirigía la palabra. Si esta además era atractiva, se sonrojaba hasta las orejas. Como consecuencia, en el colegio evitaba en todo momento cruzar una mirada con las chicas, no fueran a interpretarla como una invitación a hablar con él.

La única salida viable era esperar y ver qué pasaba. Raymond no pudo atajar una sonrisa al pensar que, al fin y al cabo, lo que estaba haciendo al ponerse de ese modo en manos del azar no era, hasta cierto punto, sino tomar una decisión. Este pensamiento lo reconfortó. Ya eran las cinco y veinte. Todavía tenía que encontrar el camino de vuelta a la estación, coger un tren de regreso a Saint-Louis y llegar a casa a tiempo de cenar con su madre. Concluyó que podía esperar otros cuarenta minutos sin que ello supusiera tener que enfrentar más tarde un interrogatorio sobre su paradero.

Los jugadores de ajedrez de la mesa vecina se acercaban al final de la partida. Después de cada movimiento, pulsaban cada vez más rápido el cronómetro colocado entre ambos. El más anciano de los dos movía sus piezas con mayor parsimonia, pero su pierna se movía nerviosa debajo de la mesa. Llevaba las gafas de montura metálica prendidas casi en la punta de la nariz. El hombre más joven se pasaba la palma de la mano por la boca y meneaba la cabeza a cada jugada, como resignado a perder. Su rey estaba asediado en una esquina del tablero. Las blancas movieron un alfil y dieron jaque. Las negras cubrieron el jaque con un peón. El alfil blanco atrasó su posición antes de que el hombre más joven hiciera avanzar su torre hasta la octava fila, donde su oponente tenía su rey bloqueado por tres peones. El anciano se quitó las gafas y tumbó su rey. No cruzaron una sola palabra mientras recogían las piezas y las metían dentro de una caja de madera. Luego, el más joven enrolló el tablero y lo devolvió a su sitio, junto con la caja de piezas, en el casillero de un aparador donde se guardaba la cubertería. Salieron del local y se despidieron en la acera.

La partida había conseguido absorber la atención de Raymond. Era evidente que se trataba de un ritual diario o semanal. A lo mejor llegaría un día en el que Stéphane y él tuvieran su propia mesa al fondo de un bar en Saint-Louis.

Habían transcurrido otros diez minutos. La muchacha no mostraba ningún interés en Raymond. Al contrario, apartaba la vista con descaro cada vez que pasaba junto a su mesa. Él empezó a albergar serias dudas sobre si había sido prudente confiar su plan al azar. Tal vez tuviera que tomar la iniciativa después de todo. Bajó la vista al libro, que seguía sosteniendo abierto contra la mesa. Su mirada se posó sobre las palabras subrayadas: *Tenía la carne abierta desde el pulpejo del pulgar hasta la base del dedo meñique.* Raymond se vio cogiendo la navaja, poniéndose de pie y abriéndose un tajo en la palma de la mano. Se imaginó a los hombres que estaban sentados junto a la puerta señalándolo, a la muchacha corriendo hasta él con un trapo y vendándole la mano. Eso le proporcionaría la oportunidad perfecta —y espontánea, en apariencia— para preguntarle cómo se llamaba. Estaba ponderando esta posibilidad cuando la muchacha se plantó delante de su mesa.

—¿Le pasa algo a tu té? —Llevaba una bandeja encajada bajo el brazo. Su pie izquierdo osciló sobre el talón como la vez anterior, dando la impresión de que estaba enojada o impaciente.

—¿A mi té? No, no le pasa nada —respondió Raymond—. Lo prefiero frío.

Entonces, como para corroborar sus palabras, alzó el vaso hasta sus labios y bebió con exagerado entusiasmo. La muchacha puso los ojos en blanco. Raymond se maldijo. En realidad la chica no tenía ningún motivo para acercarse. El comentario sobre el té había sido un mero pretexto. Y a él solo se le había ocurrido decir «Lo prefiero frío». ¡Menuda idiotez! Ni siquiera era verdad y, ahora, si acaso volvía a verla alguna vez, estaría condenado a beberse el té frío. A pesar de esto, la chica no se marchó. Señaló el libro levantando el mentón y le preguntó qué leía.

Él lo cerró para enseñarle la cubierta.

—Ah —dijo ella con la misma actitud que gastaría un médico al diagnosticar una enfermedad grave—. Bueno, no te preocupes, estoy segura de que superarás esa etapa.

Raymond soltó una risita nasal, pero notó que empezaba a sonrojarse como siempre. Encendió un cigarrillo para disimular. Para su sorpresa, la chica sacó la silla de enfrente y se sentó. Las patas produjeron un desagradable chirrido contra el suelo. Cogió un cigarro de la cajetilla de Raymond y se lo encendió.

Se inclinó hacia él.

—¿Sabes qué? Te he visto delante de mi casa.

Raymond se retrepó en el banco de manera instintiva. Sus mejillas ya estaban del color de la grana. Negarlo sería absurdo, claro está, pero eso fue lo que hizo.

—Así que sabes dónde vivo —prosiguió la muchacha.

—Claro que no. ¿Cómo iba a saberlo?

—Pues si no sabes dónde vivo, ¿cómo sabes entonces que no estabas delante de mi casa?

Raymond le dio una calada a su cigarrillo y echó el humo sin inhalarlo.

—Lo que quiero decir es que, si he estado delante de tu casa, no lo sabía. A lo largo del día he pasado por delante de varias casas, obviamente. Así que, si una era la tuya, entonces sí que he estado allí, pero solo por casualidad.

Quedó satisfecho con su respuesta. El calor que sentía en la cara empezó a remitir.

La muchacha puso cara de desconcierto, como si no supiera qué pensar de él.

—Entonces, ¿reconoces o no que has estado allí?

—Dime dónde vives y podré decirte si he estado allí o no.

La chica dio una profunda calada a su cigarrillo. Dejó caer la ceniza en el suelo, a sus pies.

—Esta mañana te he visto en Rue Saint-Fiacre mirando hacia mi edificio. Llevabas una libreta. Después te he visto merodear por el pasadizo que hay junto a la chamarilería. Y esta tarde, cuando he salido de casa, me has seguido. —Lo dijo con un tono de voz indiferente, como si fuera algo que le sucediera a diario. Alzó las cejas con gesto interrogante.

Antes de que Raymond tuviera tiempo de responder, Dédé levantó la voz con exasperación:

—Oye, Delph, ¿piensas seguir trabajando o echamos el cierre?

Y ya estaba: sin hacer nada, Raymond se había enterado de su nombre. Ella se giró para mirar a Dédé, que estaba de pie junto a la trampilla de la barra gesticulando hacia los clientes sentados junto a la puerta. Ella sonrió de oreja a oreja, ladeó la cabeza y le hizo una peineta. Se giró de nuevo hacia Raymond.

—¿Y bien? —dijo ella.

—Es cierto —contestó él—. Estaba allí. Pero no te he seguido. Ha dado la casualidad de que justo me marchaba en ese momento.

—¿Y también es *casualidad* que me hayas seguido hasta este establecimiento tan encantador?

Raymond bajó la mirada a la mesa.

—No te estaba espiando —dijo en voz baja. Alzó la vista para mirarla. A pesar de todo, ella no parecía nada molesta. Raymond tuvo la impresión de que hasta le gustaba pensar que la seguían, que la espiaban. Le sonrió.

—Entonces, dime, ¿qué hacías? —preguntó ella.

—Eso no te lo puedo contar; ahora no, al menos. —Añadió las últimas palabras muy a propósito, para dar a entender que quizá pudieran verse de nuevo en otra ocasión.

La muchacha —*Delph*— meneó un poco la cabeza y murmuró algo para sí. Arrastró la silla hacia atrás produciendo el mismo chirrido que antes y se levantó. Raymond sintió que se le escapaba la oportunidad. El corazón le latía con fuerza. No le quedaba otra que tomar cartas en el asunto.

—A lo mejor podríamos volver a vernos, en otro sitio —dijo. El rubor le acudió de nuevo a las mejillas.

Delph se echó a reír. Una vez, durante una excusión escolar a la Petite Camargue cuando tenía seis o siete años, un grupo de niños mayores le había tendido una emboscada desde detrás de unos árboles y él se había orinado encima. Mientras esperaba a que Delph dijese algo, Raymond experimentó una sensación casi igual de mortificante. Ella se encogió de hombros, como si le diera lo mismo.

—Estaré en el Johnny's el sábado —dijo, y se marchó a atender a los clientes que esperaban.

Raymond asintió para sí, memorizando con gesto solemne las palabras de Delph. No tenía ni idea de dónde estaba ni qué era el «Johnny's», pero no pudo contener el impulso de mirar a su alrededor para ver si alguien había sido testigo de su triunfo. El hombre de la cara picada le guiñó un ojo y se golpeó la mejilla con el puño en un gesto obsceno.

Raymond depositó unas monedas en el platillo metálico que había sobre la mesa y se levantó para irse, mientras su cartera golpeaba contra el respaldo de la silla en la que se había sentado Delph. Ella no alzó la vista cuando él pasó de largo. Aún no habían dado las seis.

11

Gorski estaba saliendo de la comisaría. Eran las diez y media. Esa tarde iba a verse con Céline y había pensado que lo mínimo que podía hacer era acercarse a Lemerre a darse un corte de pelo. Después volvería a casa para ducharse y cambiarse de camisa. Sin levantar la vista del periódico, Schmitt levantó la voz:

—Ah, Georges, casi se me olvida.

Gorski se dio la vuelta. Una mujer de unos treinta años y con aspecto de estar exhausta ocupaba una de las sillas de plástico de la hilera pegada a la pared a la derecha de la puerta. A sus pies, un niño que rondaría los cuatro años pintaba garabatos en unos pedazos de papel. La mujer apartó la vista de Schmitt y miró a Gorski. Su presencia hizo que Gorski se abstuviera de leerle la cartilla al funcionario por dirigirse a él por su nombre de pila.

—Te han llamado de Estrasburgo. Era un inspector. Un tal Larousse o Lamour, algo así.

—¿Lambert? —preguntó Gorski con voz cortante.

—Eso —dijo Schmitt—. Lambert.

—¿Y cuándo ha sido eso?

Schmitt hinchó los carrillos y alzó la vista hacia el techo.

—Hará una hora, puede que dos.

Gorski se olvidó de la mujer por un instante.

—Eres gilipollas, Schmitt.

El niño levantó la vista de su dibujo. Schmitt miró a la mujer con expresión perpleja y cara de no haber roto un plato en su vida. Gorski meneó la cabeza y regresó a su despacho, cabreado. Levantó el auricular de golpe y, cuando ya llevaba marcada la mitad de los dígitos, se detuvo. Colgó el teléfono. Vista la última conversación que habían mantenido, a lo mejor no era mala idea esperar un poco a devolverle la llamada a Lambert. No quería que pensara que no tenía nada mejor que hacer que sentarse junto al teléfono a esperar como una adolescente enamorada a que su colega de la gran ciudad lo llamase de nuevo. Con todo y con eso, el gesto sería una grosería. Lambert no habría telefoneado si no se tratara de algo importante, y lo cierto era que ya había pasado un lapso más que respetable.

Cuando le pasaron a Lambert, respondió a la primera señal.

—¡Georges! —exclamó, como si de repente fueran amigos de toda la vida—. ¿Cómo estás?

—Bien —contestó él con frialdad—. ¿Qué puedo hacer por ti?

—He estado pensando en el sospechoso ese por el que me llamaste —empezó.

—¿Sospechoso? —Gorski meneó la cabeza mientras hablaba.

—El tipo del accidente.

—Ah, Barthelme —dijo Gorski, como si hubiera olvidado por completo el asunto—. Seguro que tú tenías razón. No hay motivos para pensar que pudiera estar implicado.

—Aun así, no estaría de más descartarlo de la investigación, ¿eh?

—Supongo que no —admitió Gorski.

—Perfecto —dijo Lambert—. ¿Crees que podrías ahorrarme el viaje y hacerle unas cuantas preguntas de mi parte?

—Lo haría encantado —dijo Gorski—, si no fuera por un pequeño inconveniente: el tipo está muerto. Falleció en el accidente.

—Vaya —dijo Lambert. Chasqueó la lengua mientras procesaba el dato—. Aunque quizá no hay mal que por bien no venga. Me comentaste que había mentido acerca de su paradero o algo así, ¿verdad?

—Le contó a su mujer que estaba cenando con unos colegas de negocios.

—Hum. —Lambert chasqueó la lengua un par de veces más antes de preguntarle si ya se había celebrado el funeral.

—El cadáver está en el depósito de Mulhouse. Está previsto que se entreguen los restos a la familia en un par de días.

—¿Sabes qué, Georges? —dijo Lambert—. Me harías un enorme favor si pudieras conseguir sus huellas y traérmelas.

Aparte de la urgencia de cortarse el pelo, no había nada que impidiese a Gorski hacer lo que pedía.

—La verdad es que estoy hasta arriba de trabajo —respondió—. Pero creo que podré hacer un hueco.

—Pues si fuera posible, te lo agradecería enormemente, Georges. Te invito a almorzar.

Gorski aceptó. Al menos podría impresionar a Céline contándole que estaba trabajando en un caso de asesinato en Estrasburgo.

—Así me gusta —dijo Lambert—. Y quizá tampoco nos vendría mal que consiguieras una fotografía del sospechoso.

—Veré qué puedo hacer —contestó Gorski.

En cierto modo le satisfacía que Lambert se hubiese visto obligado a pedirle un favor. Tamborileó en la mesa. Hacía años que no le tomaba las huellas dactilares a un sospechoso. Esas trivialidades eran tarea de Schmitt o del agente de turno que estuviera en recepción en cada momento. Fue a buscar todo lo necesario para la toma de muestras y se marchó sin decirle a nadie adónde iba. La mujer de la sala de espera se había marchado, pero los dibujos de su hijo y algunos lápices seguían desperdigados por el suelo.

* * *

137

A Gorski le costó lo suyo encontrar un hueco libre en las estrechas callejuelas de los alrededores de Rue de la Nuée-Bleue. Había un aparcamiento en el sótano de la comisaría de Estrasburgo, pero no sabía si estaba autorizado a utilizarlo. Al final tuvo que aparcar a cuatro o cinco manzanas y acercarse andando. El cielo estaba encapotado y para cuando llegó a su destino había empezado a sudar. Lambert bajó al vestíbulo y saludó a Gorski con un fuerte apretón de manos antes de pedirle que lo siguiera por un pasillo. Todos con los que se cruzaban saludaban al inspector llamándolo «jefe» o «Gran Phil».

—¿Has conseguido las huellas? —preguntó.

Gorski asintió. Le sorprendió que Lambert tratara con tanta urgencia su visita. La investigación debía de estar estancadísima. Lambert abrió de un empujón una puerta con un panel de cristal esmerilado y lo invitó a entrar.

Cogió el sobre de papel manila que Gorski llevaba en la mano y se lo entregó a un hombre que rondaría los cincuenta años, con la tez cetrina, el pelo despeinado y barba de más de tres días. Lambert se lo presentó como Boris. Un cenicero desbordaba colillas sobre el escritorio que tenía delante. Boris era el mayor experto en huellas dactilares de toda Francia, explicó Lambert.

—Al menos, el mejor con el que yo me haya cruzado.

—¿Y con cuántos te has cruzado? —preguntó Boris. Se había puesto unas gafas de cerca y examinaba las huellas de Barthelme a escasos centímetros de su cara.

—Solo contigo, querido mío —dijo Lambert.

Boris lanzó un suspiro que denotaba cierto hartazgo. Gorski albergaba la esperanza de que la muestra fuera válida. Tomar las huellas de un cadáver tumbado sobre la camilla de un cajón de la morgue había tenido su intríngulis. El rigor mortis había desaparecido, pero al carecer de una superficie rígida donde apoyar la ficha, le había costado obtener una impresión clara. La ficha que sostenía Boris en la mano era el resultado de su cuarto intento. El técnico carraspeó ruidosamente y escupió un gargajo en la papela que tenía a sus pies. Encendió la luz del lector de microfichas que había encima de la mesa.

—Las voy a comprobar —dijo—, pero yo no me haría ilusiones.

—Hazlo por mí —dijo Lambert.

Las huellas de la microficha estaban ampliadas y tenían el tamaño de la mano de un adulto. Boris las fue pasando a toda velocidad, mientras las iba comparando con las de Barthelme, que sostenía en la mano izquierda. A Gorski aquellas imágenes no le parecían más que manchurrones. En un momento dado, Boris se detuvo y echó un poco hacia atrás. Acercó la ficha a la pantalla, volvió a aclararse la garganta y siguió avanzando. Luego, con la misma brusquedad con la que había empezado, apagó la máquina y tendió la ficha por encima del hombro, sin darse la vuelta.

—Gracias por hacerme perder el tiempo —dijo.

—De nada, un placer —dijo Lambert. No se mostró decepcionado en exceso.

Diez minutos más tarde, Gorski y Lambert se encontraban en un bar diminuto que hacía esquina en una calle a escasa distancia de Rue Marbach. Consistía en un estrecho pasillo con una larga barra de zinc. Al fondo había tres reservados sumidos en una oscuridad casi total. Las ventanas estaban provistas de cortinas de gasa con lamparones. El alféizar estaba sembrado de moscas muertas. Una avispa atontada se abría camino entre los cadáveres. Un hombre con una gorra que le iba grande se hallaba sentado a la barra con la cabeza hundida contra el pecho. Lambert propinó una patada a la banqueta del tipo al pasar y este se despertó con un respingo. El camarero saludó al detective levantando el mentón y plantó dos copas de orujo sobre la barra. Lambert alzó la suya haciendo un gesto de brindis hacia Gorski, la apuró de un trago y enseñó los dientes mientras el alcohol le golpeaba la garganta. Gorski hizo otro tanto, y Lambert indicó al camarero que tomarían un par más. Luego condujo a Gorski hacia uno de los reservados del fondo.

Lambert se retrepó contra la pared y colocó los pies encima del banco corrido. Llevaba unos zapatos marrón claro sin cordones y calcetines de rayas. Céline habría dado su aprobación. Se encendió un cigarrillo. Eran casi las dos y media, pero dada la penumbra que reinaba en esa parte del bar, bien podría haber sido medianoche. Al parecer, Lambert había olvidado su promesa de invitar a Gorski a almorzar.

—Bueno, cuéntame todo lo que sabes del tal Barthelme —dijo.

Gorski lo miró sorprendido. No entendía de qué iba a servir, si el abogado acababa de ser descartado como sospechoso.

Lambert meneó la cabeza.

—De mucho, mi querido amigo, de mucho —dijo—. Deja que te lo explique. Hay huellas por todo el apartamento. Las de la víctima, claro está, y vete a saber cuántas más. Pero —y levantó un dedo para dar énfasis a sus palabras— en la mesa del salón había dos vasos, ambos con restos de whisky. Uno estaba repleto de huellas, las de la desafortunada Veronique, y en el otro nada de nada. Es más, no había huellas en el pomo interior de la puerta principal ni en los reposabrazos de la butaca donde se sentó la persona que bebió del segundo vaso.

Hizo una pausa para que Gorski asimilara la información y luego continuó:

—Así que el asesino se tomó la molestia o la precaución, como prefieras llamarlo, de limpiar su vaso y las demás superficies que había tocado.

—A lo mejor llevaba guantes —sugirió Gorski.

Lambert descartó la idea meneando la cabeza.

—Se sentaron a tomar una copa juntos. Habría resultado un poco raro si él se hubiese dejado los guantes puestos. Además, de haber llevado guantes, las demás superficies habrían conservado otras huellas, pero no es así. Las habían limpiado. A conciencia. Así que si hubiésemos encontrado en el apartamento las huellas de ese maître Barthelme tuyo entonces *sí* que podríamos haberlo descartado como sospechoso. Todo el que haya dejado allí sus huellas está libre de sospecha.

Gorski se imaginó la bronca que le habría echado el juez de instrucción si se le hubiese ocurrido proponer que la *ausencia* de huellas constituía una prueba contra un sospechoso. Y aun así le pareció que lo que decía Lambert era de una lógica aplastante. El camarero se aproximó al reservado.

—¿Otra ronda? —dijo. Una pregunta a todas luces redundante, sin embargo, puesto que ya había servido las copas y las estaba colocando sobre la mesa.

—Buen chico, así me gusta —dijo Lambert. Esperó a que el hombre se retirara a la barra antes de seguir hablando—. Pues eso, ¿qué sabes de él?

Gorski le hizo un resumen, esforzándose en presentar a Barthelme de la manera más respetable posible.

—Y el subterfugio ese con el que burlaba a la mujer, ¿desde cuándo venía usándolo?

—Por lo que he podido deducir, llevaba mintiéndole desde que se casaron.

—¿Y qué me puedes contar de madame Barthelme?

—Es más joven —dijo Gorski—. Mucho más joven.

Lambert frunció el ceño, como si aquello no le encajara.

—¿Es atractiva?

Gorski encogió un poco los hombros.

—Pues sí, supongo que sí.

Lambert extendió un brazo por encima del estrecho tablero de la mesa y le dio un suave puñetazo en el hombro.

Gorski no hizo caso.

—Todo apunta a que dormían en habitaciones separadas.

Esto regocijó a Lambert.

—Y el viejo tenía que mojar el pincel en otra parte, ¡ja! Ahora sí que estamos progresando. Vas a tener que sacarle más información a la viuda. Aunque, por lo que me cuentas, no creo que se te haga muy cuesta arriba la tarea.

Gorski protestó diciendo que no tenía ninguna razón legítima para interrogarla.

Lambert desechó su objeción con un gesto de la mano. A él le traían al pairo aquellas sutilezas. Apuró su copa y se puso de pie.

—¿Quieres echar un vistazo al escenario del crimen? Queda a solo una manzana de aquí —dijo—. Me vendría bien otro par de ojos.

Gorski no pudo evitar sentirse halagado. Lambert hizo una visita al aseo. Salió subiéndose la cremallera del pantalón, y se marcharon del bar sin pagar. Había empezado a lloviznar. Lambert caminaba a grandes zancadas, tan deprisa que Gorski tenía que trotar a su lado para no quedarse atrás.

El apartamento de Veronique Marchal se encontraba en Quai Kellermann. No había conserje. Un portero automático de latón dorado brindaba acceso al edificio. El gendarme apostado junto a la historiada puerta de madera se hizo a un lado. El apartamento estaba decorado a la última: las pantallas de las lámparas eran cúpulas de plástico naranja; el empapelado de las paredes, de damasco marrón; el tapizado de los sofás y las sillas, de cuero blanco. La alfombra era tan gruesa que los zapatos de Gorski se hundieron en el pelo. Costaba imaginarse al austero Bertrand Barthelme en semejante entorno. Lambert guio a Gorski hasta el salón. Unos altos ventanales se abrían a un pequeño balcón desde el que se divisaba un canal. Lambert recitó su versión de los hechos de un tirón, casi como un comentarista retransmitiendo un partido de fútbol.

—Mademoiselle Marchal deja entrar a nuestro hombre… Le ofrece algo de beber… Ella se sienta aquí, él allí… Conversan un rato, el tiempo suficiente para que ella se termine la copa… Se trasladan al dormitorio…

Gorski observó la mesa baja de cristal ahumado, cuya superficie estaba cubierta por una fina película de polvos para huellas dactilares. Lambert le hizo pasar al dormitorio. Señaló de manera ostensible las ligaduras de seda que se habían empleado para atar a mademoiselle Marchal a los postes de la cama por las muñecas.

—No hay señales de lucha, así que podemos asumir que hasta este punto todo es consensuado. —Se detuvo en mitad de la estancia, mirando las sábanas revueltas—. Entonces él la estrangula. No hubo sexo, lo que me lleva a creer que el asesinato fue un acto premeditado y no el resultado de un jueguecito que se les fue de las manos. Y esto concuerda con el hecho de que el autor tuviera la prudencia de limpiar las superficies que había tocado.

Miró a Gorski. Sus conclusiones eran casi indisputables.

—Un sitio como este —hizo un gesto para abarcar el apartamento— no es barato. Mademoiselle Marchal no tenía cuenta bancaria, pero había miles de francos embutidos en un bote dentro de la nevera, y más en el armarito del cuarto de baño. Pero ni rastro de una libreta de clientes ni nada por el estilo. O bien no llevaba ningún registro o bien el asesino sabía dónde guardaba su diario y se lo llevó. Supongo que no hallaríais nada parecido en el vehículo de Barthelme, ¿no?

Gorski negó con la cabeza.

Habían regresado al salón. A Gorski le habría gustado aportar alguna hipótesis de su cosecha, pero la versión que tenía Lambert de los hechos era muy plausible. De modo que, si en ese momento volvió a entrar en el dormitorio, solo fue para dar la impresión de que estaba cavilando sobre el asunto. Rodeó la cama muy despacio, mientras se imaginaba atada a los postes a la mujer que solo había visto en una borrosa fotografía de prensa. Era consciente de que Lambert lo observaba desde el umbral. Se estrujó el cerebro para ofrecer algún punto de vista original, pero no se le ocurrió nada.

Cuando salieron al descansillo, Lambert aporreó la aldaba del apartamento de enfrente. Preguntó a Gorski si había traído consigo una fotografía del «sospechoso», que era como se refería ahora a Barthelme. Gorski la sacó del bolsillo interior de su gabardina. Era una ampliación granulada de la fotografía del carné de identidad de Barthelme. Lambert la miró con escepticismo, luego se encogió de hombros como si la calidad de la imagen no tuviera importancia.

Gorski no oyó pasos en el interior del apartamento antes de que se abriera la puerta.

—Profesor Weismann —dijo Lambert con tono jovial—. Espero que no le importe si lo importuno una vez más.

—Es un placer verle de nuevo, inspector. Pasen, por favor.

Lambert presentó a Gorski. Weismann lo miró con desconfianza antes de saludarlo con un flojo apretón de manos. Rondaba los cincuenta y cinco años e iba ataviado con unos pantalones de pana que le hacían bolsas por todos lados, una camisa mugrienta sin cuello y una rebeca verde, cuyo botón central colgaba de un triste hilo de lana. Iba en zapatillas de fieltro y despedía un fuerte olor a colonia. Los hizo pasar a un despacho amplio extremadamente desastrado. La pared más grande estaba cubierta de libros y a sus pies había un escritorio pasado de moda, con una máquina de escribir en el centro. El suelo estaba tomado en su práctica totalidad por cajas de cartón repletas de revistas y otros documentos.

Lambert se volvió hacia Gorski.

—El profesor Weismann es un historiador de renombre —dijo.

—Me temo que su colega exagera. No soy profesor —manifestó Weismann con modestia.

—Aun así, es usted todo un experto en su campo, ¿me equivoco?

—Bueno, no lo niego —admitió—. ¿Le interesa el periodo de la Reforma, monsieur Gorski?

Gorski sonrió de manera evasiva.

—Lo que yo sostengo es que, a pesar del fracaso del luteranismo a la hora de prender del todo en…

—Un tema fascinante —interpuso Lambert.

Como no había dónde sentarse, los tres hombres formaban un incómodo triángulo en mitad de la estancia. Lambert preguntó al historiador si no le importaría echar un vistazo a una fotografía.

—¿Otro de sus sospechosos, inspector?

—Se trata solamente de una persona a la que nos gustaría descartar de nuestra investigación —contestó Lambert.

Le tendió la fotografía. Weismann se la acercó a la cara y la examinó con los ojos entornados.

—¿Tiene problemas de vista, monsieur? —preguntó Gorski.

—Solo para leer —atajó el otro de manera cortante.

—El profesor Weismann se cruzaba a menudo con distintos hombres en la escalera o los veía por casualidad en el descansillo —explicó Lambert.

—Es que, cuando mademoiselle Marchal tenía visita, a veces confundía el timbrazo de su telefonillo con el mío, ¿sabe usted? —añadió Weismann.

Gorski esbozó una sonrisa tirante. Al entrar se había fijado en el banquito colocado detrás de la puerta del apartamento.

—¿Y vio a alguien entrar en el piso de mademoiselle Marchal la noche en que fue asesinada? —preguntó.

—Pues no, lamentablemente —contestó Weismann inclinando un poco la cabeza con gesto de gravedad.

Lambert le concedió unos instantes para que estudiara la fotografía antes de preguntarle si reconocía al hombre. Weismann frunció los labios y meneó despacio la cabeza.

—La foto está un poco borrosa, pero creo que no, inspector.

—Pero si a los hombres que entraban en el apartamento de mademoiselle Marchal solo los veía de espaldas, tampoco podría asegurar con certeza que no vio a este hombre en particular, ¿no es así?

Weismann le dio la razón.

Lambert se dirigió a Gorski.

—¿Qué estatura tenía maître Barthelme?

—Un metro ochenta y cinco. —El informe de la autopsia recogía el dato.

—¿Tenía alguno de los hombres que vio esa estatura aproximadamente, monsieur Weismann?

—Pues, sí, yo diría que sí.

—¿Y alguno de los hombres que vio tenía barba e iba bien vestido?

—Oh, todos los caballeros que recibía mademoiselle Marchal iban bien vestidos. Nada de chusma. —Lo dijo como si de algún modo le enorgulleciera la calidad de la clientela de su vecina.

—Y me imagino que —prosiguió Lambert—, visto el propósito de sus visitas, estos caballeros no se paraban a hablar de menudencias cuando se cruzaban con usted en las escaleras. Es más,
seguro que se apresuraban a pasar de largo bajando la cabeza, ¿no?

—En efecto, inspector —admitió Weismann soltando una carcajada de complicidad—, ha dado en el clavo.

Gorski observaba la escena con una mezcla de admiración y
zozobra. Estaba claro que en cuestión de un par de minutos Lambert habría convencido a Weismann de que sí que había visto a
Barthelme.

—Entonces, ¿no podría afirmar que no fuera este uno de los
caballeros que vio?

Entregó de nuevo la fotografía a Weismann. Esta vez, el historiador se acercó a coger unas gafas de cerca de su escritorio y
se las puso. Adoptó una expresión de suma gravedad, como si su
veredicto fuese crucial.

—El tipo tiene un aspecto de lo más distinguido, desde luego.
—Asintió despacio para sí y chasqueó la lengua con desaprobación, como si le costase creer que antes pudiera haber cometido
semejante equivocación—. Ahora que lo pienso —dijo—, sí que se
parece a un caballero que vi por aquí un par de veces.

—¿Alguien a quien vio entrar en el apartamento de mademoiselle Marchal?

—No puedo jurar que se trate de la misma persona, pero, como
le digo, sí guarda cierto parecido. La foto no es muy buena.

—Y a ese caballero que afirma haber visto —dijo Lambert—,
¿cómo lo describiría usted?

Weismann alzó la vista hacia el techo antes de enumerar de ca-
rrerilla sus características:

—Alto, bien vestido, con barba. Un poco mayor que este de
aquí. Claro que quizá la foto esté algo anticuada.

Gorski hizo ademán de intervenir, pero Lambert le paró los pies
con una escueta sacudida de cabeza. Luego se disculpó por haber
interrumpido a Weismann mientras trabajaba y condujo a Gorski

hacia la puerta. Weismann les pidió perdón por no haber sido de más ayuda e insistió en manifestarle a Lambert que estaría encantado de recibirle todas las veces que juzgara necesarias.

—Espero que la próxima vez me acepte una copita de aguardiente.

Lambert le aseguró que nada le gustaría más.

Una vez en el descansillo, Lambert le guiñó un ojo a Gorski y se llevó un dedo a los labios. Solo habló cuando salieron a la acera.

—Creo que esto merece un trago.

Regresaron a buen paso al barecito de la esquina de Rue Marbach. El hombre de la gorra había sido reemplazado por un hombrecillo ataviado con un traje varias tallas más grande de la cuenta. Tenía una copa de vino blanco delante.

—Buenas tardes, inspector —saludó cuando vio entrar a Lambert.

—Me alegra comprobar que te estás portando bien, Robideaux —dijo Lambert al pasar.

Se sentaron en el mismo reservado de la vez anterior. El camarero se acercó a la mesa.

—Una botella de tinto, Karl —dijo Lambert—. Que sea decente.

Había un reloj de estilo *art decó* en la pared de enfrente de la barra. Eran las cuatro y cuarto. Gorski no tenía que reunirse con Céline hasta las ocho. No iba a poder cortarse el pelo, pero contaba con tiempo de sobra. En última instancia, ni siquiera le haría falta pasar por casa para cambiarse de camisa. El futuro de su matrimonio no dependía de la camisa que llevase puesta.

Entrechocaron sus copas.

—*Salut* —dijo Lambert—. ¡Y enhorabuena!

Aunque no estaba seguro de por qué le daba la enhorabuena, Gorski aceptó el cumplido con un gesto de asentimiento. Bebieron.

—No está mal —dijo Lambert mostrando su aprobación—. El blanco me provoca ardor de estómago.

Gorski le había dado solo un sorbito a su vino, pero Lambert le rellenó la copa. Aflojó el nudo de su corbata y se desabrochó el botón superior de la camisa. En la muñeca lucía un abultado reloj de oro. Se inclinó encima de la mesa, como si fuera a hacerle una confidencia.

—Si quieres que te diga la verdad, te tenía por un currante sin iniciativa, Georges. Ya sabes, uno de esos paletos que se pierden si no se ciñen a las normas, pero reconozco que me equivocaba, no lo voy a ocultar.

Gorski se quedó callado.

—No nos vendría mal contar con más tipos como tú por aquí. Hoy por hoy, nos sobran niñatos licenciados en Derecho. Tú has aprendido el oficio como Dios manda.

—Tampoco es para tanto —dijo Gorski.

—Ves, ese es el problema. Que eres demasiado modesto. A ver, dime, ¿qué te impulsó a llamar para contarme lo de Barthelme? ¿El protocolo? —Meneó la cabeza con teatralidad—. ¡Qué va! ¡Fue esto! —Se dio unos golpecitos en la nariz—. Eso no se aprende en un libro de texto.

Gorski restó importancia a sus palabras con un modesto aspaviento, pero le importaba que siguiera teniendo una opinión favorable de él. Dio un buen trago a su vino. Daba gusto estar en aquel antro con Lambert. Un pez gordo que no había consultado su reloj ni una sola vez, ni tampoco dado a entender que tendría que estar en otra parte.

Ya fuera a consecuencia del vino o de los elogios de Lambert, el caso es que empezaba a sentirse más cómodo.

—Aun así —dijo—, no sé si monsieur Weismann estará mañana tan seguro de haber visto a Barthelme.

Lambert levantó un dedo.

—En eso te equivocas, Georges. Cuando Weismann se despierte mañana, estará más convencido que nunca de lo que vio. Por eso no he querido insistir. Jamás hay que presionar a un testigo. Puede que yo le haya sembrado la semilla en la cabeza, pero cuanto más piense que la idea es suya, con más obcecación la defenderá.

—Ya, pero es que la idea no es suya.

—Eso da lo mismo. La cuestión es que crea que lo es. Si vuelvo mañana y le digo: «Verá, monsieur Weismann, me parece que ayer cometió una equivocación al decirme que había visto a ese hombre», te garantizo que insistirá en que vio a Barthelme en numerosas ocasiones y que, ahora que lo recuerda, incluso habló con él alguna vez. Es la naturaleza humana —dijo con una carcajada.

Apuró el vino y rellenó las copas.

A Gorski no le gustaba lo de achacar las cosas a la naturaleza humana. Era una costumbre absurda a la que recurría la gente con tal de evitar hacerse responsables de sus propios actos. A pesar de esto, se abstuvo de expresar su opinión, limitándose a manifestar que difícilmente iba un juez de instrucción a dar credibilidad a semejante testimonio.

Lambert hizo un gesto de displicencia con la mano.

—No creo que haga falta que te diga lo mucho que conviene cultivar alguna que otra amistad en el bando contrario.

Gorski nunca había considerado a los jueces de instrucción como miembros del «bando contrario», pero una vez más prefirió reservarse el comentario.

—Sin embargo, tienes razón en una cosa —prosiguió Lambert—. Necesitamos corroborarlo de alguna manera. Mademoiselle Marchal no vivía del aire. —Lo que necesitaban, añadió, era echar un vistazo a los extractos bancarios de Barthelme—. ¿Crees que podrías ocuparte de eso?

Gorski lo miró perplejo. Sintió que se le encogía el estómago.

—No va a ser fácil conseguir una orden judicial.

Lambert hundió la barbilla contra el pecho.

—Venga, Georges, eso es lo que contestaría uno de esos niñatos recién salidos de la universidad. Le caes bien a la viuda. Seguro que te la puedes meter en el bolsillo, ¿eh?

Gorski se encendió un cigarrillo. Lambert no se equivocaba. No era más que un currante, un paleto sin iniciativa. Y, por una vez que aparcaba sus principios para dejarse llevar por una corazonada, lo único que había conseguido era verse arrastrado hacia una situación de la que no quería formar parte. Había sido un error, no tendría que haber llamado a Lambert para empezar.

Lambert empezó a contarle el caso de un adolescente que había acuchillado a su madre. A Gorski le alivió que la conversación tomara otros derroteros, pero apenas prestaba atención. Contempló el rostro ancho y atractivo del policía de Estrasburgo. En la comisaría todo el mundo lo llamaba «jefe». Pero, claro, jugaba con ventaja. Comprendía a la perfección la pleitesía de Weismann: Lambert era de los que ejercen una atracción irresistible en la gente, uno de esos tipos a los que todos desean agradar. Gorski incluido. Porque ¿acaso no estaba rindiéndose él también a sus pies por lo afortunado que se sentía de poder compartir un trago con el «Gran Phil» y sentir que formaba parte de su círculo íntimo?

—El chaval se fue de rositas y solo le echaron cinco años —estaba diciendo Lambert en ese momento—. Alegó circunstancias atenuantes, al parecer. Ni circunstancias atenuantes ni hostias. Eso es un invento.

Gorski asintió con la cabeza obedientemente.

—Tendrías que pedir el traslado y venirte con nosotros, Georges —prosiguió Lambert.

Gorski soltó una carcajada, desestimando la invitación. Años atrás habría aceptado la propuesta al vuelo, pero hacía mucho tiempo que había renunciado a la ambición de ponerse a prueba en un entorno que le brindara mayores retos profesionales. Puede que Saint-Louis no fuera nada del otro mundo, y que el puesto de jefe de policía tampoco resultara demasiado exigente, pero al menos era su territorio. No tenía ningunas ganas de involucrarse en las sórdidas prácticas de sus colegas de la gran ciudad. Con todo y con esto, fue él quien insistió en pedir la segunda botella.

12

Desde el accidente, Raymond y su madre habían compartido las cenas casi en completo silencio. Como es natural, se sentaban en los mismos sitios de antes. Para Raymond habría sido impensable ocupar el lugar de su padre en la cabecera de la mesa, pero respetar la antigua disposición solo acentuaba su ausencia. Y quizá por eso habían acabado cautivos de unas pautas de comportamiento muy concretas. Mantenían la mirada en el plato, comían con escaso apetito y hacían solo comentarios triviales. Huelga decir que del accidente ni se hablaba. Habían conseguido reproducir casi a la perfección la imagen hierática de una familia en duelo. Raymond se preguntaba si no estarían representando aquella pantomima solo para Thérèse, que seguramente habría visto con malos ojos cualquier demostración de alegría. Por otro lado, podía deberse al simple hecho de que su madre y él no tenían nada que decirse y que, antes que admitirlo, preferían achacarlo a la presencia del ama de llaves.

Aquella noche, no obstante, Lucette parecía decidida a disipar aquel ambiente tan sombrío. Iba vestida con una falda vaporosa y una blusa amarilla, y por lo que pudo notar Raymond, hasta se había aplicado un poco de colorete en las mejillas. Cuando Thérèse apareció con la sopa, Lucette le preguntó con un tono excesivamente jovial si no le importaba subir la calefacción. Incluso fingió un pequeño escalofrío para justificar su petición. En la mayoría de los hogares, esto no habría tenido mayor trascendencia, pero en casa de los Barthelme equivalía a un pequeño amotinamiento. En otros tiempos, de haber tenido frío, Lucette habría subido a su alcoba a por una chaqueta. En las raras ocasiones en las que se subía la calefacción, era siempre a instancias del señor de la casa, y solo si se había llegado al punto de que todos sus habitantes podían ver su respiración. Durante los meses de invierno no era inusual que maître Barthelme se sentara al escritorio de su despacho con guantes y bufanda para dar ejemplo a los demás miembros de la familia.

Thérèse respondió al ruego de Lucette con parquedad:

—Por supuesto, madame.

Mientras salía del comedor, Lucette dirigió a su hijo una fugaz sonrisa de complicidad. Cuando estuvieron a solas, respiró hondo. A Raymond le pareció más que evidente que había ensayado lo que estaba a punto de decir. Daba por hecho que iba hablarle de los doscientos francos que había robado. Tras desearle *bon appétit* y tomar una cucharada de sopa, arrancó:

—Me alegra que hayas decidido retomar las clases, Raymond. Es un error quedarnos en casa como almas en pena, compadeciéndonos de nuestra suerte. —Era lo más cerca que había estado ninguno de los dos de referirse a la muerte de su padre—. ¿Se han portado bien contigo?

Raymond probó la sopa. Era de coliflor. No había previsto que su madre fuera a preguntarle cómo había pasado el día en el colegio. Pero le alegró que hiciera ese esfuerzo para aligerar el ambiente, y estaba orgulloso de que se hubiese rebelado en lo concerniente a la calefacción.

—Yo también me alegro, mamá —contestó—. Por supuesto, todos estaban al tanto de lo sucedido.

—Cuéntame cómo ha sido.

Lucette sonaba bastante forzada. Quizá ya estaba enterada de que se había saltado las clases y quería comprobar hasta dónde era capaz de llevar el embuste. Pero a Raymond le costaba creer que su madre pudiese recurrir a semejante subterfugio. Ella era la ingenuidad personificada. Por eso era tan fácil engañarla. Su padre, en cambio, detectaba a la primera la más inocente de las mentirijillas, y desde siempre, incluso cuando Raymond era solo un niño, había estado más que dispuesto a sacar su artillería de artimañas de abogado para sonsacarle la verdad. Pero que Lucette pudiera tener segundas intenciones era algo inimaginable. Ella solo trataba de desembarazarse de la opresión que Bertrand seguía ejerciendo sobre ambos.

Así que Raymond le siguió el juego:

—Mademoiselle Delarue me ha llevado aparte y me ha preguntado si estaba bien. Me ha dicho que si necesitaba marcharme de repente, o lo que fuera, que lo hiciera sin pedir permiso. —Luego, para aderezar la mentira, que en cualquier caso le había salido de un tirón, añadió—: Parecía un poco azorada. Mientras me hablaba, ha estado todo el rato mirándose las uñas. Pero ha sido amable. Todos han sido muy amables. Y te envían sus condolencias.

Levantó la vista de la sopa. Lucette parecía contenta con él.

—Estoy muy orgullosa de ti, Raymond. Y sé que tu padre lo estaría también.

Raymond resopló burlonamente por la nariz.

—¿Y qué más? —insistió ella, temiendo que el silencio volviera a envolverlos.

En otros tiempos, es posible que Raymond hubiese respondido a aquel interrogatorio a base de monosílabos, pero ahora tuvo la impresión de que había llegado a una suerte de pacto con ella, así que se embarcó en una larga perorata sobre lo exigente que le estaba resultando la clase de francés. La novela que estaban analizando era un auténtico tostón, y no ayudaba en nada haberse perdido una semana de clase, evidentemente. Envalentonado, continuó con su monólogo incluso cuando Thérèse entró en el comedor para retirar los platos de sopa. Se sorprendió afirmando que el problema de Zola era que juzgaba demasiado a sus personajes, y que así era difícil que uno se formara su propia opinión sobre ellos. Hizo una pausa para coger aire.

Lucette asintió muy seria con la cabeza.

—A mí también se me atragantaba Zola cuando estaba el colegio. ¡Es que no podía con esas descripciones interminables!

—¡Exacto! —dijo Raymond.

Se sonrieron el uno al otro, contentos de haber descubierto este punto en común. Thérèse entró con el segundo plato. Era guiso de cordero. Mientras les colocaba el plato delante a cada uno, les deseó *bon appétit,* pero imbuyó la frase de tal acritud que más que invitarlos a disfrutar de la cena parecía urgirlos a que dejaran de cotorrear como niños pequeños.

Lucette ignoró o no captó el retintín. Lanzó una mirada a Raymond y dijo:

—¿No va a servirnos vino esta noche, Thérèse?

El ama de llaves inclinó la cabeza por toda respuesta y se marchó a la cocina a por una botella. Le tocó a Raymond hacer los honores. Sacó el sacacorchos del cajón del aparador y replicó las acciones que había visto a su padre ejecutar tantas veces. Rematada la faena, le sirvió una copa a su madre y luego, a instancias de ella, otra para él. Thérèse abandonó la sala. Tenía una manera muy suya de hacer ver su desaprobación variando levísimamente su modo de andar.

Comieron en silencio unos minutos. Thérèse había conseguido enrarecer el ambiente de camaradería que ellos habían creado con su confabulación, y a Raymond no se le ocurría nada que decir que no fuera una absurda banalidad.

Al final, Lucette dijo:

—Ha llamado Yvette.

Intentó que sonara como si acabase de recordarlo, pero lo suyo no era el teatro. Raymond se preguntó si no sería esa una manera de decirle que había estado al tanto en todo momento de que no había ido al colegio. Yvette no habría tenido motivos para llamarlo de haber sido así. A su madre le gustaba Yvette, y a Raymond le fastidiaba que las dos se llevasen tan bien. En su compañía, su madre afectaba un infantilismo enervante, mientras que Yvette se dirigía a ella con toda naturalidad, como si se tratara de una de sus amigas y no fuera consciente de que pertenecían a generaciones distintas. Seguro que habían charlado un buen rato.

—¿Ah, sí? —contestó Raymond—. ¿Cuándo?

—Hacia las cuatro.

—Luego la llamo —dijo.

—Pensaba que la habrías visto en el colegio —comentó Lucette.

—Qué va —dijo él—. Hoy no coincidíamos a ninguna hora —añadió.

—Ya —dijo ella con tono apesadumbrado.

Era evidente que sabía que Raymond estaba mintiendo. Ella trató de ocultar su apuro pidiéndole que le sirviese más vino.

Se esforzó por alegrar el tono de voz.

—Sea como sea, deberías invitarla a cenar ahora que… —Le faltó poco para referirse a la muerte de su marido. Bajó la mirada al plato. Apenas había probado el estofado.

—Claro —dijo Raymond.

La conversación se fue apagando poco a poco, y fue un alivio cuando Thérèse entró con el postre.

Lucette aprovechó el momento para invitar al ama de llaves a que los acompañara en la mesa. Thérèse se sentó enfrente de Raymond y cruzó los brazos. Lucette estaba visiblemente inquieta. Se toqueteó el pelo y tomó un sorbito de vino, antes de explicar que Thérèse la había puesto al corriente de cierto asunto y que lo único que le pedía a Raymond es que respondiera con sinceridad. Raymond puso cara de no tener ni idea de lo que estaba hablando.

—Parece ser que esta mañana ha desaparecido dinero de la jarra de la cocina.

—Entiendo —dijo Raymond.

Thérèse no le quitaba los ojos de encima desde el otro lado de la mesa, con los brazos cruzados bajo el pecho, elevándole el busto. Raymond ya contaba con que informaría a Lucette acerca del dinero que faltaba y que su madre, a su vez, se sentiría en la obligación de sacar el tema. Había planeado decir que necesitaba el dinero para un proyecto del colegio y que no había querido molestarla a primera hora de la mañana. *Perdona, mamá,* se había imaginado que diría, *se me ha olvidado por completo comentártelo.* Lucette no se molestaría en pedirle más detalles sobre el proyecto. Lo que no había previsto era que su madre lo interrogara delante de Thérèse. Seguro que las dos habían pergeñado esta pequeña encerrona durante el día. Por un instante, se le pasó por la cabeza decir que quizá Thérèse se equivocaba, pero eso era imposible, dada la escrupulosidad con la que manejaba hasta el último penique.

Así que, adoptando un aire desafiante, respondió:

—Y si no me equivoco me ha acusado de llevarme el dinero.

—Nadie te está acusando de nada —replicó Lucette. Jugueteó con el tallo de la copa—. Pero hemos pensado que, como esta mañana has estado en la cocina, a lo mejor podías arrojar algo de luz sobre la desaparición.

Estaba clarísimo que lo único que tenía que hacer era reconocer que había cogido el dinero y el asunto quedaría zanjado, pero no deseaba admitir su derrota delante de Thérèse.

Se encogió de hombros.

—Pues no —dijo.

A Lucette se la veía muy consternada. Miró a Thérèse, pero el ama de llaves no apartaba la vista de Raymond.

—Raymond, si necesitas dinero —prosiguió—, solo tienes que pedirlo. Lo que no puede ser es que lo robes.

A Raymond no le quedó otra salida.

—Yo no he robado el dinero —gritó. Luego señaló con un dedo a Thérèse, frente a él, consciente del absurdo dramatismo de su gesto—. ¡A lo mejor es a ella a quien tendrías que estar acusando en lugar de a mí!

Lucette rompió a llorar y ocultó el rostro entre las manos. Aunque le dolía disgustarla, por nada del mundo iba a dar Raymond su brazo a torcer. Se levantó y arrojó la servilleta sobre la mesa, volcando la copa y derramando los restos de su vino. Luego salió del comedor hecho una furia. No tuvo valor de dar un portazo, pero sí que subió las escaleras dando sonoros zapatazos. Estaba enfadado con su madre. Si había actuado así era porque ella no le había dado otra elección.

Raymond estuvo un rato dando vueltas por su habitación. Pensó en asestarle un puñetazo a la pared, pero se contuvo por temor a hacerse daño en la mano. En cualquier caso, tampoco tenía demasiado sentido hacerlo si no había nadie para verlo. Cuando se hubo calmado un poco, se sentó en el borde de la cama. Habían quitado de en medio la silla de respaldo recto, que estaba metida aseadamente bajo la mesa. Era señal de que Thérèse había pasado por allí para ordenar el dormitorio. Raymond se preguntó si habría registrado sus cosas por iniciativa propia. Se puso de pie y empezó a abrir y cerrar los cajones del escritorio, pero no halló indicios de que alguien hubiese estado revolviendo en ellos. De repente se le ocurrió que podría colarse en el cuarto de Thérèse y esconder el dinero en algún rincón. La idea le provocó una sonrisa, pero sabía que en la vida conseguiría convencer a su madre para que registrase la habitación del ama de llaves. Así que tendría que comprarse un candado para asegurar la puerta de su dormitorio. Se levantó y pegó la oreja a la puerta. Desde abajo le llegó un ruidoso trasiego de vajilla, mientras fregaban los platos en la cocina. Cogió la cartera del fondo del armario y sacó su navaja nueva. Era la primera oportunidad que se le presentaba para examinarla. La extrajo de la funda y la sopesó en la mano. La sensación era muy placentera. Pasó un dedo por la hoja. No estaba demasiado afilada. La presionó sin demasiada convicción contra la parte carnosa de la palma de la mano. Pero apenas si le dejó una marca blancuzca en la piel. Un día, cuando Thérèse no estuviera en casa, cogería el afilador de la cocina y afilaría la hoja.

Aunque tampoco es que tuviera la menor intención de utilizarla. Se plantó frente al espejo del interior de la puerta del armario, sosteniendo la navaja a un costado de manera despreocupada. Se imaginó que se le encaraban dos chicos mayores que él, como los que había visto en Mulhouse. Esbozó una sonrisa; luego volvió a guardar la navaja en su funda. Miró a su alrededor en busca de un buen sitio donde esconderla, pero no había ni un solo rincón donde Thérèse no fuera a encontrarla. Hasta que no pudiera procurarse un candado para la puerta tendría que llevarla encima a todas horas.

Entró en el despacho de su padre y se sentó al escritorio. Ahora ya se notaba más cómodo allí. Descolgó el teléfono y marcó el número de Yvette. Respondió madame Arnaud. Era una mujer minúscula de casi cuarenta años, con la misma finura de rasgos que su hija. Trabajaba de profesora en una escuela primaria del pueblo y tenía la costumbre de dirigirse a Raymond como si le estuviera hablando a uno de sus alumnos. En una ocasión, Raymond había pasado a recoger a Yvette un domingo a mediodía y ella le había abierto la puerta mientras se ponía la bata. Aquello lo descolocó, puesto que era bien tarde para que siguiese en la cama.

Al teléfono, madame Arnaud le expresó sus condolencias y se interesó por el estado de ánimo de su madre. Raymond se quedó en blanco. A él no le parecía que Lucette estuviera demasiado afectada. Quizá algo más callada de lo habitual, pero daba por hecho que solo se comportaba así porque era lo que se esperaba de ella. Al menos él no la había visto llorar hasta lo del incidente durante la cena.

—Lo sobrelleva como puede —contestó.

—Dile que si necesita algo, lo que sea, que cuente con nosotros —dijo ella.

A Raymond le extrañó el ofrecimiento, puesto que hasta donde él sabía las dos mujeres no se conocían.

—Gracias —respondió.

Yvette se puso al habla.

—Hola, Raymond —saludó.

—Hola.

Raymond detestaba el teléfono. Aquello de hablar a través de un pedazo de plástico le parecía que concedía a la conversación un aire artificial. Y siempre había creído que Thérèse se dedicaba a escuchar desde el otro terminal. En cualquier caso, rara vez tenían necesidad de hablar por este medio, ya que se veían en el colegio todos los días. Aun cuando era él quien había llamado, Raymond se quedó esperando a que Yvette dijese algo. Ella le preguntó qué tal estaba.

—Bien —respondió él—. Un poco aburrido.

—¿Cuándo volverás a clase?

—No sé —contestó—. Supongo que después del funeral.

—¿Por qué no vienes a verme? Podría ponerte al día de todo lo que te has perdido.

—Me parece que no voy a poder —dijo Raymond—. Mi madre está disgustada.

Lo cierto era que le hubiese gustado ir a verla. Los padres de Yvette nunca habían puesto ninguna pega a que Raymond pasara ratos en el dormitorio de su hija. Pero sentía que, en cierto modo, aunque no hubiera pasado nada del otro mundo, ya la había engañado con Delph.

—Estoy sentado en el despacho de mi padre —dijo cambiando de tema—. En su escritorio.

—¿Y qué se siente?

—Es raro. Como si hubiese ocupado el trono.

Podía escuchar la respiración de Yvette.

—¿Y el sábado? —preguntó ella.

—¿El sábado? —dijo Raymond. Pensó en la cita secreta con Delph—. No voy a poder, lo siento. Tengo que ayudar a mi madre. Ya sabes, con todo lo del funeral y demás.

—¿Qué tal por la tarde, entonces?

—No —respondió él demasiado deprisa—. No puedo. Mi madre me necesita.

Yvette le dio las buenas noches. Sonaba chafada. Colgó el teléfono. Raymond apagó la lamparita del escritorio de su padre y se quedó sentado en la oscuridad unos instantes. Podía oír a Thérèse yendo de acá para allá en la planta de abajo.

13

Gorski se despertó con una sensación de pavorosa angustia. Las cortinas estaban sin echar. Afuera, el cielo se veía de un color gris amarillento y parecía palpitar levemente. Levantó la cabeza de la almohada. Su ropa yacía desperdigada por el suelo. La puerta del dormitorio estaba abierta de par en par. Tenía un sabor agrio en la boca. Miró el reloj de la mesilla de noche. Eran las 10:25. Sacó las piernas de la cama y se quedó un rato sentado, con la frente apoyada en las manos. Tenía náuseas. Haciendo un esfuerzo, se levantó de la cama y se metió en la ducha.

El recuerdo de la noche anterior empezó a ganar cuerpo en su memoria. Después del bar con la barra de zinc, Lambert y él habían cenado un *steak-frites* en una *brasserie* de Place Kléber. El de Estrasburgo había insistido entonces en llevar a Gorski a «un garito muy especial». Gorski no opuso resistencia. Ya estaba borracho y se había desorientado en las serpenteantes callejuelas. El garito muy especial de Lambert ocupaba un sótano en un callejón. Era un establecimiento diminuto con nueve o diez mesas, la mitad de las cuales estaban vacías. El local tenía por toda fuente de luz las velas de las mesas y las botellas retroiluminadas de detrás de la barra. Una banda sonora de *chansons* resonaba lo bastante alto como para amortiguar el murmullo de las conversaciones de las mesas circundantes. Presidía el garito una escuálida mujer de unos cincuenta años apostada en un alto taburete al final de la barra. Cuando vio a Lambert, cruzó la sala con ligereza, como flotando, y lo saludó de manera muy afectuosa. Enhebró un brazo en el hueco de su codo y lo condujo hasta una mesa dotada de un banco corrido semicircular tapizado de terciopelo. Lambert le presentó a Gorski, y él —recordaba ahora con cierto bochorno— le hizo una pequeña reverencia y le besó la mano. Lambert comentó a colación que Gorski era de provincias.

—Pues me parece encantador —respondió la *patronne*, Simone—. Una ya apenas se encuentra gente con buenos modales...

Dedicó a Gorski una amplia sonrisa. Llevaba los ojos muy maquillados, y tenía una protuberante nariz aguileña. Su perfil le recordó a Gorski al de una figura de un libro de pictogramas egipcios que tenía de pequeño.

Les sirvieron una botella de champán en la mesa y se unieron a ellos dos chicas, una de las cuales no aparentaba ser mucho mayor que Clémence. Lambert se encargó de las presentaciones. Gorski no captó el nombre de ninguna de las dos. En algún momento de la noche —en el bar del mostrador de zinc o en la *brasserie*—, Gorski había cometido el error de contarle a Lambert que Céline lo había abandonado. Lambert trasladó alegremente esta información a las chicas y les pidió que se portaran bien con él. Gorski esbozó una tímida sonrisa, como disculpándose. Lambert llenó las copas de manera descuidada, vertiendo champán por toda la mesa, y brindó alzando la copa hacia Simone, que había regresado a su puesto junto a la barra. Ella agradeció el brindis con una leve inclinación de cabeza. A Gorski la suya le daba vueltas. Depositó su copa sobre la mesa.

Lambert se acercó a él.

—Anima esa cara, Georges, eres libre. ¡Bebe! Invita la casa. Todo corre a cargo de la casa. —Ladeó la cabeza, señalando a la chica que estaba sentada al lado de Gorski, y le propinó un codazo en las costillas. La joven estaba bebiéndose su champán con una pajita. No hizo el menor intento de participar en la conversación. Parecía aburrida, aunque no incómoda.

Llegó una segunda botella de champán. Lambert pidió que les trajeran también una de whisky. Gorski se dio cuenta de que lo único que tenía que hacer era reírse de los chistes de Lambert y aparentar que bebía lo que le tocaba, poco más. Muchos de los clientes que iban llegando hacían un alto junto a su mesa para saludar a Lambert. Eran policías, periodistas o puede que políticos, locales o de otra parte. No parecía que a ninguno le preocupase lo más mínimo dejarse ver en semejante establecimiento.

Pasado un rato, Lambert empujó suavemente a la chica que tenía al lado para que se levantara del banco, y ambos desaparecieron por una puerta situada al fondo del bar. Gorski asumió que iban al aseo, pero se demoraron demasiado para que solo fueran a eso. Dio un traguito a su champán y rellenó la copa de su acompañante. Era una chica mona, de pelo dorado y con las comisuras de los labios inclinadas hacia abajo. Incluso a la cálida luz de las velas, su piel se veía de una palidez excepcional. A falta de la ristra de anécdotas de Lambert, el silencio entre ellos resultaba embarazoso. Gorski le preguntó de dónde era. No oyó su respuesta, pero hablaba francés con un marcado acento extranjero. Gorski asintió con la cabeza, como si la hubiese entendido a la perfección.

—¿Y qué te trae por Estrasburgo? —preguntó.

La chica puso los ojos en blanco para dar a entender que la respuesta era obvia.

Gorski asintió.

—Claro —dijo, avergonzado por la ingenuidad de su pregunta—. Yo soy de Saint-Louis —añadió, por decir algo.

Se daba perfecta cuenta de que arrastraba las palabras. La chica recorrió el local con mirada distraída y él se apeó de su empeño en darle conversación. Lambert apareció unos minutos más tarde con una sonrisa socarrona en la cara. La chica no venía con él. Se deslizó en el banco.

—Te toca —dijo.

—¿Cómo dices? —preguntó Gorski.

—Que te toca —repitió Lambert. Hizo un gesto con el mentón, señalando a la chica—. Ya te lo he dicho, todo corre a cargo de la casa. —Luego se dirigió a ella—: Oye, comotellames, llévate a nuestro amigo al fondo, ¿quieres?

La chica se encogió de hombros, se puso de pie y esperó a que Gorski la siguiera.

—Mejor no, la verdad —dijo él y, sin demasiada convicción, añadió—: estoy un poco mareado.

Ella miró a Lambert, que meneó la cabeza con gesto de exasperación. Para alivio de Gorski, la chica volvió a tomar asiento. Lambert se acercó a él y le susurró al oído:

—Menudo desperdicio, amigo. Mira que no aprovechar, ahora que puedes.

En un intento de demostrar que no era un muermo, Gorski pidió otra botella de champán. La chica de Lambert apareció de nuevo. Se había cambiado la blusa. Lambert le pasó un brazo por encima del hombro y le mordisqueó el cuello de manera juguetona, emulando un rugido felino. La *patronne* se reunió con ellos en la mesa. Sonreía con encanto, pero a Gorski le dio la impresión de que Lambert no era de su agrado. Sin quererlo, Gorski empezó a hablarle de Céline. Ella aparentaba estar escuchándolo con suma atención, pero pasados unos minutos se escabulló silenciosamente para acercarse a saludar a unos clientes recién llegados. A buen seguro había escuchado un millón de historias como la suya.

Gorski no se acordaba de cuántas botellas más trajeron a la mesa. En un momento dado, se fue al aseo dando tumbos y vomitó, mientras observaba con desinterés su corbata, colgando dentro del retrete. Se la quitó y trató de deshacerse de ella tirando de la cadena, pero se quedó allí flotando como una pérfida serpiente. La rescató y la embutió detrás de las cañerías del lavabo. Era un regalo de Céline.

Gorski no recordaba haber regresado a casa conduciendo, pero una vez se hubo duchado y preparado un café, se asomó por la ventana. Su coche estaba aparcado en la acera.

Por bochornoso que fuera, el recuerdo de la velada con Lambert no fue lo que en ese momento lo llenó de pavor, sino el hecho de no haber acudido a la cena con Céline.

El ama de llaves lo hizo pasar a una salita que quedaba al fondo de la casa de los Barthelme. Se trataba de una habitación amplia, anticuada y abarrotada de muebles. Apenas si había un metro cuadrado de suelo que no estuviera ocupado por una silla, una mesita o un enorme jarrón lleno de tallos resecos. Las paredes estaban decoradas con cuadros de paisajes tenebrosos con churriguerescos marcos dorados. A ambos lados de las puertaventanas había pesados cortinajes de terciopelo sujetos con alzapaños dorados. Gorski detestaba las estancias como esa. La acumulación de generaciones de quincalla no era tan caprichosa como podría parecer. Servía para recordar al visitante la inexorable pervivencia del dinero de abolengo.

La chimenea estaba encendida, pero en la sala reinaba una gelidez que Gorski sospechó que sería permanente e imposible de eliminar. Lucette Barthelme estaba plantada de espaldas a la chimenea, con un cigarrillo en la mano. A Gorski le dio la impresión de que se lo había encendido nada más escuchar el timbre y que había adoptado aquella pose muy a propósito. Iba vestida con una blusa blanca de seda y una falda beis hasta la rodilla. Reparó, con agrado, en que se había maquillado un poco ante la expectativa de su visita. A fin de ahorrarse el bochorno de que ella volviese a recibirle en su dormitorio, Gorski había hecho caso omiso del mantra de Ribéry y había telefoneado para anunciar su visita. No existía, en cualquier caso, motivo alguno para no hacerlo. Lucette Barthelme no era sospechosa de ningún delito.

Ella cruzó la habitación para estrecharle la mano y le dio las gracias por venir. Se quedaron mirándose el uno al otro durante unos incómodos instantes. Lucette lo invitó a tomar asiento. Gorski se sentó en una otomana brocada que ocupaba el centro de la estancia. Ella se sentó en el extremo opuesto. Aplastó el cigarrillo en un cenicero que ya contenía varias colillas. Gorski no tenía la impresión de que aquel fuese un hogar donde se dejaran los ceniceros sin vaciar de un día para otro.

—¿Le apetece un café? —ofreció ella—. Puedo avisar a Thérèse.

Gorski negó con la cabeza.

A ella se le ocurrió entonces otra idea.

—¿Y qué tal un brandy?

Gorski no lo rechazó. Era justo lo que necesitaba para despejarse. Se había fijado en la licorera del aparador nada más entrar. Lucette se levantó y sirvió dos copas generosas de licor. Algo había en sus andares que la hacía desentonar con aquel entorno tan ostentoso. Se movía por la habitación como de puntillas, con cautela incluso, como si temiera ser detectada. Resultaba evidente que el espacio no había sufrido ni una sola alteración desde que ella pasara a formar parte de la familia. Incluso después de veinte años de matrimonio, su presencia se asemejaba más a la de una inquilina que a la de la señora de la casa. Era el tipo de mujer con la que Gorski debería haberse casado. Ella se habría sentido a gusto en el modesto pisito de encima de la tienda de Rue des Trois Rois. Gorski se sorprendió imaginándose a ambos allí, sentados a la luz del atardecer, leyendo o echando una partida de cartas en la mesa junto a la ventana.

Ella le tendió la copa, luego volvió a sentarse. Bebieron. A ella el licor le provocó una tosecilla.

—A lo mejor es un poco temprano para un brandy —comentó. Y soltó una boba risita infantil que a Gorski le pareció afectada y adorable a la vez. Se apartó un mechón de pelo de la mejilla.

—Verá, madame…

Ella lo interrumpió para pedirle que la llamase Lucette, como por otra parte él bien sabía que iba a hacer.

—Desde luego —contestó él, repitiendo su nombre de pila.

—Y yo le llamaré Georges.

Pareció muy satisfecha de haber fijado este grado de intimidad entre ambos.

Gorski se aclaró la garganta. Adoptó un tono más formal.

—Como solicitó, he hecho algunas indagaciones sobre los movimientos de su marido la noche de su muerte. Huelga decir, claro está, que estas indagaciones han sido de naturaleza extraoficial.

—Hace usted que suene muy grave, Georges —lo interrumpió ella.

—Parece ser que su marido, al contrario de lo que le contó, no cenó con maître Corbeil ni con ninguno de sus otros colegas. Salió de su oficina hacia las cuatro de la tarde y, hasta ahora, desconocemos dónde estuvo o qué hizo desde ese momento hasta la hora de su muerte.

—Entiendo.

—Me temo que ese club del que le habló tiene todos los visos de ser una invención.

Lucette no dijo nada. Cogió de la mesita del café una caja de madera tallada para cigarrillos y se encendió uno.

—Continúe, se lo ruego —dijo—. No tenga miedo de herir mis sentimientos.

Gorski pasó a explicarle con la mayor delicadeza posible que la explicación más obvia a la duplicidad de Barthelme era que tuviese una amante.

—¿Ha albergado sospechas alguna vez de que su marido pudiera estar engañándola?

Lucette soltó otra risita tonta. Bajó la mirada a la copa de brandy que sostenía en su regazo y luego respondió con voz queda:

—A mi marido no le interesaban demasiado esas cosas.

—La noche del accidente, cuando vine a darle la noticia, no pude evitar fijarme en que ustedes dormían en habitaciones separadas —dijo Gorski.

—Sí. —Alzó la vista y lo miró.

—¿Y podría decirme, si no es mucha indiscreción, desde cuándo?

—Desde que nos casamos. Nunca compartimos dormitorio.

—¿Pero no...? —Por fortuna no tuvo que completar la pregunta.

—Al principio sí, por supuesto. Pero a mi marido no le parecía conveniente que compartiésemos cama. Tenía el sueño ligero, y decía que solo nos molestaríamos el uno al otro. Era un hombre muy práctico.

Gorski asintió con la cabeza. Se fijó en que madame Barthelme jamás llamaba a su marido por su nombre. Ella se llevó el cigarrillo a los labios y expulsó el humo.

—¿Y sospechó alguna vez que maître Barthelme pudiera estar satisfaciendo sus necesidades en otra parte?

—Mi marido no daba la impresión de tener ninguna clase de necesidad sexual. Incluso recién casado abordaba el acto como una obligación y no como... —apartó la vista con timidez hacia la chimenea—, como algo placentero.

Un ligero rubor coloreó sus mejillas. Gorski pensó en el apartamento de Estrasburgo, con su decoración a la última, y también en las ligaduras de seda que seguían atadas a los postes de la cama. Lucette se sacudió un rollito de ceniza de la blusa. Y de repente pareció la viva imagen de la mujer engañada. Gorski sintió que estaba siendo cruel. Por fría que hubiese sido la relación de la pareja, estaba seguro de habría sido preferible que Lucette creyese que a su marido no le interesaba el sexo y no que satisfacía su apetito con una amante.

A él le había gustado la Lucette Barthelme alegre, por muy fingida que hubiese sido su pose desenfadada. Además, ¿y si se volviesen las tornas y fuera su propio matrimonio el que se viera expuesto a un escrutinio parecido? Él jamás había sospechado que Céline pudiera tener un amante, ni siquiera cuando el sexo empezó a decaer. Oportunidades las habría tenido a cientos. Con los años se había vuelto más atractiva. Su figura hombruna y esbelta no había cambiado, pero su rostro poseía ahora más carácter. Las pequeñas arrugas de los ojos no hacían sino atraer hacia ellos todas las miradas. Por no decir que era encantadora. Gorski había observado con frecuencia cómo la contemplaban los hombres. Les gustaba estar en su compañía. Esto a él no le ponía celoso. Céline disfrutaba acaparando la atención de otros hombres, y Gorski disfrutaba observándola. A menudo era después de haber asistido juntos a alguna reunión social cuando más apasionados se mostraban en la cama. ¿Qué importaba que a Céline le excitaran las atenciones de otros hombres, si era él quien salía ganando? ¿Y qué si su vida sexual había ido a menos en los últimos años? ¿Acaso no les sucedía lo mismo a todas las parejas? ¿O es que Céline, al igual que maître Barthleme, se había buscado otro sitio donde satisfacer sus necesidades? La idea no se le había pasado jamás por la cabeza, pero quizá solo fuera porque él no había tenido nunca la tentación de serle infiel.

Lucette se levantó y fue a buscar la licorera. Le rellenó la copa.

—Intuyo que su matrimonio no era feliz —dijo Gorski.

Ella se sentó, esta vez un poco más cerca de él. No se había servido más brandy en su copa.

—No era infeliz —respondió—. No digo que fuese una apasionada historia de amor, pero tampoco creo que esas cosas existan realmente, ¿no cree, Georges? Mi marido era un hombre muy ocupado. No tenía tiempo para el romanticismo. Y yo lo decepcioné. Tendría que haberse casado con una mujer más vehemente. Pensándolo bien, no debería sorprenderme que Bertrand tuviese una amante. Al fin y al cabo, ustedes, los hombres, tienen sus necesidades, ¿no?

—¿Y usted? —preguntó Gorski.

—¿Yo?

—Debe tener necesidades también.

No pareció que la impertinencia de la pregunta ofendiese a Lucette. Al contrario, se diría que casi la deleitaba que Gorski hurgase en los detalles más íntimos de su matrimonio.

—Bueno, las chicas podemos ser muy creativas, Georges —dijo.

Ahora fue Gorski quien se sonrojó. Dio un trago a su brandy, luego se inclinó hacia delante para coger un cigarrillo de la caja de madera que había sobre la mesita. Lucette no le quitaba los ojos de encima.

—¿Y usted? —preguntó ella. En el curso de una investigación al uso, Gorski no habría tolerado jamás que el interrogado le diese la vuelta a la tortilla de aquella manera—. ¿Es feliz su matrimonio? Él se llevó la mano instintivamente a la alianza.

—Pues la verdad es que mi mujer y yo estamos separados.

Era la primera vez que se lo reconocía a alguien, sin contar las confidencias de borracho de la noche anterior.

—Vaya, lo siento —contestó Lucette. Pero una levísima sonrisa se asomó a sus labios.

A Gorski le entraron ganas de contarle toda la historia de sopetón, pero habría sido totalmente inapropiado. Olvidaba que sus pesquisas habían adquirido un carácter más oficial desde el desacertado viajecito a Estrasburgo. Se puso de pie, con el cigarrillo en la mano, y se paseó por la habitación. Los ventanales se abrían a una extensión de césped que bajaba en pendiente hasta una pequeña arbolada. Un jardinero rastrillaba las hojas de la hierba, con un cigarrillo colgando de los labios. Gorski se dio la vuelta y se quedó plantado de espaldas a las puertaventanas.

—Si desea que continúe con mis indagaciones, sería de mucha utilidad poder echar un vistazo a los extractos bancarios de su marido —dijo.

Lucette lo miró con ojos inquisitivos.

Gorski le explicó que quizá las retiradas de efectivo de maître Barthelme pudieran arrojar algo de luz sobre sus movimientos.

—Claro que a lo mejor preferiría usted no enterarse —añadió.

Ella dejó escapar un leve suspiro.

—No —respondió—. Pero para eso tendrá que hablar con maître Corbeil. Se llevó todos los documentos que mi marido guardaba en casa.

—¿Y cuándo fue eso?

—El día después de su muerte. Me dijo que los necesitaban para dejar cerrado el testamento.

Gorski asintió con la cabeza. Por nada del mundo iba maître Corbeil a dejarle echar un vistazo a las cuentas de Barthelme sin cumplir con el debido papeleo. Hizo un gesto con la mano, dando a entender que el asunto carecía de importancia. No había más que hablar. Se acercó a la mesita y aplastó el cigarrillo en el cenicero.

—¿Le gustaría quedarse a almorzar? —preguntó Lucette—. Solo tengo que pedirle a Thérèse que ponga otro servicio en la mesa.

A Gorski nada le hubiese gustado más que almorzar con Lucette Barthelme, pero no allí, en el mortecino ambiente de la casa de Rue des Bois. Y menos aún bajo la mirada desaprobadora del ama de llaves. Le habría encantado llevar a Lucette a alguna posada rural o a dar un paseo junto al lago en la Petite Camargue. Declinó el ofrecimiento cortésmente. Luego se dio cuenta de que tendría que haberle propuesto almorzar juntos en otra ocasión, pero ya había pasado el momento. Lucette se levantó y ambos se estrecharon la mano con una ceremoniosidad un tanto absurda. Gorski se dirigió a la salida sin que lo acompañasen. Thérèse lo observó marcharse desde la puerta de la cocina, como si creyese que fuera a escamotearles un candelabro.

La hora del almuerzo ya casi había pasado para cuando Gorski llegó al Restaurant de la Cloche. No quedaba *pot-au-feu*. Gorski se pidió las chuletas de cordero y la tarta de manzana. Se tomó la copa de vino que incluía el *menu du jour*, pero resistió la tentación de pedirse una segunda para acompañar el postre: había decidido acercarse a ver a Céline a la boutique nada más terminar de comer. Luego, mientras pagaba la cuenta en la barra, le pidió a Pasteur que le sirviese un aguardiente. El dueño plantó el chupito sobre el mostrador.

—A esta invita la casa, inspector —le dijo.

Gorski no puso reparos, pero dejó suficiente propina como para cubrir con creces el precio del trago.

La tienda de Céline estaba a dos minutos andando de La Cloche. Gorski se demoró unos instantes en el parquecito de delante del templo protestante. Bajo sus pies, la llovizna de noviembre había convertido el fresco tapiz de hojas de castaño en un terreno resbaladizo. Solo había una clienta dentro de la boutique. Céline estaba de pie junto al mostrador, hojeando una revista. La clienta se marchó sin comprar nada. Gorski pasó por encima del murete que bordeaba el parquecito y entró en el local. Céline alzó la vista cuando sonó la campanilla de encima de la puerta. Lo miró impasible.

—Hola, Céline —la saludó.

—Hola, Georges —respondió ella con tono de hartazgo.

Dejó que él la besara en ambas mejillas.

—¿Has bebido? —preguntó.

—Solo una copa de vino con el almuerzo. —Pero se apartó de ella echando un paso atrás.

Ella cruzó los brazos.

—Tienes los ojos rojos.

Gorski le explicó que hacía días que no dormía bien. No pudo evitar acordarse de que, cuando se conocieron, a menudo se metían en la trastienda para hacer el amor.

—Quería disculparme —dijo.

—Pues es un poco tarde para eso, ¿no te parece? —Volvió a concentrar su atención en la revista que tenía encima del mostrador.

—Aun así —dijo él—, es imperdonable.

—Tranquilo —replicó Céline con tono seco—, que no te perdono.

El comentario era casi un chiste, y Gorski se envalentonó un poco.

—Estaba en Estrasburgo. Estoy investigando un asesinato allí.

Los ojos de Céline delataron un brillo de interés, a su pesar.

—No pude escaquearme —prosiguió.

—Ya. Supongo que habría sido mucho pedir llamar al restaurante, ¿no?

Gorski había tratado de no imaginarse a su mujer sentada a solas en el inhóspito comedor del Auberge du Rhin, con un vodka con tónica entre las manos y haciendo caso omiso a las miradas de lástima de los camareros. Ni habiéndose propuesto humillarla podría haberlo hecho mejor. Y sí, ella tenía razón, no le habría costado nada llamar por teléfono. Desde el momento en que pidió la segunda botella en el barecito de la barra de zinc ya sabía que iba a faltar a su cita. Luego, a medida que el licor se le había ido subiendo a la cabeza, se apoderó de él un cierto cabreo; era Céline quien lo había abandonado a él. ¿A cuento de qué tenía él que andar corriendo tras ella? Allí, la única que tenía que pedir perdón y arreglar las cosas era Céline. Pero lo cierto era que ni él mismo se creía esta excusa. Si no la había llamado, no fue por despecho. Fue porque sabía que Lambert se reiría de él. La verdad era que no había querido parecer un calzonazos delante de su colega.

Huelga decir que no dijo nada de esto. Se limitó a repetir que le había resultado imposible avisar. Explicó de manera imprecisa que, en aquel momento, Lambert y él se encontraban en medio de un interrogatorio.

Céline suspiró con hastío. Resultaba imposible saber si le creía o no. Ahora bien, tampoco le soltó una diatriba, que era lo que él se esperaba.

—Qué quieres que te diga, Georges, la verdad es que solo acepté cenar contigo para complacer a mi madre —dijo.

—Ya —dijo Gorski—, pero aun así hay cosas que tenemos que hablar.

—¿No me digas?

—Pues sí —replicó él—. Clémence, para empezar.

—¿Qué pasa con ella?

—Tenemos que llegar a alguna clase de acuerdo en lo referente al… régimen de visitas. —El mero hecho de utilizar ese término burocrático ya le ponía los pelos de punta.

—Pues la has tenido en casa los últimos diecisiete años y no parecía que te importase tanto pasar tiempo con ella. —Lo miró desafiante, como retándole a que la contradijese.

Gorski se pasó una mano por la frente. La tenía bañada en sudor.

—Aun así —dijo.

Se aproximó un paso. Ella volvió la cabeza para no tener que olerle el aliento. Gorski podía ver sus clavículas debajo del cuello de la blusa. Era verdad que deberían acordar ciertas cosas, reconoció Céline con resignación, y añadió:

—Pero preferiría hacerlo cuando no apestes a alcohol revenido.

Gorski le aseguró que la próxima vez no se retrasaría.

Céline se giró para mirarlo cara a cara.

—Seguro que no —dijo.

Se llevó una mano a la clavícula que él había estado contemplando y se la acarició con la punta de los dedos. Gorski se marchó sin tan siquiera tratar de darle un beso de despedida.

Madame Gorski estaba dormida. La habitación estaba recalentada y costaba respirar. Gorski bajó la temperatura de la estufa eléctrica que su madre llevaba usando desde que la artritis le impedía encender la chimenea. Abatió la ventana para que circulase el aire y luego recogió la compra que traía consigo. Madame Gorski tenía las manos demasiado débiles para coger con firmeza un cuchillo, de modo que había empezado a comprarle sopas instantáneas. La preferida de su madre era la de espárragos. Insistía en que era igual de buena que la que ella misma preparaba. ¿Para qué meterse en el lío de pelar y cortar verduras, si bastaba con hervir un poco de agua? Pero Gorski echaba de menos el aroma a caldo casero que le llegaba desde arriba cuando ayudaba a su padre en la casa de empeños después de clase.

Cuando hubo acabado en la pequeña cocina, se sentó en la silla de su padre en la mesa junto a la ventana. Afuera estaba oscuro. Contempló su reflejo en el cristal, desfigurado por la condensación. Cerró la ventana al levantarse y se sentó en la butaca frente a su madre. Dormía con la barbilla contra el pecho, las manos cruzadas sobre el busto. Su respiración era acompasada y apacible. Un día entraría en el apartamento y se la encontraría en el mismo estado de reposo, el pecho inmóvil y la piel fría. Gorski sintió que se le cerraban los ojos. Dejó caer la cabeza hacia delante. Después de todo, era muy agradable rendirse a aquella calidez.

Cuando despertó, su madre estaba de pie junto al fogón.

—Dile a tu padre que la sopa está lista —le dijo.

Gorski se frotó los ojos con la palma de la mano y luego se masajeó las sienes. Tenía la boca seca. Consultó su reloj. Había dormido más de una hora. Se levantó y fue hasta la puerta. Llamó desde lo alto hacia la tienda. No le pareció que hubiera nada de malo en ello. Se le antojó menos cruel que recordarle a su madre por enésima vez que su padre ya no estaba. Para cuando se sentasen a cenar, ella ya se habría olvidado de él por completo. Gorski fue a sacar del aparador los mantelitos individuales, las servilletas y los cubiertos, y los colocó en la mesa. Luego fue a por dos vasos y una jarra de agua. Apenas conversaron durante la cena. Madame Gorski se pasaba una eternidad masticando cada pedazo de pan. Gorski no podía sustraerse de escuchar el discreto chasquido de sus labios.

—¿Y qué tal está Céline? —preguntó ella.

—Bien —contestó Gorski—. Muy ocupada con la tienda, como siempre.

—¿Y Clémence?

—Lo mismo. Muy ocupada con los estudios, quiero decir.

—Me gustaría verla —dijo.

—Sí, le diré que se pase a hacerte una visita.

Madame Gorski se giró y miró hacia la puerta.

—¿Y tu padre? —preguntó, meneando un poco la cabeza. Cuando lo miró de nuevo, se sobresaltó un poco—. Ah, aquí estás —dijo—. Justo iba a llamarte otra vez.

Gorski le sonrió. Siempre se había dado un aire a su padre en los gestos y en la forma de hablar, pero ahora, con el pelo canoso y la cara tan delgada —había perdido unos cuantos kilos últimamente—, empezaba a parecerse a él también físicamente.

Gorski recogió la mesa y fregó los platos. Su madre tendría sopa de sobra para almorzar el día siguiente.

14

El Johnny's estaba encajonado entre otros dos bares en una calle muy estrecha llamada Rue de la Loi. Raymond llevaba media hora merodeando por la acera. Lloviznaba. El local no tenía ventanas, así que no podía comprobar si Delph estaba dentro. Contaba con solo una puerta, sobre la que había un cartel de madera al estilo de los de los salones de las películas del Oeste. Unas pocas personas habían salido y entrado del local, pero desde el otro lado de la calle Raymond solo alcanzaba a ver un estrecho pasillo de entrada tenuemente iluminado. Cada vez que se abría la puerta brotaba del interior un rítmico tronido de música.

Raymond se había repetido las palabras de Delph una y otra vez. *Estaré en el Johnny's el sábado.* O, al menos, eso creía haberla oído decir. No mencionó si estaría allí por la tarde o por la noche, y desde luego que no había hablado de una hora concreta. Con todo, quedaba descartado irse de allí sin entrar. Si ella no estaba, se tomaría una cerveza y luego se marcharía. Total, no tenía nada que perder.

Caminó hasta el final de la calle, regresó sobre sus pasos y luego, cuando llegó a la puerta del bar, entró sin más, como si acabara de toparse con el local. Lo primero que lo golpeó fue la música: todo percusión y contrabajo y una profunda voz de barítono que más que cantar, recitaba. El pasillo desembocaba en una oscura sala de bar. Raymond buscó a Delph con la mirada. A la derecha había una zona elevada, separada por una balaustrada y a la que se accedía subiendo un par de escalones de madera. Un grupo de estudiantes conversaba ensimismado en torno a una de las mesas de arriba. Pero ni rastro de Delph. Justo enfrente de él estaba la barra. Raymond localizó una mesa vacía en un rincón. Colgó su cartera del respaldo de la desvencijada silla de madera y tomó asiento. Se quitó la bufanda y la colgó junto a la cartera, acciones todas ellas ejecutadas con la intención de dar la impresión de que se encontraba a sus anchas. Solo entonces pudo examinar con detenimiento el lugar.

Sobre la barra había una bandera confederada y varios carteles en inglés —PLEASE USE THE SPITTOONS PROVIDED; NO CUSSIN'; KINDLY REFRAIN FROM BRAWLING[2]— que Raymond no entendió. Las paredes estaban cubiertas de arriba abajo con carátulas de discos, fotografías y carteles de conciertos, todos de Johnny Cash. Algunos de los pósteres estaban encolados directamente a la pared, mientras que otros los habían dispuesto en marcos de toda clase. A la derecha de la barra había una doble puerta batiente señalizada con la palabra RESTROOMS. Junto a ella, el juego de luces de una gramola de estilo años cincuenta iluminaba una parcela del suelo de madera. Apoyado en un extremo de la barra había un hombre bajo y fornido, de unos cincuenta años, ataviado con traje negro, camisa blanca de cuello para esmoquin y botines de tacón. Llevaba su pelo negro como el betún peinado hacia atrás en un impresionante tupé. Sostenía un purito en la comisura de los labios. Aquel, supuso Raymond, era Johnny. Aparte de los estudiantes de la mesa, los únicos otros clientes eran un par de tipos corpulentos, rapados y con chupas de motorista, que bebían sendas jarras de cerveza junto a la

---

2. En español, «Se ruega hagan uso de las escupideras proporcionadas»; «Prohibido insultar»; «Absténgase de pelearse en el bar».

barra. En la espalda de la cazadora, uno de ellos llevaba inscrito con tachuelas el lema *Born to live, Live to die.* Una vez Raymond estuvo acomodado en su mesa, el hombrecillo del traje negro se acercó con andares de vaquero.

—*Whaddaya drinkin', buddy?* —preguntó con un marcado acento estadounidense. Hasta bajo la tenue luz del local se veía a la legua que llevaba el pelo teñido.

Raymond pidió una cerveza. Johnny trasladó su comanda a una mujer apostada detrás de la barra, con un apacible rostro alargado y un par de largas trenzas de pelo canoso. Su mujer, asumió Raymond. Ella tiró la cerveza sin prisa, y el dueño se encargó de traérsela.

—¿Tu primera vez en el Johnny's? —preguntó mientras la depositaba sobre la mesa. Su jarra era más pequeña que la de los hombres de la barra.

Raymond asintió cautelosamente con la cabeza.

—Dime, *mon fils,* ¿quién es el rey?

—¿El rey? —repitió Raymond.

—Sí, el rey. ¿Quién es el rey?

—No lo sé, monsieur —contestó Raymond—. ¿Usted?

El hombrecillo se sacó el purito de la comisura de la boca. Adornaban sus dedos unos cuantos anillos de sello de tamaño descomunal. Meneó la cabeza y chasqueó la lengua para mostrar su decepción. Dibujó un amplio gesto con la mano, abarcando las paredes del bar.

—Venga —dijo con tono cansino, como armándose de paciencia—, probemos de nuevo. ¿Quién es el rey? —Enunció la pregunta como si cada palabra constituyera una frase por sí sola.

Raymond cayó en la cuenta.

—¿Johnny Cash? —contestó, vacilante.

—¡Johnny Cash! ¡Respuesta correcta! —Se separó de la mesa dando un paso atrás, volvió a meterse el purito en la boca y aplaudió con una única y lenta palmada—. Al carajo Elvis. Al carajo Hallyday. Al carajo Gainsborough. Johnny Cash es el rey.

Los moteros de la barra se volvieron para mirarlo, aunque estaba claro que habían presenciado aquella rutina un millar de veces antes. El dueño se dirigió a ellos:

—El chaval no sabía quién era el rey —les gritó. Luego se volvió hacia Raymond—: A la primera invita la casa, colega.

Regresó con andares chulescos a su puesto en la esquina de la barra. A Raymond la conversación lo había dejado un tanto descolocado. Si había albergado alguna esperanza de pasar desapercibido en el rincón, esta se había esfumado por completo. Y aún peor, si Delph no se presentaba, él no iba a poder marcharse por las buenas, como si hubiera entrado sin más motivo que tomar algo. *A la primera invita la casa.* Sin duda aquello implicaba que a la primera le seguiría una segunda e incluso era probable que una tercera y una cuarta. Uno no podía aceptar una invitación de la casa y marcharse. Quizá tendría que haber insistido en pagar, pero seguro que Johnny se lo habría tomado como una grave afrenta.

Raymond sacó su libro de la cartera, pero apenas se podía leer con tan poca luz. Cogió los cigarrillos y se encendió uno. Fumando consiguió sentirse menos incómodo. La música tronaba a un ritmo implacable. Con cada nueva canción, Raymond se iba haciendo más y más a la voz de Johnny Cash y al traqueteante ritmo metálico. Intentó relajarse.

Desde donde estaba sentado no veía la puerta, pero tampoco quería dar la impresión de estar esperando a alguien. Bebió de su cerveza. Su padre siempre decía que la cerveza era una bebida de rufianes. Tomó un segundo trago y luego la apuró hasta el fondo. Contempló con satisfacción la jarra vacía sobre la mesa. Quizá él fuera un rufián. Johnny apareció a su lado y le plantó delante una segunda cerveza.

—Tienes sed —dijo. Fue más una afirmación que una pregunta.

Raymond abrió el libro forzando el lomo. Apoyó un codo en la mesa y se llevó la mano izquierda a la frente, fingiendo leer. Pero entre los dedos observaba al grupo de estudiantes de la mesa de la tarima. Eran dos chicas y tres chicos. La música sonaba demasiado alta para escuchar lo que decían, pero mantenían una conversación muy animada. El centro de gravedad del grupo era un chico con cazadora negra de cuero, que sujetaba un cigarrillo pinzado entre los dedos pulgar y corazón de la mano izquierda. Estaba sentado un poco apartado de la mesa, y tenía el brazo izquierdo apoyado sobre el respaldo de la silla vecina. No participaba demasiado en la conversación, pero parecía ejercer influencia en los demás. Cuando daba una calada a su cigarrillo, inclinaba la cabeza hacia atrás y expulsaba un chorro de humo hacia el techo. A Raymond le resultó odioso.

En un momento dado, lanzó una mirada descarada a Raymond. Él bajó los ojos al instante, pero aun así sintió que el otro lo escudriñaba. Pasó una página del libro y se obligó a leer unas cuantas líneas. Cuando miró entre los dedos instantes después, el tipo se había girado hacia la chica que estaba sentada a su izquierda y le susurraba algo al oído.

Para entonces habían pasado a estar ocupadas dos o tres mesas más. Johnny daba la bienvenida a cada nuevo cliente con una joya de su repertorio de saludos yanquis. Eran las ocho y media. A medida que el local se iba llenando, Raymond empezó a tener la agradable sensación de que su presencia pasaba más y más desapercibida. ¿Y qué si Delph no aparecía? Podía tomarse unas cuantas cervezas y luego coger el tren de regreso a casa. *Estaré en el Johnny's el sábado.* Se trataba de una afirmación más que de una invitación. Aun así, ¿por qué iba ella a decirle que estaría allí si no quería verlo? Johnny le había servido una tercera cerveza. Raymond decidió que se la tomaría despacio, luego quizá una última, y se marcharía. El último tren para Saint-Louis salía a las 23:25. Tenía tiempo de sobra.

Llevaba bebida la mitad de aquella tercera cerveza cuando Delph entró en el local. Iba con la misma chaqueta de hombre, el mismo sombrero y las mismas gafas de sol que la primera vez, aunque combinados en esta ocasión con una falda corta y medias a rayas verdes y negras. Las botas le llegaban justo por debajo de las rodillas. A pesar de la oscuridad reinante, se dejó puestas las gafas. Fue directa hasta el grupo de estudiantes y los saludó uno a uno; un proceso que llevó su tiempo, pues había poco espacio, y que no estuvo exento de cierta dificultad logística. Se volcó una bebida, pero ello no provocó mayor consternación. Delph se acercó una silla, le dio media vuelta de tal forma que el respaldo mirara hacia la mesa, y se sentó a horcajadas. El grupo gravitó al instante hacia ella. Johnny se les acercó sin ninguna prisa, con una bayeta en la mano para secar la mesa. Delph se levantó y lo saludó besándolo en ambas mejillas. Él dio un paso atrás para admirar su atuendo. Debajo de la chaqueta, Delph lucía una camisa de hombre varias tallas más grande de la cuenta y los puños le bailaban holgados en torno a las muñecas. Johnny anotó sus pedidos y regresó a la barra.

Raymond cambió su silla de sitio para no estar de cara al grupo de Delph. Se encorvó sobre el libro. Era evidente que ella se había olvidado por completo de él. Ni siquiera se había parado a echar un vistazo por el bar para comprobar si estaba allí. Si al final se percataba de su presencia, fingiría haber estado tan inmerso en la lectura que no la había visto entrar. Decidió que se terminaría la cerveza, pagaría y saldría por la puerta tan pronto como se le presentase la oportunidad. Pasados unos minutos, le hizo un gesto a Johnny para indicarle que quería pagar. Pero, para consternación suya, el dueño le indicó a su esposa que tirara otra cerveza y se la llevó hasta la mesa. En ese instante, Delph levantó la vista y siguió a Johnny con la mirada mientras cruzaba el local. Raymond fijó la suya en el libro. Pocos instantes después de que Johnny plantara en la mesa la cerveza recién servida, Delph se abrió paso hasta él. Raymond la recibió fingiendo sorpresa. Ella se plantó junto a la mesa con una mano en la cintura y una expresión de extrañeza en la cara. Llevaba los labios pintados de negro.

—¿Así que has venido? —dijo. No parecía disgustada.

—Sí —contestó Raymond.

—¿Y qué haces en este rincón? ¿Por qué no te sientas con nosotros?

—No te había visto. —Levantó el libro y lo blandió cual prueba en un juicio.

Delph puso los ojos en blanco.

—¿Vas a honrarnos con tu presencia o no?

—Sí, claro —contestó él, como si la idea no se le hubiese ocurrido antes. Recogió la bufanda y la cartera.

Ella lo cogió de la muñeca y empezó a cruzar el bar tirando de él. Raymond se notaba un poco inseguro al andar. Era la primera vez que se bebía tres cervezas seguidas. Cuando llegaron a la mesa, Delph ordenó a sus amigos que les hicieran sitio.

—A ver, peña —dijo—, este es… —Cayó en la cuenta de que aún no sabía cómo se llamaba Raymond. Él se lo dijo.

A continuación abarcó el grupo con un vago gesto de la mano.

—Y aquí… la peña.

Nadie mostró el menor interés en él. Una chica le hizo hueco de mala gana. Llevaba afeitados los dos lados de la cabeza y una tachuela le atravesaba el labio inferior. Raymond le dio las gracias y posó una nalga en el extremo del banco corrido. La chica olía a pachuli.

—Soy Raymond —dijo.

Ella lo miró con cara de aburrimiento y retomó la conversación con la persona que tenía al lado. Lucía una hilera de aretes desde el lóbulo hasta lo alto de la oreja. Delph volvió a sentarse en su sitio, en la cabecera de la mesa. Lanzó una mirada elocuente a Raymond, como diciendo que no se tomara a mal la descortesía de sus amigos.

Raymond vio que tenía enfrente al tipo de la cazadora de cuero. Llevaba el pelo, de color negro, milimétricamente despeinado, y tenía ojos oscuros de párpados caídos.

—¿Entonces este es el tío que te ha estado siguiendo? —le preguntó a Delph.

—Justo —contestó ella.

Raymond no supo si debía tomarse aquello como una ofensa o si, por el contrario, debía sentirse agradecido por al menos ser digno de mención.

—Este es Luc —le dijo Delph.

Luc se retrepó en la silla de tal forma que las patas delanteras se despegaron del suelo, y miró a Raymond de arriba abajo.

—Parece una niña.

—Ya. —Delph pareció encantada con la observación de Luc—. Una niña monísima.

Se echó hacia adelante y acarició el pelo de Raymond; luego bajó la mano y la apoyó sobre su hombro. Raymond notó una punzada de excitación. Luc le clavó una mirada de antagonismo. Raymond se obligó a sostenérsela. Sacó un cigarrillo y lo encendió. Luc se inclinó hacia adelante y extrajo de una sacudida otro para él sin preguntar. Quedaban solo cuatro.

Johnny se apareció al extremo de la mesa. Le dio a Raymond una palmada en el hombro.

—¿Por qué no me has dicho que eras amigo de Delph? —La omisión de Raymond parecía haberle ofendido. Despejó la mesa—. ¿Otra ronda de lo mismo? —preguntó.

—Por supuesto —dijo Delph.

Johnny hizo un gesto de asentimiento con la cabeza y regresó a la barra.

—¿Ves algo con esas gafas? —preguntó Raymond.

—No mucho —contestó Delph—. Es pura afectación.

Se quitó las gafas y se las tendió a Raymond. Él se las puso. La sala se oscureció.

—Te sientan bien —dijo Delph.

Aunque se sentía raro con ellas, las gafas le permitieron estudiar a Delph con detenimiento. Tenía facciones angulosas y muy marcadas. Y llevaba los ojos muy maquillados. Podía ver sus clavículas asomando por la abertura de la camisa. Tenía el pecho prácticamente plano.

—Me gusta tu camisa —dijo.

Delph se la miró.

—Era de mi padre —explicó.

—¿Ah, sí? —dijo Raymond, pero Delph se limitó a responder exhalando con parsimonia una sucesión de anillos de humo.

Johnny regresó y depositó sobre la mesa una bandeja cargada de bebidas.

—Seis *tomates* —dijo mientras las iba pasando.

Raymond se levantó las gafas para examinar el contenido de su copa. Era de un rojo chillón. El grupo alzó las copas hacia el centro de la mesa. Alguien pronunció un brindis por Johnny. El ritmo de la música parecía que iba animándose. Raymond reconoció el sabor anisado del *pastis*.

—Ricard con granadina —le aclaró Delph cuando lo vio hacer una mueca.

—Está bueno —dijo Raymond.

Dio otro sorbo para respaldar sus palabras. La vista se le desenfocó unos instantes. Le devolvió las gafas a Delph. Ella las plegó y se las colgó del escote de la camisa. Después del brindis se hizo un paréntesis en la conversación. Delph levantó la voz:

—Aquí el amigo Raymond es un discípulo de monsieur Sartre —anunció.

Raymond protestó, diciendo que él no era discípulo de nadie, pero los demás hicieron oídos sordos.

—¡Hombre, el cara sapo del existencialismo! —exclamó Luc. Bizqueó y simuló que le daba unas chupadas a una pipa imaginaria—. Mi querido Castor, ¿te importaría mucho que me follase a tu amiga? —entonó con voz cómica.

La chica sentada al lado de Raymond se echó a reír.

Luc se inclinó sobre la mesa.

—Pero, a ver —dijo—, todo el rollo ese de la búsqueda de la libertad y demás está un pelín trasnochado, ¿no?

Raymond lo miró. Lo más sencillo habría sido darle la razón con algún comentario igual de displicente. Pero Delph no le quitaba ojo, esperando que se defendiera. Lo estaba poniendo a prueba.

—¿Entonces no quieres ser libre? —contestó.

Luc negó con la cabeza.

—La cuestión no es esa —replicó—. Uno o es libre o no lo es. Que yo quiera ser libre no tiene nada que ver con el tema.

Se retrepó en la silla, como si aquello zanjara el tema y no hubiera cabida a otras argumentaciones.

Delph apoyó la barbilla en la cuenca de sus manos. Su estrabismo hacía difícil deducir si estaba mirando a Raymond o a Luc.

—Y dime —le dijo a Raymond—, ¿cuál de los personajes de ese queridísimo libro tuyo es el más libre?

—Yo diría que Mathieu —contestó él. Iba a ponerse a explicar su respuesta, pero Delph ya estaba meneando la cabeza. Raymond experimentó la misma sensación que si hubiese suspendido un examen en el colegio.

—Mathieu es el menos libre de todos —soltó ella—. Su obsesión por entender qué es ser libre lo tiene totalmente esclavizado. —Levantó su larguísimo dedo índice—. No, Lola es la más libre.

—¿Lola? —repitió Raymond. Lola, la cantante heroinómana que trabaja en un bar nocturno.

—En efecto —dijo Delph—. Es libre porque no se esfuerza por serlo.

Raymond asintió con gravedad.

—No lo había pensado desde ese punto de vista —reconoció.

—Me parece que te lo vas a tener que leer otra vez de cabo a rabo. Mientras tanto —añadió levantando su copa—, yo soy libre de beberme todos los *tomates* que me dé la gana.

—Y tú —le dijo Luc a Raymond— eres libre de largarte.

—¿Y por qué no te largas tú? —le espetó Delph a Luc.

Raymond, envalentonado por el alcohol y por el hecho de Delph parecía haberse puesto de su parte, señaló a Luc con un dedo y le dijo:

—Caballero, ¡es usted un mediocre!

Las seis caras de los allí presentes lo miraron perplejas. La chica que estaba sentada a su lado se echó a reír, seguida de Luc. Raymond notó cómo un leve rubor invadía sus mejillas. Se trataba de un latiguillo que empleaba de costumbre con Stéphane y al que este respondía sin excepción: «Y usted, caballero, ¡un hombre de poca monta!». Pero Raymond solo conseguiría ponerse más en ridículo si explicaba que se trataba precisamente de un fragmento de diálogo del libro del que se acababan de burlar. Con todo, su absurdo comentario sirvió para distender el ambiente.

Johnny llegó con otra ronda de *tomates*. Delph se acercó a Raymond.

—No le hagas caso a Luc —susurró—. Siempre se pone así cuando está celoso.

—¿Está celoso? —repitió Raymond. La idea de que Luc pudiese estar celoso de él lo entusiasmó.

—Bueno, no es tan guapo como tú, ¿no? —dijo ella—. Además, no ha leído un libro en su vida.

Luc los miraba desde el otro lado de la mesa. Delph le dedicó una sonrisa fugaz antes de volverse de nuevo hacia Raymond. La tenía tan cerca que hasta podía oler el leve aroma a almizcle que desprendía su piel.

—Bueno, ¿y qué te parece el Johnny's? —dijo ella.

—Mola —respondió él.

Ella le preguntó por qué no lo había visto antes por allí.

A él le gustó la posibilidad de pasar por el tipo de persona que frecuentara garitos como aquel.

—No vivo aquí. Soy de Saint-Louis —respondió a modo de explicación.

Delph lo miró con asombro.

—¿De Saint-Louis? —dijo—. No sabía que pudiera haber gente nacida en Saint-Louis. Pensaba que era una especie de lugar de paso.

—Pues, sí. Soy uno de los desafortunados —dijo Raymond.

—Aquí todos somos desafortunados —dijo.

Entonces se inclinó hacia delante y lo besó en la boca. Raymond no se resistió, pero estaba seguro de que Luc se lanzaría a por él por encima de la mesa para pegarle un puñetazo de un momento a otro. Delph lo agarró por la nuca y ladeó la cabeza de manera que sus bocas quedaran perpendiculares. Raymond percibió el sabor a granadina en la lengua de ella. Su olor le resultó familiar, como el de su propio sudor. Estuvieron besándose durante treinta segundos o un minuto. Cuando lo soltó, a Delph se le había corrido todo el lápiz de labios. Raymond se limpió la boca con el dorso de la mano. Estaba tiznada de negro. Se sentía como si acabara de salir de debajo del agua.

—Luego nos vamos a la parte de atrás —le susurró Delph.

Raymond tragó saliva. Trató de no pensar en lo que podría implicar aquello de ir «a la parte de atrás».

—La verdad es que tendría que marcharme ya —dijo—. Tengo que coger el tren.

Echó un vistazo a su reloj, pero no consiguió enfocar la vista en la esfera.

—Olvídate del tren —dijo Delph. Se levantó a la vez que se tiraba del borde de la falda hacia abajo—. Tengo que hacer pis —anunció.

Raymond asintió embobado con la cabeza. Siguió a Delph con la mirada mientras cruzaba el local con sus andares saltarines. Por el camino saludó a unos cuantos parroquianos. Las mesas estaban ya todas ocupadas, y habría como una docena de tipos con cazadora de cuero apostados junto a la barra. El barullo de las conversaciones competía con la música. Raymond viró sobre el banco corrido para mirar hacia la mesa. El gesto de volver la cabeza lo mareó. No estaba seguro de si podría beber más. El resto del grupo se hallaba inmerso en una discusión acerca de un músico del que él no había oído hablar en su vida. Luc opinaba que el tipo en cuestión era un farsante.

—Tú sí que eres un farsante —dijo la chica de las orejas multiperforadas.

—Sí, yo soy un farsante —admitió Luc con indiferencia—. Y tú también. Somos todos unos farsantes.

Raymond se plantó el reloj delante de la cara y guiñó un ojo para consultar la hora. Eran casi las diez en punto. Le quedaba aún una hora de margen aproximadamente. «Olvídate del tren», le había dicho Delph. Era fácil decirlo, pero él no tenía otra forma de llegar a casa. La idea de llamar a su madre para decirle que estaba borracho y que se había quedado colgado en Mulhouse era impensable, sobre todo después de haberle contado que iba a pasar la tarde en casa de Yvette. Cogió con torpeza la copa que tenía delante y le dio otro trago a su *tomate*. Tampoco estaba tan mal. Quizá sí debiera olvidarse del tren. Dejarse llevar y que fuera lo que Dios quisiera. Es lo que hubiese hecho Lola. Delph regresó. Se había retocado los labios y el manchurrón de carmín había desaparecido. Raymond también necesitaba ir al aseo, pero no le apetecía ceder a Delph a la concurrencia. Empezó a decir algo, pero perdió el hilo a las pocas palabras. A Delph no parecía que le inmutase lo más mínimo su estado de embriaguez.

—Y bien, monsieur —dijo—, todavía no me has contado qué hacías en Rue Saint-Fiacre.

La pregunta consiguió espabilar un poco a Raymond. Había olvidado por completo cómo se habían conocido. Tal vez lo más fácil fuera contarle la verdad. La historia hasta podría hacerle parecer interesante, intrépido incluso. O al menos bastante más interesante de lo que era en realidad, eso seguro. Pero la verdad solo suscitaría interrogantes acerca de las circunstancias de la muerte de su padre, y Raymond tenía tantas ganas de abordar ese tema como de llamar a su madre.

—No te lo puedo contar. —Fue todo lo que se le ocurrió decir.

—De modo que no eres más que un tipo al que le gusta perseguir a chicas desconocidas por la calle. —Dijo esto como si fuese una actividad que no le pareciera especialmente reprochable.

A Raymond se le ocurrió de repente algo que, en ese momento, se le antojó una explicación muy razonable. Hurgó en el interior de su cartera y, luego, sin alzarla por encima del nivel de la mesa, sacó la navaja. Muy despacio, extrajo el arma de su funda de cuero. Levantó la vista y miró a Delph. Ella había abierto mucho los ojos. Raymond se pegó a ella y le susurró en el oído.

—La he robado en la filatelia que hay enfrente de tu casa.

Cuando se apartó, la expresión de Delph había mudado en una mueca de desagrado. Luc se había echado hacia adelante e intentaba averiguar qué estaban mirando por debajo de la mesa. Raymond tuvo la repentina sensación de estar investido de un carácter salvaje y peligroso. La miró con una amplia sonrisa bobalicona.

—¿Por qué? —preguntó ella.

La había impresionado, y eso lo complació.

—No sé —contestó. Se encogió de hombros, como si con el gesto quisiera dar a entender que él hacía cosas así constantemente—. Lo he hecho sin pensar.

Luc se puso de pie y estiró el cuello para mirar por encima de la mesa. Con un movimiento rápido del brazo, Raymond exhibió la navaja. Luc reculó. Lanzó una mirada a su alrededor. La gente de las otras mesas había levantado la vista y dejado de hablar. La música cacharreaba sin cesar. Raymond hizo oscilar el filo de un lado para otro para que el metal atrapase la luz. Sentía la necesidad de hacer algo dramático. Recordó la escena en el Sumatra, el tajo en la mano de Ivich que le recorría la palma desde la base del dedo pulgar hasta el meñique. Se puso de pie tambaleándose y presionó la hoja contra el pulpejo de la mano izquierda. El rostro de Delph se iluminó fugazmente de excitación. Por suerte, la navaja estaba demasiado desafilada para hender la piel. Raymond vaciló. Delph tenía la mirada clavada en él, los labios un poco separados. En realidad no quería abrirse un tajo, pero iba a dar una imagen patética si no llegaba hasta el final. De pronto sintió que alguien lo agarraba con firmeza de la muñeca.

Con un rápido movimiento, Johnny le retorció el brazo y se lo inmovilizó contra la espalda. Raymond creyó por un momento que se lo iba a romper. La navaja cayó al suelo. Johnny pegó su cara a la de Raymond. Era sorprendentemente fuerte.

—Aquí no nos van esa clase de cosas —dijo. Le soltó el brazo.

—Lo siento —se disculpó Raymond.

Johnny bajó el mentón con un gesto tajante, para indicar que aquella era una respuesta aceptable. Luego regresó a su sitio al final de la barra. Los otros parroquianos ya habían retomado sus conversaciones. No daba la impresión de que el pequeño incidente hubiera suscitado demasiado interés. Raymond se sentó en el banco corrido y se masajeó la muñeca. Levantó la vista hacia Delph. Al parecer, lo sucedido no le había causado el menor desasosiego. Luc lo llamó capullo. Raymond lo miró sin alterarse, luego recogió la navaja y la guardó en la cartera. Se levantó y cruzó el local con pasos inseguros para dirigirse al aseo. Empujó las puertas batientes y se encontró en un pasillo que olía a moho. Un hombre en camiseta sin mangas, con los brazos cubiertos de tatuajes, aguardaba a que el aseo quedara libre.

—Vas a acabar mal manejando la navaja de esa manera, chaval —le dijo.

Raymond se encogió de hombros. Una mujer de unos treinta años salió del aseo. Miró a Raymond y meneó la cabeza con un gesto de desaprobación mientras pasaba de largo de camino a la barra. El tipo de los tatuajes entró en el cubículo y se puso a orinar ruidosamente sin cerrar la puerta. Al fondo del pasillo había un pequeño almacén repleto de pilas de cajas de plástico con botellas y barriles metálicos de cerveza. Cuando terminó el hombre, Raymond pasó al interior y cerró. El pestillo de la puerta era un cordel que se enganchaba a un clavo doblado. Orinó con la mano apoyada en la pared para mantener el equilibrio. Después se refrescó la cara con agua fría y se la secó con una toalla mugrienta que encontró colgada de un gancho junto al retrete. Se recogió el pelo detrás de las orejas y se miró en el espejo de encima del lavabo. Le invadió una extraña sensación de autocomplacencia. Ni Johnny se había mostrado en exceso molesto por su comportamiento. Podría haberlo echado del local con todas las de la ley, pero ni siquiera había amenazado con hacerlo. Cuando desenganchó el cordel de la puerta, Delph estaba de pie en el pasillo, fumando.

15

Raymond no se despertó hasta bien pasado el mediodía del domingo. Notó un regusto agrio al fondo de la garganta. Le dolía la cabeza. Aún llevaba puestos los zapatos y los pantalones, pero iba desnudo de cintura para arriba. Las cortinas no estaban echadas y por la ventana entraba la luz de un sol mortecino. Los restos de una cajetilla de tabaco yacían desperdigados por el suelo. Se echó la manta por encima de la cabeza. No recordaba nada del viaje de vuelta desde el Johnny's. Tampoco sabía si Thérèse estaba ya en pie cuando él llegó a casa. Su madre seguro que seguía en la cama. Lo mejor sería levantarse y hacer como si nada.

Raymond echó la manta a un lado y se quedó un rato tumbado boca arriba, mirando el techo. El vaivén del vagón durante el trayecto de regreso en el tren se le vino a la memoria. ¿Había sucedido algún altercado con el revisor? Cerró los ojos para recuperar el recuerdo. Se colocó de costado, preparándose para salir de la cama. Debía de haber intentado fumarse un cigarrillo, porque había una colilla consumida sobre la alfombra. Apoyó los pies en el suelo muy despacio. Cuando se inclinó para atarse los cordones le sobrevino un espasmo, seguido de una arcada. Se irguió y respiró hondo varias veces. Se sacó los zapatos haciendo palanca respectivamente con los dedos del pie contrario. Se dirigió al cuarto de baño con el torso desnudo y bebió dos vasos de agua. Encontró analgésicos entre los frascos del armarito y se tomó tres. Examinó su rostro en el espejo. Tenía la piel acartonada, casi amarillenta, y los ojos rojos. Se cepilló los dientes a fondo y luego se quitó el pantalón. Los calzoncillos estaban encostrados de semen. Se metió en la ducha. El agua caliente le resultó revitalizante. Levantó la cara hacia la alcachofa de la ducha y se retiró el pelo de la frente, peinándoselo hacia atrás; luego se enjabonó las axilas y sus partes íntimas. Una imagen de Delph cruzó su mente. Un olor incierto que no alcanzaba a situar. Exhaló despacio, permitiendo que los recuerdos regresaran poco a poco.

Después de salir del aseo en el Johnny's, Delph le había hecho un gesto de cabeza, invitándole a que la siguiera. El almacén del fondo del pasillo estaba oscuro y olía a cañerías. Hacía frío. Sin más preámbulos, Delph se bajó las medias y las bragas y se sentó sobre una pila de cajas. Estaba demasiado oscuro para que Raymond pudiera verle la entrepierna. Alguna vez que su madre se había levantado con descuido de la cama, él había conseguido verle el sexo, pero aparte de eso y de sus ineptas caricias a Yvette, su conocimiento de la anatomía femenina era más bien vago. Delph se desabrochó la camisa. No llevaba sujetador. Su torso era tan huesudo como el de un púber. Ella le sugirió que se quitara los pantalones, y lo hizo. Tiró de él hacia sí. Tomó su pene en la mano e intentó guiarlo hacia su sexo, pero él se corrió sobre el muslo de ella en cuanto lo tocó. Él trató de ocultarlo encajando sus caderas entre las piernas de ella, como había visto que hacían los actores en algunas películas, pero perdió su erección enseguida. Delph le dejó claro que no estaba satisfecha. Lo apartó de un empujón y se bajó de las cajas. Entonces, tras limpiarse de semen el muslo, se puso las medias y se abrochó la camisa. Raymond se subió la cremallera del pantalón. El sombrero de Delph se había caído al suelo. Él lo recogió y se lo tendió, a la vez que farfullaba una disculpa.

—No te preocupes —le había dicho—. Ya se ocupa Luc de darme luego un repaso.

Se caló el sombrero, se lo ajustó en un ángulo garboso, y se marchó por el pasillo tal y como había venido. Un tipo que aguardaba junto a la puerta del aseo había presenciado el episodio de principio a fin. Se estaba riendo. Raymond esperó a que entrara antes de regresar al bar.

En la ducha, el recuerdo del incidente excitó a Raymond. Se masturbó rápidamente, manteniendo el equilibrio con una mano apoyada contra los azulejos de la pared. Mientras recobraba el aliento, se quedó observando su secreción, que formó un pequeño remolino antes de que el desagüe la succionara. Decidió que tendría que hacer avances con Yvette para que su actuación fuese más satisfactoria la próxima vez. Si es que había una próxima vez.

Raymond regresó a su dormitorio y se puso ropa limpia. Le alegraba haberse perdido el almuerzo. No tenía ganas de dar la cara delante de su madre. Y no porque fuera a regañarle. Simplemente estaría triste, y Raymond no podía soportar ver a su madre triste. Metió sus deportivas en la cartera y bajó las escaleras sin hacer ruido. A pesar de esto, su madre lo llamó desde la sala de estar. Seguro que estaba allí esperando a oírle. Su tono de voz era desenfadado, como si quisiera dejar patente que no tenía nada contra él, pero Raymond siguió hasta la puerta de entrada y bajó trotando a la calle, donde por fin se detuvo para calzarse.

Saint-Louis se le antojó más soso que nunca. La luz a esa hora de la tarde carecía de brillo y parecía drenar el color de todo. Las tiendas de Rue de Mulhouse daban la sensación de estar abandonadas, no solamente cerradas. Aparte de algún que otro coche despistado, las calles estaban desiertas. Raymond se sintió raro. Podía notar el relieve de cada centímetro de la acera a través de las suelas de sus zapatillas. Edificios en los que antes apenas reparaba ahora le resultaban de una fealdad ofensiva. Era plenamente consciente del momento efímero de negrura que acompañaba a cada uno de sus parpadeos y sentía cierto alivio pasajero cuando, al abrirlos, comprobaba que el mundo seguía en su sitio. Pasó de largo la *gendarmerie,* muy despacio. Quizá su amiguito el poli estuviera en ese momento allí dentro, sentado en una oficina con suelos de linóleo gris y una planta marchitándose en un tiesto sobre el alfeizar de la ventana. Raymond se detuvo delante del panel de avisos ubicado al pie de los peldaños de la entrada. Detrás de la pantalla protectora de plexiglás había un cartel solicitando información sobre una persona desaparecida, Artur Kuper; lo acompañaba una fotografía y una descripción de la ropa con la que iba vestido. Era un hombre de aspecto corriente, de bigote desaliñado y marcadas entradas. El anuncio tenía tres años de antigüedad. Junto a él había un descolorido poster de reclutamiento para la Legión Extranjera. Lo ilustraba una efigie de un atractivo joven con quepis mirando con gesto idealista hacia el futuro, bajo la cual figuraba el eslogan *Voir la vie autrement.* Tal vez fuera ese el sentimiento que había animado a Artur Kuper a subirse un día a un tren y desaparecer. O también pudiera ser que solamente estuviese borracho, se cayera al canal y estuviera ahora descomponiéndose allí, en el fango. A juzgar por la fotografía, parecía más probable lo segundo.

Un policía salió por la puerta de la comisaría. De manera instintiva, Raymond miró hacia otro lado. El gendarme pasó tan cerca de él que rozó su hombro, pero ni lo miró. Raymond se alejó de allí. Tenía el estómago revuelto y creyó que iba a vomitar. Se adentró en el parquecito de delante del templo protestante, donde solía pasar tantos ratos con Yvette. Se sentó en el banco más próximo a la iglesia. Los castaños del perímetro del parque habían empezado a perder sus hojas. Se tapó los ojos con una mano y respiró despacio. El malestar disminuyó un poco. Una anciana se había sentado en el banco de enfrente y lo observaba. Raymond se la quedó mirando también. Su expresión era de leve curiosidad, quizá de desaprobación. No aparentaba tenerle ni pizca de miedo. No había motivo para que lo tuviese. Era imposible que supiera que llevaba una navaja en la cartera y que podía, si quisiera, cruzar el caminito de grava y pedirle que le entregara el monedero que de seguro guardaba en el interior del enorme bolso de piel que había a su lado.

Raymond forzó una sonrisa y dijo:

—Buenas tardes, madame.

La mujer no cambió de expresión. Raymond se preguntó si estaría sorda o ida. Dirigió la mirada hacia los árboles de detrás de ella. Pasados unos minutos, la anciana cogió el bolso y echó a andar con lentitud hacia la *gendarmerie*. Apareció un cura con sotana y abrió la pesada puerta de madera de la iglesia. Se demoró un instante en el umbral inspeccionando sus dominios y luego pasó al interior. A Raymond nunca se le había ocurrido pensar que el templo pudiera estar abierto; que de hecho funcionase como lugar de culto y que no fuese poco más que un hito muy conveniente con el que orientarse en el pueblo. Al rato, el cura volvió a salir y se plantó en el umbral, aguardando a la congregación. Saludó a Raymond con un cordial gesto del mentón, creyendo quizá que estaba allí esperando a que empezara la misa. No pareció que la ausencia de feligreses le preocupase demasiado. Llegó entonces un matrimonio de ancianos, y él los saludó con un apretón de manos antes de que pasaran al interior. El cura consultó su reloj. Raymond pensó de repente en lo absurdo que resultaría el comportamiento de aquel hombre si se le despojase de su título y de su extravagante atuendo. Su condición era lo único que impedía que la gente no lo señalara por la calle y se echara a reír.

Raymond estuvo sentado un rato más antes de levantarse y proseguir su recorrido por el pueblo. Podía sentir el peso de la navaja en la cartera. Le parecía impensable haber vivido todo ese tiempo sin ella. Tampoco es que tuviera intención de usarla, pero su presencia le transmitía bienestar.

Yvette y Stéphane estaban en el reservado del fondo del Café des Vosges. Conversaban ensimismados y sus cabezas casi se tocaban por encima de la mesa. En el café se respiraba el mismo ambiente de todos los domingos, como si en realidad no estuviera abierto. Los otros dos únicos clientes estaban sentados junto al ventanal y observaban la calle vacía con la mirada perdida, casi como si fueran un par de extras de cine aguardando a que alguien gritara «¡Acción!». La camarera del labio leporino estaba limpiando la vitrina acristalada donde se exponían los pasteles y las tartas. Al aparecer Raymond delante de la mesa, Stéphane se echó hacia atrás y extendió los brazos sobre el respaldo del banco corrido. Yvette clavó la vista en la taza vacía que tenía delante, encima de la mesa.

—Hola, colega —dijo Stéphane.

—Monsieur, mademoiselle —dijo Raymond, saludándolos respectivamente con un gesto del mentón.

Se sentó en el banco, junto a Yvette. Intercambiaron los besos de rigor en las mejillas.

—¿Qué te cuentas? —preguntó Stéphane. Parecía decidido a generar un ambiente distendido.

—Nada del otro mundo —contestó Raymond.

Stéphane se había mudado a Saint-Louise dos años antes. Cuando lo presentaron en clase, Raymond lo había reconocido al instante como un alma gemela. Usaba gafas ovaladas de montura metálica y su corte de pelo era demasiado perfecto, como si su madre todavía lo llevase al barbero. A pesar de esto, proyectaba un aire de indiferencia: si era un inadaptado, lo era por decisión propia. Unos días después, Raymond lo vio en la cafetería del colegio. Estaba encorvado sobre un libro. Fue Yvette quien insistió en abordarle.

—No conoce a nadie —le había dicho.

—A lo mejor es que no quiere conocer a nadie —replicó Raymond.

Cuando se sentaron a su lado, Stéphane cerró el libro como si los hubiera estado esperando. Los recibió con un apretón de manos y una formalidad exagerada.

—Stéphane Prudhomme —se presentó.

Yvette y Raymond hicieron otro tanto.

—Aprecio mucho que hayáis venido a sentaros conmigo —dijo Stéphane. El trabajo de su padre (no especificó cuál) los obligaba a él y a su familia a mudarse con frecuencia, de modo que estaba muy acostumbrado a cambiar de colegio—. Yo sigo la política de nunca intentar hacer amigos. La gente tiene miedo a lo desconocido. No quiere que le enjareten a una persona de la que no saben nada. De modo que dejo que sean los demás quienes den el primer paso. A veces me abordan por pena, pero hay otras en las que si lo hacen es porque han visto en mí algo que les atrae. En vuestro caso, algo me dice que es por lo segundo, y, si me lo permitís, os diré que el sentimiento es recíproco.

Entonces clavó su mirada en Yvette y le dedicó una amplia sonrisa. A Raymond no le ofendió en modo alguno que los ojos de Stéphane se demorasen en Yvette. Más bien al contrario, deseaba que la admirase, como si la belleza de Yvette le diese buena imagen a él. Intentó pensar en algo inteligente con lo que responder al discursito de Stéphane, pero el momento pasó sin que se le ocurriese nada.

Empezaron a hablar sobre el libro que estaba leyendo Stéphane, *La Bête Humaine*. Stéphane se mostró condescendiente:

—Es entretenido, pero si lo que quería era ser científico —manifestó—, más le hubiese valido a Zola optar por el bisturí y no por la pluma.

Raymond, que hasta entonces no había leído una sola palabra de Zola, se quedó embelesado. En cuestión de semanas, se habían convertido en un trío inseparable. Yvette y Raymond parecían disfrutar por igual de la compañía de su nuevo amigo. A Raymond le importaba poco no poder seguir la conversación de sus compañeros en todo momento. Que Yvette contase ahora con una persona con la que poder discutir sobre determinados temas de igual a igual no hacía sino cubrir una carencia en su relación.

Pero visto el incómodo silencio en el que en este momento se hallaba sumido el trío sentado en torno a la mesa de formica del Café des Vosges, estaba claro que algo había cambiado. Raymond miró a sus dos amigos: a Stéphane con su estúpido bigotillo, a Yvette con aquella diadema infantil que le sujetaba la melena detrás de las orejas. Parecían dos niños pequeños. Tan solo una semana atrás, a Raymond no se le habría ocurrido no compartirlo todo con ellos. Ahora le resultaba inconcebible hacerlo.

La camarera se acercó a la mesa.

—¿Té? —preguntó sin más preámbulos.

Si Raymond pidió una cerveza, no fue por ganas —no le apetecía—, sino para poner en evidencia más bien la brecha que se había abierto entre ellos. La camarera asintió con desinterés y regresó a la barra arrastrando las trilladas chancletas de piel que gastaba a todas horas.

Que frecuentaran el Café des Vosges era, hasta cierto punto, culpa de Stéphane. La primera vez que salieron juntos del colegio, él les preguntó: «¿Hay algún sitio por aquí donde tomarse un café?». Hasta entonces, siempre que Raymond e Yvette querían posponer el regreso a casa, iban a sentarse un rato en uno de los bancos del parquecito de delante del templo protestante. Pero a ninguno de los dos le salió contárselo a Stéphane. Y fue Yvette la que, coincidiendo que pasaban por allí, respondió: «A veces venimos a este».

Una vez se hubieron acomodado en el reservado al fondo del café, Stéphane había inspeccionado el local con una mirada cargada de interés. Raymond, un tanto abochornado por la decoración anticuada del lugar, se sintió en la obligación de justificarse, manifestando que aquello era lo mejor que podía encontrar uno en los alrededores. «A mí me parece espléndido», declaró Stéphane. Dos ancianas que no se habían quitado el abrigo —Raymond lo recordaba a la perfección— iban dándole trocitos de pastel a un caniche legañoso que tenían debajo de la mesa. Con el tiempo, Raymond llegó a familiarizarse con la rutina de aquellas dos mujeres. Visitaban el Café des Vosges una vez a la semana, los martes, y compartían una tetera, además de un pastelillo cada una. Variaban el sabor del pastel y esta elección ocupaba la mayor parte de su conversación. Hubo un momento en el que debió de morírseles el caniche, y desde entonces Raymond experimentaba el espacio de suelo entre los tobillos de las mujeres como una suerte de vacío.

Cuando la camarera se acercó a su mesa, Stéphane se había pedido un café con leche. Yvette también. Para desmarcarse, Raymond pidió un té. Guardaron silencio hasta que les sirvieron la comanda. Saint-Louis contaba con establecimientos menos deprimentes que aquel, pero Raymond e Yvette habían fingido que el Vosges era su café habitual. Stéphane no estaba en posición de sugerir que fueran a otro sitio. Y de esta manera quedaron condenados a frecuentar el Café des Vosges. Raymond se preguntaba a menudo si no acabarían como las dos ancianas del abrigo puesto, reproduciendo eternamente la misma conversación.

La camarera volvió con la cerveza de Raymond. Ni Yvette ni Stéphane hicieron ningún comentario sobre aquel cambio en sus hábitos de consumo. Raymond dio un trago a su cerveza y se lamió la espuma de la parte superior del labio. Le supo a mil demonios.

Stéphane alzó la voz con afectada indiferencia:

—Anoche pasé a buscarte.

Raymond no pudo evitar lanzarle una mirada a Yvette. Ella lo observaba con gesto inquisitivo, con la barbilla apoyada en la palma de la mano. Seguramente habían hablado del tema antes de que él llegase.

—¿Ah, sí? —dijo Raymond encogiéndose un poco de hombros.

—Tu madre me dijo que estabas en casa de Yvette.

—Sí —dijo Raymond—, le dije que estaría allí.

—Pero cuando me acerqué a casa de Yvette no estabas.

No quedó claro si se había pasado por casa de Yvette porque la madre de Raymond le había dicho que él estaría allí, o porque iba a pasarse de todos modos.

—No me digas que nunca has mentido a tu madre —digo Raymond.

—Me mentiste a mí también —intervino Yvette—. Me dijiste que tenías que pasar la tarde en casa.

Raymond miró a la una y al otro. Lejos de avergonzarse de que lo hubiesen pillado en falta, se sentía ultrajado. Hasta ese momento, había un acuerdo tácito entre los tres según el cual Raymond podía quedar por separado con Yvette o Stéphane, mientras que ellos dos nunca se veían sin estar Raymond presente. Él era el núcleo en torno al cual giraba el trío. Ellos habían violado las normas del grupo. Raymond tuvo la impresión de que estaba siendo víctima de una conspiración.

Dio un trago a su cerveza.

—¿Es que ahora os tengo que dar cuentas de todos mis movimientos? —dijo.

—Por supuesto que no —dijo Yvette—. Pero me molesta que me hayas mentido.

—Pues a mí me molesta que hayáis quedado a mis espaldas —replicó Raymond.

—Eso no es así, amigo mío —dijo Stéphane—. Yo pasé a buscarte.

Raymond no le hizo caso.

—¿Y para él también te has abierto de piernas? —le espetó a Yvette.

Ella tenía lágrimas en los ojos.

—¿Por qué tienes que ser tan capullo? —dijo.

Stéphane tenía la mirada clavada en la mesa. Yvette le dio un empellón a Raymond en el brazo. Él se levantó para que ella pudiera salir del reservado. Para su sorpresa, Stéphane también se puso de pie con intención de marcharse. Miró a Raymond meneando la cabeza, y ambos salieron juntos del café. Raymond volvió a sentarse. Desde la barra, la camarera no había perdido ripio de la escenita. Raymond se sintió fatal. Yvette tenía razón. Era un capullo. Lo que tendría que hacer era salir tras ella y disculparse. Ella lo entendería. Yvette siempre entendía. Entonces se acordó de Delph desabotonándose la blusa sobre la pila de cajas del almacén del Johnny's, y el momento pasó.

La camarera lo miraba con desaprobación. Para demostrar que lo sucedido no lo abochornaba, se pidió otra cerveza. No fue hasta el momento de pagar la cuenta cuando se recordó a sí mismo plantando sobre la mesa del Johnny's los billetes que había robado.

16

Si en algo estaba Gorski de acuerdo con su predecesor, era en la utilidad de los funerales. «Nunca dejes de asistir a un funeral», decía Ribéry. «Las bodas son una pérdida de tiempo. Se aprende más pasando cinco minutos en un funeral que en un día entero de boda.» Y Gorski había descubierto que tenía toda la razón. No estaba seguro de si se debía a la proximidad de la muerte, pero el caso era que en los funerales la gente no tardaba nada en soltarse. Siempre había algún bromista que asumía la tarea de aligerar el ambiente, ya fuera con un chiste o haciendo algún comentario irreverente sobre el difunto. Entonces, los presentes exhalaban un suspiro colectivo de alivio y empezaban a empinar el codo. Además, en los funerales la gente nunca miraba con recelo a un policía. Su presencia en una boda siempre aguaba la fiesta; en un funeral resultaba totalmente apropiada.

La recepción posterior al entierro de Bertrand Barthelme se celebró en la casa de rue des Bois. Se habían dispuesto en el vestíbulo varias mesas de caballete, vestidas de manteles blancos almidonados, con una selección de aperitivos y bebidas. Una comitiva de personal uniformado, especialmente contratado para la ocasión, se apresuraba a proveer de una copita de jerez a cada recién llegado. Un fuego ardía en la chimenea de la salita donde Gorski se había entrevistado con Lucette Barthelme. No quedaba un solo hueco donde sentarse. Los que estaban de pie formaban grupitos cerrados, como si les preocupase que alguien pudiera escuchar su conversación. Dos camareras se paseaban por la estancia ofreciendo bebidas de sendas bandejas. El ama de llaves, Thérèse, iba y venía del vestíbulo a la sala y de la sala al vestíbulo, alerta al operativo.

Lucette estaba sentada en la otomana. Vestía falda y chaqueta negras, y un casquete tipo *pillbox* con velo. La ropa oscura conseguía que su tez resultase más pálida de lo habitual. Una mujer de pelo gris estaba sentada a su lado y le hablaba muy animada, pero Lucette daba la impresión de no estar escuchando. Tenía la mirada clavada en su hijo, que estaba plantado sin hacer nada en un rincón de la habitación. Lo habían vestido de traje para la ocasión. El cuello cerrado y la corbata le daban un aire mucho más masculino. A pesar de sus rasgos delicados, era un chico bastante atractivo. Sostenía en la mano una copita de jerez, a la que iba dando pequeños tragos. Sus ojos siguieron a una guapa camarera de pelo negro mientras esta se abría paso por la estancia. Cuando vio a Gorski, dio unos pasos hacia las ventanas batientes y se quedó absorto mirando la lluvia.

Nadie abordó a Gorski, pero eso no le incomodaba. Era otra de las ventajas que tenían los funerales: resultaba totalmente aceptable que uno se mantuviera al margen. Cuando la camarera se abrió paso hasta él, Gorski aceptó una tercera copita de jerez. Lucette miró a su alrededor en busca de Thérèse, preocupada por que la recepción estuviese a la altura de las expectativas de sus invitados. Su mirada se cruzó con la de Gorski, y ella sonrió de una manera que le dejó claro que no estaría a gusto hasta que no acabase la reunión. Él tuvo la inevitable impresión de que acababan de compartir un instante de intimidad.

El suegro de Gorski estaba calentándose el trasero delante de la chimenea. Se había colgado la faja de alcalde para la ocasión. Saludó a Gorski con un movimiento cordial de la mano antes de retomar su conversación con un grupo de hombres importantes del pueblo. Maître Corbeil se encontraba entre ellos. Una mujer de rostro avinagrado que Gorski tomó por madame Corbeil estaba de pie a su lado. No le sorprendía que la flor y nata de Saint-Louis se hubiese presentado para rendir honores a Bertrand Barthelme. Tampoco que ninguno pareciese tener el menor afán en fingirse afligidos por la muerte del viejo.

Bertrand Barthelme era una figura pública lo bastante eminente como para merecer un delgado expediente de recortes de periódico en el archivo del diario *L'Alsace*, y en un pueblo como Saint-Louis, los habitantes tienen poco mejor que hacer que repetir y adornar los rumores sobre sus próceres. Gorski era lo bastante perspicaz como para coger con pinzas la mayoría de las habladurías que llegaban a sus oídos. Aun así, el Barthelme que pintaban no se correspondía del todo con la imagen austera que este había ofrecido al mundo. A Gorski no le había hecho falta ser explícito en sus indagaciones. Una mención casual al infortunado accidente le había bastado para provocar una reacción. Hasta la risueña madame Beck, la dueña de la floristería del local de debajo del apartamento de su madre, había torcido el gesto con desagrado. Cuando Gorski le preguntó si conocía a Barthelme, su respuesta fue tajante: «Solo por su reputación». Gorski intentó sonsacarle con sutileza algo más de información, pero ella se puso a envolver un ramo y le dijo que le había subido una sopita a su madre.

Lemerre no se había mostrado tan reticente. Gorski pasaba a cortarse el pelo por la barbería de Avenue Général de Gaulle una vez al mes. Céline siempre le había insistido en que lo suyo era que optara por un establecimiento más fino, pero Gorski sabía que ese cambio no solo no pasaría desapercibido, sino que además levantaría comentarios. De todos modos, Lemerre era uno de esos tipos que convierten en una profesión estar al tanto de todo lo que se cuece en su pueblo. Siempre convenía llevarse bien con él.

A pesar de la nula higiene del local, a Gorski no le sorprendió enterarse de que Barthelme era cliente habitual de la barbería. El despacho del abogado quedaba a solo un paseo de allí, por no decir que era bien sabido que no había sido un hombre amigo de incurrir en gastos innecesarios.

—Un gilipollas estirado —fue el veredicto de Lemerre—. Ni hablaba ni dejaba propina. Jamás.

Gorski chasqueó la lengua varias veces para recalcar su desaprobación ante semejante conducta.

Bertrand había nacido en abril de 1923 y era el segundo de los tres hijos varones del matrimonio compuesto por Honoré Barthelme y su mujer Anaïs. Honoré había fundado el bufete Barthelme & Barthelme con su hermano Jacques en 1920 y no tardó en cosechar una excelente reputación por su competencia y su discreción. Los retratos de los dos hermanos todavía adornaban las paredes del despacho. El hermano mayor de Barthelme, que también se llamaba Honoré, murió atropellado por un coche en 1942, y las expectativas de dar continuidad al negocio familiar recayeron sobre el segundo hermano. El más pequeño, Alain, fue detenido durante la guerra por trapichear en el mercado negro, un delito por el que su padre nunca lo perdonó. Bertrand se unió al bufete en 1952, después de completar el servicio militar obligatorio y de haberse licenciado el primero de su promoción en la universidad de Estrasburgo.

Las fotografías de Bertrand Barthelme en sus tiempos de estudiante en Estrasburgo mostraban a un joven atractivo y bien vestido, pulcramente afeitado y sin rastro del porte adusto que lo había caracterizado en los últimos años de su vida. Por aquella época se ganó la fama de ser una suerte de dandi. Nunca andaba falto de compañía femenina y parecía no hallar dificultad alguna a la hora de compaginar sus estudios con las muchas noches de festejo que pasaba en los peores antros de la ciudad. Fue por entonces cuando entabló amistad con Camille Masson, la hija de Guy Masson, un acaudalado banquero de Estrasburgo. Camille era una muchacha rebelde, aspirante a bailarina, que iba siempre vestida a la última. Bertrand la conoció en el cabaré Lapin Rouge, un conocido establecimiento frecuentado por artistas y músicos. Camille se quedó prendada al instante de aquel estudiante tan fino, que la impresionó en su primer encuentro con una recitación improvisada del *Himno a la belleza* de Baudelaire. A pesar de la exquisita declamación, lo que la cautivó verdaderamente fueron sus ojos, que la hipnotizaron con su mirada entornada y destellante. Bertrand se negó a acompañarla a la pista de baile, pero no apartó la vista de ella mientras bailaba con otros. La pareja no tardó en convertirse en un elemento asiduo de los cafés y clubes nocturnos de la ciudad. El noviazgo transcurrió sin sobresaltos, salvo por un episodio en el que Bertrand le asestó un puñetazo a un joven pintor llamado Marcel Daru, cuando su baile con Camille pasó de castaño oscuro. Daru acabó con la mandíbula rota, pero nunca se presentaron cargos. Esa clase de incidentes estaba al orden del día en los clubes nocturnos de la época y hubiese sido una vulgaridad recurrir a las autoridades. Lo más seguro es que el suceso no dañara la reputación de ninguno de los dos implicados.

Una vez presentado a la familia de Camille, Bertrand fue más que capaz de representar el papel de futuro yerno respetable. Tenía un buen porvenir, y ni sus modales ni su acento delataban su ascendencia provinciana. Guy Masson debió de pensar que era el tipo idóneo para domar las tendencias más alocadas de su hija. Camille anhelaba mudarse a París para labrarse una carrera como bailarina y poder frecuentar los cafés de Montparnasse. Poco o nada se sabe sobre si tenía talento para la danza. De lo que no hay duda es de que participó en varias revistas musicales de segunda, pero todo apunta a que a ella lo que la atraía era el estilo de vida y no tanto la necesidad de realizarse como artista. Sea como fuere, en 1949, un mes después de graduarse Bertrand, la pareja contrajo matrimonio en una lujosa ceremonia celebrada en el ayuntamiento de Estrasburgo. Hasta ese momento, Bertrand no había presentado a Camille a sus padres, es de suponer que estimando que un viaje a un pueblo de mala muerte como Saint-Louis no haría sino tirar por tierra la imagen que se había labrado con tanto esmero. Honoré y Anaïs Barthelme se quedaron encandilados con Camille, si bien cuentan que el abogado de provincias expresó su desaprobación ante la descomedida recepción.

Los recién casados partieron en su *tour* de un mes por Italia, pagado por el padre de la novia. Fue durante la luna de miel cuando Bertrand informó a su esposa de que tenía intención de ocupar un puesto en el bufete familiar, y de que vivirían con sus padres en la casa de Rue des Bois. La noticia tuvo un efecto devastador en Camille. Aquello no entraba en sus planes, pero aún menos podía imaginar lo deprimente que iba a resultarle su nuevo hogar. Maître y madame Barthelme hicieron cuanto estuvo en sus manos para que su nueva y exótica nuera se sintiese a gusto, pero sus costumbres provincianas —se acostaban a las diez de la noche— la horrorizaron. Los suegros organizaron una velada para presentarla a la que pasaba por ser la «alta sociedad» de Saint-Louis, pero Camille no disimuló el tedio que le produjeron los abogados, comerciantes y, lo que es peor, los clérigos invitados para la ocasión. En una carta que dirigiera a una amiga de Estrasburgo, le contó que se sentía como si la hubiesen encarcelado. Bertrand se esforzaba por entretenerla por las tardes y los fines de semana, aunque poco podía hacer. La salud de Honoré empezó a deteriorarse y él tuvo que asumir más responsabilidades en el negocio familiar y pasar más horas trabajando. Se dejó crecer la barba, convencido de que esta aportaba mayor empaque a sus rasgos todavía juveniles, y se unió a varias corporaciones profesionales locales. Aunque no se implicó personalmente en la política local, no dejaba pasar un solo evento que reuniese a personas influyentes. Pasarse las noches leyendo en la desapacible sala de estar de la casa de Rue des Bois, o conversando educadamente con concejales pequeñoburgueses, no eran las distracciones que Camille tenía en mente cuando se casó con el estudiante juerguista de Estrasburgo. Cayó en una depresión. Cuando al primer aborto le siguió un segundo, Bertrand empezó a sospechar que ella misma se los había provocado. La relación se convirtió en caldo de cultivo de un resentimiento mutuo. La muerte de Camille por una sobredosis de barbitúricos en 1955 se registró como accidental, pero es probable que el dictamen se ajustara no tanto a la realidad como al deseo de una familia influyente de esquivar el estigma del suicidio.

Honoré Barthelme falleció a causa de un cáncer de páncreas dos años después, en 1957, y el año siguiente Bertrand convenció a Gustave Corbeil, por entonces director de otro bufete de abogados de Saint-Louis, para que fusionaran los despachos, argumentando que al unir fuerzas ambos saldrían más beneficiados que compitiendo el uno contra el otro. Con el cuasi monopolio del mercado de servicios jurídicos asegurado, a Bertrand solo le quedaba producir un heredero. Su segundo matrimonio se encargó de concertarlo su madre. Lucette Fischer era la hija de un agente de seguros del pueblo, cuya esposa jugaba al bridge con Anaïs. Con la excusa de celebrar por todo lo alto el sesenta y cinco cumpleaños de Anaïs, se celebró una cena en la que sentaron de manera estratégica a la ingenua Lucette junto a Bertrand, que desenterró parte de su antiguo encanto y la entretuvo con anécdotas de su época de estudiante (aunque omitiendo con tacto cualquier mención a Camille). Lucette, que por entonces tenía veintidós años, era una chica guapa, pero tímida y con poco mundo. De niña había padecido poliomielitis y, como no había podido asistir regularmente a la escuela, le costaba mucho hacer amigos. Las atenciones del atractivo y sofisticado Bertrand debieron de dejarla fuera de juego. Debido a su enfermedad, había pasado buena parte de su juventud entre libros, pero a diferencia de la primera madame Barthelme, ella carecía de ambiciones creativas. Una vez acabada la cena, Bertrand la invitó a ver la colección de libros en el despacho de su padre. Se desconoce si repitió su recital de Baudelaire, pero al finalizar la velada todos repararon con satisfacción en lo ensimismados que estaban el uno con el otro. Cortejar a Lucette no trastocó en exceso la agenda laboral de Bertrand. El domingo siguiente se la llevó en coche de excursión a Ferrette, donde dieron un paseo por las ruinas del castillo y disfrutaron de un rústico almuerzo en una hospedería local. Lucette se había enamorado perdidamente de él, y cuando Bertrand le pidió matrimonio tres meses después, aceptó al instante.

La segunda boda de Bertrand se celebró de forma más modesta, con una recepción en el hogar familiar a la que asistieron los dignatarios del pueblo. Anaïs, a la que nunca le había hecho demasiada gracia la temperamental Camille, no cabía en sí de gozo, tanto por el carácter apocado de la nueva mujer de su hijo como por el papel que ella misma había jugado en cuanto ingeniera de la unión. La vida de casada era aburrida, pero Lucette se mostraba bastante resignada. Las excursiones a posadas rurales cesaron enseguida, y Lucette se adaptó a su rol como esposa y como mujer de compañía de su suegra a partes iguales. En 1963, al dar por fin a luz al deseado vástago, Lucette había cumplido su función y Bertrand perdió todo interés en ella.

Gorski se abrió paso por la sala y salió al vestíbulo. Allí, debido quizá a que no se encontraban tan cerca de la viuda, los invitados conversaban más animados. Mientras serpenteaba entre los grupitos, no escuchó a nadie hablar de Bertrand Barthelme. Llegó Marc Tarrou. Gorski no lo había visto en el funeral propiamente dicho, aunque de haber asistido habría sido imposible no fijarse en él, puesto que iba ataviado con un traje azulón de paño brilloso. Tenía el pelo mojado, y se lo peinó con ambas manos, para luego sacudirlas hacia el suelo. Los zapatos los llevaba rebozados del arcilloso barro gris del aparcamiento de su fábrica. Aceptó una copita de jerez, la apuró de un trago y cogió una segunda copa, sin olvidar guiñarle un ojo a la chica que atendía la mesa de caballete. Divisó a Gorski al pie de las escaleras.

—Anda, mi policía preferido, ¿sigue husmeando por aquí? —bramó—. ¿Ha desenterrado ya alguno de los secretos del viejo bribón? —Restregó sus manos húmedas en el trasero de los pantalones—. No ha habido manera de encontrar un hueco de aparcamiento por aquí cerca —dijo—. Quién hubiera dicho que el viejo cabrón fuera tan popular, ja, ja.

Varias cabezas se giraron para mirarlo. Tarrou se inclinó hacia delante y le habló a Gorski al oído.

—He pensado que debía presentar mis respetos a la alegre viuda —susurró.

Gorski le indicó dónde podía encontrar a Lucette. Tarrou le dio una palmada en el hombro y puso rumbo a la sala dando grandes zancadas. Gorski aprovechó la oportunidad para escabullirse escaleras arriba. El ama de llaves lo observaba desde la puerta de la cocina, pero no intervino. El despacho de Barthelme tenía la puerta entornada. Gorski se demoró un instante, con la cabeza pegada al resquicio. Una vez hubo comprobado que dentro no había nadie, pasó al interior y cerró la puerta tras de sí con delicadeza. Prefería no tener que dar explicaciones sobre su presencia allí, ni siquiera al ama de llaves. Se respiraba un rancio olor a tabaco de pipa. Pasó los dedos por la piel cuarteada del butacón junto a la ventana. A su lado, sobre una mesita auxiliar, reposaba un ejemplar de *Eugénie Grandet,* con un marcapáginas inserto más o menos a dos terceras partes del libro. Gorski lo cogió y le dio la vuelta entre las manos con aire distraído. No había leído nada de Balzac. Depositó el libro de nuevo en la mesita y se acercó al escritorio, afectando desinterés en cada uno de sus movimientos, como para sugerir a cualquiera que pudiera estar observándolo que carecía de un propósito concreto. Se sentó en la silla giratoria. Se trataba de un escritorio elegante, con unos pocos objetos estratégicamente colocados sobre la superficie de piel verde. Gorski abrió uno a uno todos los cajones. Salvo el puñado de artículos de papelería que encontró en uno de ellos, estaban vacíos. Justo cuando estaba cerrando el último, la puerta se abrió con un clic. Gorski se sobresaltó. Creyó que sería madame Thérèse, pero el que entró fue su suegro.

—Sabía que te encontraría aquí, Georges —dijo—. Te he visto escabullirte por las escaleras.

Gorski iba a defenderse diciendo que él no se había «escabullido» a ninguna parte, pero se limitó a decir «Paul» a modo de saludo. Se levantó de la silla y se quedó de pie detrás del escritorio. Daba por hecho que monsieur Keller venía a mantener una charla con él acerca de la situación de su matrimonio; puede que incluso a echarle en cara que le hubiese dado plantón a Céline. Gorski nunca había tenido demasiado claro hasta qué punto le debía a su suegro y sus contactos su puesto como jefe de policía. Era un asunto que nunca habían abordado de manera explícita, pero dados los comentarios que su entorno había ido dejando caer a lo largo de los años, saltaba a la vista que se esperaba de Gorski que se sintiera en deuda con el alcalde. Después del almuerzo de los domingos, Keller lo había invitado en alguna que otra ocasión a que lo acompañase a fumarse un puro por los jardines de la casa familiar, momento que aprovechaba para interrogarlo sobre investigaciones en marcha. De dónde sacaba Keller la información para preguntarle era un misterio, pero estaba claro que tenía sus fuentes dentro de la comisaría; Schmitt, probablemente. A Gorski le molestaban estas intrusiones, pero nunca había tenido la entereza suficiente para frenar la curiosidad de Keller, y siempre salía mancillado de aquellas conversaciones.

Keller se sacó la faja de alcalde y la arrojó con desprecio sobre la butaca de la ventana.

—Ridículo colgajo… —dijo—. Pero hay que dar el pego delante de los ciudadanos, ¿eh? —Señaló con un dedo la vitrina que Gorski tenía detrás y cruzó la estancia con paso decidido. Sacó un decantador de jerez, retiró el tapón de cristal y olisqueó el licor—. Vete a saber el tiempo que lleva esto aquí.

A Gorski le dio la impresión de que su suegro se movía por el despacho como pez en el agua. Tal vez él y Barthelme hubiesen pasado muchas veladas allí juntos, tratando asuntos del municipio.

Sirvió dos buenos tragos y le tendió uno a Gorski. Entrechocaron las copas. Keller retrocedió un par de pasos y se apoyó contra el escritorio.

—Bueno, bueno. He oído que andas investigando los asuntos del viejo Barthelme —dijo.

La frase «He oído» estaba calculadísima, desde luego. Gorski no dijo nada. Keller alzó las cejas con gesto inquisitivo. Gorski sintió cierto resquemor, como si lo hubiesen llamado al despacho del director del colegio para acusarlo de una fechoría que él no había cometido.

—Estoy en la obligación de investigar las circunstancias de su muerte, como es obvio —dijo por fin.

Keller puso cara de sorpresa.

—¿En serio? —dijo—. Tenía entendido que solo fue un accidente. —Hizo que sus palabras sonaran ingenuas, nacidas de la mera curiosidad.

Gorski guardó silencio.

—Claro, claro, Georges, te entiendo —prosiguió con tono alegre—. No puedes hacer comentarios sobre una investigación en curso y demás. Está bien. Solo lo digo porque hay ciertas personas a las que les preocupa que —midió sus palabras— te puedas estar extralimitando.

—No sé a qué se refiere —contestó Gorski con rotundidad.

—Oh, claro que lo sabes, Georges —replicó Keller, sin rastro ya de jovialidad en la voz. Apuró la copa y chasqueó los labios. Se encogió de hombros. Ya había dicho lo que venía a decir—. Mejor será que vuelva a la fiesta.

Cuando ya estaba abriendo la puerta, cayó en la cuenta de que se dejaba la faja. La dobló y se la embutió en el bolsillo de la chaqueta.

—Y, por cierto, haz un esfuerzo e intenta arreglar las cosas con Céline —dijo desde el umbral—. Nos está volviendo locos a Hélène y a mí.

Cuando se marchó, Gorski vació los pulmones muy despacio. Se llevó la mano a la frente y se masajeó las sienes. Luego rellenó su copa y se quedó escuchando el murmullo de la recepción en la planta de abajo. Le hubiese gustado pasar unos minutos a solas con

Lucette, pero no había indicios de que la fiesta fuese a terminar en breve. Para ser sincero consigo mismo, era eso, y no la esperanza de descubrir algo nuevo sobre Barthelme, lo que le había motivado a asistir al funeral.

17

Nada más bajar con su madre de la limusina, Raymond supo que el protagonista del funeral era él y no su padre. El ataúd le pareció poco más que un elemento de atrezo en torno al cual se llevaba a cabo la representación. Lucette lo cogió de la mano mientras remontaban el caminito hasta la pequeña capilla. Estaba muy guapa con su conjunto de luto. Raymond no la había visto nunca vestida de negro. El amiguito policía estaba plantado en la acera fumando un cigarrillo. Pegado al murete que delimitaba el cementerio, un operario descansaba apoyado en su pala junto a una tumba recién cavada. Se retiró la gorra al paso de Raymond y su madre. Estaban empezando a caer pesadas gotas de lluvia. Los que esperaban junto a la entrada de la capilla inclinaron la cabeza con solemnidad. Raymond remedó el gesto. Se sentía ridículo. Pero el traje nuevo lo hacía más soportable. Se lo había probado la víspera delante del espejo interior de la puerta de su armario. Su madre insistió en que bajase a la sala para enseñárselo. Después de limpiarse una lágrima, le dijo que estaba muy guapo. Hasta Thérèse pareció impresionada. Le hicieron sentirse como un actor probándose el traje para la noche del estreno.

El cura los saludó. Lucette, que no profesaba religión alguna que Raymond supiera, ejecutó una leve reverencia. Una vez en el interior, le chocó ver los bancos llenos. Y todo por su padre, un hombre que apenas se relacionaba, que nunca tuvo una palabra amable para nadie y al que todos detestaban. Incluso el alcalde del pueblo estaba allí, engalanado con una absurda faja de ceremonia. Cuando este se acercó para ofrecer sus condolencias, Raymond reparó en que no llevaba bien cerrada la bragueta del pantalón.

Durante la misa, Raymond no se molestó en prestar atención a las palabras del cura. Lucette no le soltaba la mano, que mantenía apoyada sobre su regazo, pero tampoco daba la impresión de estar particularmente disgustada. Al parecer, ya lo había perdonado por mentirle acerca de los doscientos francos. No se había vuelto a hablar del incidente. Raymond se quedó mirando el ataúd que contenía los restos de su padre. Se daba perfecta cuenta de la gravedad de la ocasión, pero solo alcanzaba a sentir la fría corriente de aire proveniente del fondo del edificio. Ya desde muy pequeño, Raymond había aprendido a esperar poco o nada de su padre. Si dejó de intentar agradarle fue para protegerse de la decepción que se llevaba cada vez que buscaba su aprobación y él no se la daba. Una vez, cuando tenía siete u ocho años, salieron toda la familia de excursión para almorzar en Ferrette. Era un domingo de primavera, puede que Domingo de Pascua. Hacía calor y habían comido en la terraza de una hospedería, frente a unos jardines. El padre de Raymond estaba de un buen humor inusitado. Se quitó la chaqueta y pidió una segunda frasca de vino blanco. Raymond reparó en las gotas de agua que se formaban sobre el frío cristal, y Bertrand le explicó el proceso de condensación. Después del almuerzo, sus padres se quedaron en la mesa, mientras que a Raymond lo dejaron levantarse e ir a jugar. Al final del jardín había un gran estanque. Raymond descubrió entusiasmado que estaba poblado de ranas y renacuajos. Olvidando que llevaba puestas sus mejores ropas, se tumbó boca abajo junto a la orilla con el brazo extendido. Al cabo de un rato, una rana toro se posó sobre ella. Raymond observó el palpitar de su garganta y el lento parpadeo de sus ojos. Tenía la piel fina como una membrana. De repente se le ocurrió una idea, así que corrió hasta la cocina de la hospedería y pidió prestado un tarro de cristal, que rellenó con agua del estanque y una gelatinosa masa de huevos de rana. Al pie del jardín había una charca de agua estancada. La convertiría en su propia colonia de ranas. Cuando llegó el momento de marcharse, su padre le preguntó qué escondía a la espalda. Le quitó el tarro a Raymond y vació su contenido en la cuneta junto al aparcamiento. Luego ordenó a su hijo que fuese a la cocina a devolver el recipiente. Raymond se pasó el viaje de vuelta berreando. Para cuando llegaron a casa, le dolía la garganta e hipaba del berrinche. Algo más tarde, su padre fue a verlo a su dormitorio. Se sentó en el borde de la cama y le explicó que los renacuajos al final se habrían muerto y que él no quería que Raymond se encariñase con ellos. Entonces posó una mano sobre la frente de su hijo y le dijo que lo sentía.

Al día siguiente, maître Barthelme regresó a casa del trabajo más tarde de lo habitual. Obsequió a Raymond con un tarro de huevos de rana, que por fuerza tenía que haberle costado otro viaje a la hospedería. Raymond miró dubitativo a su padre. Él no quería ese tarro de huevos. No eran los que él había recogido. Las ranas que salieran de ellos no serían sus ranas. Aun así, comprendió que se trataba de un gesto de enmienda. De modo que le dio las gracias y lo aceptó. Al levantarlo a la altura de los ojos vio que, además de huevos, también contenía algunos renacuajos. Después de la cena, su padre le ayudó a retirar parte del limo de la charca que tenían al pie del jardín y la rellenaron con agua limpia. Los días siguientes, al regresar del colegio, Raymond se acurrucaba junto al estanque y se pasaba las horas observando a sus criaturas. La masa glutinosa de huevos se deshizo y fue reemplazada por más renacuajos. Al cabo de pocos días, no obstante, todos estaban muertos, devorados por los pájaros o bien flotando inertes en la superficie del agua.

Mientras contemplaba el ataúd, Raymond sintió un espasmo en el pecho. Tragó saliva para contener el sollozo. El nudo que se le había formado en la garganta cedió, como si fuese a vomitar. Le picaban los ojos. Apretó la mandíbula. Era como si su padre quisiera ganarle la partida hasta en el último momento. Se dio cuenta de que su mano se aferraba ahora con mucha más fuerza a la de su madre. Una lágrima le rodaba por la mejilla. Cerró los ojos. Lucette lo atrajo hacia sí. Raymond estaba furioso consigo mismo. Se imaginó a su padre mofándose de él. Lucette le tendió un pañuelito bordado que sacó del bolso, y que ella no había necesitado en ningún momento.

Ya en casa, la sensación mejoró. Como sus padres no acostumbraban a recibir visitas, Raymond no la había visto tan llena de gente en su vida. Thérèse iba y venía muy ufana, supervisando al personal contratado para la ocasión. Pasados los prolegómenos, en los que varios dolientes se le acercaron para estrecharle la mano y ofrecerle sus condolencias, la gente dejó de prestarle atención. Ya podía beber todo el jerez que quisiera. El ambiente se hizo más respirable a medida que los invitados olvidaban el motivo que los reunía allí. Raymond abandonó el vestíbulo y se adentró en la sala. Una de las camareras lo dejó impresionado. Era una chica de pelo negro y ojos castaños. Desempeñaba su oficio con suma eficiencia, aunque sin un ápice de servilismo. Raymond empezó a mirarla con descaro, pero ella no se dio cuenta, o fingió no hacerlo. Al final, llegó a la conclusión de que lo estaba ignorando a propósito. La siguió hasta el vestíbulo cuando ella se alejó para recargar su bandeja. La chica se esfumó en el interior de la cocina y, como Thérèse estaba apostada en la puerta, Raymond no tuvo el valor de cruzar el umbral. Se quedó merodeando entre los invitados que llenaban el vestíbulo, aguardando a que ella volviese a salir. Desde allí, observó con sorpresa cómo el alcalde salía al descansillo de la primera planta desde el despacho de su padre. No acababa de entender qué podía haber estado haciendo allí. El dignatario bajó y se detuvo para saludar a un grupo de invitados. Nadie prestó atención mientras Raymond subía las escaleras.

Abrió la puerta del despacho de un empujón. Su amiguito el policía estaba plantado detrás del escritorio, bebiendo una copa de jerez.

—¿Qué hace aquí? —dijo envalentonado por el alcohol.

Gorski ignoró la pregunta y se limitó a manifestar lo mucho que le había impresionado la entereza que había exhibido Raymond durante el funeral. El joven no respondió. Gorski cruzó la estancia y cerró la puerta.

—Ya que estás aquí, creo que podemos aprovechar para tener una pequeña charla —dijo.

Le señaló a Raymond la butaca de la ventana, invitándolo a que se sentara. Raymond vaciló, se resistía a acatar las órdenes del policía. No le hacía ninguna gracia haberse encontrado a Gorski junto al escritorio de su padre, y todavía menos que se comportase como si fuera el amo y señor del lugar. Aun así, se sentó como le pedía. Gorski se apoyó contra el revestimiento de madera que protegía la pared junto a la ventana. Raymond tuvo la impresión de que iba a someterlo a un interrogatorio. Gorski sacó una cajetilla y se encendió un cigarro antes de ofrecérsela a Raymond, que le respondió con un gesto negativo de la cabeza.

—¿No fumas?

—No —dijo Raymond.

—Las manchas de tus dedos no dicen lo mismo —dijo Gorski.

Raymond no pudo contenerse y se miró las manos para comprobar la observación del detective. Gorski guardó silencio unos instantes. Permitió que la ceniza de su cigarrillo cayera sobre la tarima, en una zona del suelo donde la alfombra no llegaba hasta la pared.

—He pensado que quizá tú pudieses arrojar algo de luz sobre los movimientos de tu padre la noche del accidente —dijo por fin.

Raymond lo miró. La placidez que destilaba el semblante del policía le resultaba muy irritante.

—¿Y cómo es eso? —contestó.

Gorski se separó de la pared con un pequeño impulso y se quedó plantado delante de Raymond.

—Tú sabes, claro está, que esa noche tu padre no estaba donde decía; que ese club suyo del que tanto hablaba no era más que una invención. —Rotó la mano en la que sostenía el cigarrillo mientras hablaba—. Por fuerza te has tenido que preguntar dónde estuvo.

Raymond se encogió de hombros.

—Pues no.

Gorski ladeó la cabeza con un gesto que daba a entender que la respuesta de Raymond le sorprendía, o que no le creía.

—Perdona si te digo que eso me resulta un poco difícil de creer —dijo.

Raymond se dio cuenta entonces —¡claro!— de que el detective acababa de revisar los cajones del escritorio de su padre y había encontrado el trocito de papel que él se había cuidado de volver a colocar en su sitio. Quizá estuviera al tanto de lo de sus visitas a Rue Saint-Fiacre, el hurto de los doscientos francos y la navaja robada que en ese momento descansaba en el interior de su cartera, al pie del armario de su dormitorio, en la habitación de al lado. Si Gorski no se lo echaba en cara era porque deseaba darle la oportunidad de que lo confesase todo de manera voluntaria.

—Mi padre y yo no estábamos muy unidos —dijo. Hasta esto le dolía confesárselo al policía, quien, en su opinión, no tenía por qué inmiscuirse en los asuntos de su padre.

—Aun si eso fuera cierto —dijo Gorski—, sería lógico pensar que tuvieses curiosidad por saber adónde iba realmente todas esas noches.

—Aunque así fuera, sé tanto como usted.

—Yo no he dicho qué es lo que sé o no sé —dijo Gorski con suavidad—. Estamos hablando de lo que sabes tú.

—Vale, pues no sé nada.

En realidad, no tenía ningún motivo para no mencionar lo de sus viajes a Mulhouse. Salvo que no habían servido para nada. Por lo tanto, ¿y qué si había encontrado en el escritorio de su padre una dirección garabateada en un trozo de papel? No había nada que probase que él hubiese estado allí jamás. Más aún: si su padre había decidido mantener en secreto una parte de su vida, ¿acaso no estaba en su derecho? Raymond sentía que le debía cierta lealtad, a pesar de todo. Por no decir que no pensaba dejarse sonsacar por aquel poli cotilla.

Gorski lo miraba fijamente.

—¿No hubo nada, alguna conversación quizá, que te hiciera sospechar que tu padre no estaba siendo sincero acerca de adónde iba las noches de los martes?

—No.

—¿En ningún momento albergaste la sospecha de que pudiera tener una amante o algo por estilo?

Raymond soltó una risa por la nariz, haciendo ver que le parecía una idea ridícula.

—¿Por casualidad no se le escapó nunca algún comentario que diese a entender que había estado en Estrasburgo?

—¿En Estrasburgo? No, qué va.

Gorski atacó.

—Pero sí en otro sitio, ¿entonces?

Raymond notó que se sonrojaba. Lo estaban acorralando.

—¿Cree usted que de haber tenido mi padre una amante en algún sitio me lo habría contado?

Gorski meneó la cabeza.

—No —dijo—, pero es muy difícil que tres personas que viven bajo el mismo techo se oculten cosas. Por ejemplo, ¿tu madre sabe que fumas?

—Ni idea —dijo Raymond.

—A ver, te lo planteo de otra manera: ¿le ocultas a tu madre que fumas?

Raymond no contestó.

Gorski asintió, interpretando su silencio como una afirmación.

—Pero tu madre se habrá fijado en las manchas de tus dedos. Y si no te ha hecho ningún comentario al respecto es porque los dos habéis escogido consentir esa mentira. No tiene nada de malo. La gente prefiere evitarse enfrentamientos. Aunque no hayáis hablado nunca sobre el asunto, ella sabe que fumas y tú sabes que ella lo sabe, pero habéis decidido no reconocerlo. Lo mismo pasa con lo de tu padre. Yo creo que sabes dónde estuvo la noche de su muerte.

—No lo sé —negó Raymond de una manera demasiado tajante.

Hizo ademán de levantarse de la butaca, pero Gorski meneó la cabeza y lo detuvo levantando la mano con la palma abierta. Se adelantó un paso hacia Raymond, de tal forma que los pies de ambos casi se tocaban.

—Mira, soy detective desde antes de que tú nacieras —dijo—. Llevo veinticinco años escuchando mentiras. Y cuando te ganas la vida tratando con gente que te miente a todas horas, al final te conviertes en todo un experto en interpretar los gestos. Por ejemplo, hace un momento, cuando te he preguntado si a tu padre se le había escapado algún comentario que diese a entender que había estado en Estrasburgo, tú has apartado la vista hacia la izquierda. No te has dado cuenta, claro, pero lo has hecho. Es un acto reflejo. ¿Y sabes qué me dice eso? Me dice que mentías; que has recordado algo y luego has decidido no compartirlo conmigo. No pasa nada, estás en tu derecho. En sentido estricto, no estás obligado a contarme nada. Pero no vayas a creer que no sé que me ocultas algo.

Retrocedió un paso para indicar que Raymond podía marcharse.

—Me da lo mismo lo que piense.

—Si te diese lo mismo, no me mentirías. —Esbozó media sonrisa, con los labios tirantes—. Te estaré vigilando —dijo, mientras Raymond salía del despacho.

Raymond se apoyó en la barandilla del descansillo. Le palpitaba la frente. Abajo, los invitados seguían disfrutando de la hospitalidad. El ambiente se había tornado muy cordial. Un hombre con traje azul estaba contando un chiste subido de tono a un grupo de hombres reunidos en torno a la mesa de caballete donde se había dispuesto la comida. Resultaba evidente que a nadie le importaba lo más mínimo que su padre estuviera muerto. La camarera guapa estaba de pie a la entrada de la sala con cara de aburrimiento.

18

Schmitt no levantó la vista del periódico.
—Te ha vuelto a llamar tu novio —dijo.
A Gorski no le hacía falta preguntar a quién se refería. Hacía tres días que Lambert trataba de ponerse en contacto con él. Si Gorski no le había devuelto las llamadas era en parte para demostrar que no era un criado a su entera disposición, aunque se debía también a su renuencia a reconocer que todavía no había conseguido echar un vistazo a los extractos bancarios de Bertrand Barthelme. Gorski asintió con gesto serio al comentario de Schmitt y luego le pidió que enviase a Roland a su despacho.
—¿A quién, al Potro? —contestó Schmitt.
Gorski lo miró sin entender.
—¿El Potro? —repitió.
—Es como lo llama todo el mundo.
—Ah, sí, el Potro. Claro —dijo Gorski, que no quería parecer ajeno a la mofa.
Una vez en su despacho, Gorski marcó el número de la comisaría de Estrasburgo antes incluso de sentarse. Ya no podía postergarlo más. La recepcionista pasó su llamada al departamento

de investigación. Mientras esperaba, Gorski se encajó el auricular entre el cuello y el hombro y se quitó como pudo la gabardina. La echó sobre el respaldo de la silla, sacó un cigarrillo y se lo encendió. Al fin una voz lo informó de que Lambert se encontraba fuera del despacho. Mejor imposible. Gorski colgó el auricular y tomó asiento. Los informes relativos a la muerte de Barthelme seguían sobre la mesa. Gorski sopesó repasar su contenido otra vez. En ocasiones no descollaba un detalle importante hasta la tercera o la cuarta lectura.

Se oyó una tosecilla en la puerta de su despacho. Gorski levantó la vista. Era Roland.

—No sabía si... —empezó—. No he querido interrumpirle.

Se le notaba nervioso, sin duda creía que lo iban a reprender por alguna fechoría. La verdad es que sí que era igualito que un potro. Tenía una cara estrecha y caballuna, con los ojos demasiado separados. Sus piernas eran larguiruchas y endebles, y daba la impresión de que fueran a ceder bajo su peso de un momento a otro. Aquellos rasgos tan inconfundibles no resultaban idóneos para la tarea que Gorski tenía en mente, pero era lo que había.

Gorski le dijo que cerrase la puerta y tomara asiento. Le ofreció al joven gendarme un cigarrillo, que él rechazó. Roland se mostraba renuente a sentarse en presencia de su superior, pero al final se decidió a hacerlo. Llevaba el uniforme inmaculado. Gorski se dio perfecta cuenta de lo fácil que sería intimidarle. El desasosiego que gastaba era propio de quien se desvela por complacer. Cuando Gorski lo veía en alguna de las zonas comunes de la comisaría, siempre parecía incómodo y fuera de lugar. Le gustaba aquel joven.

—¿Te acuerdas de mi último encargo? —empezó Gorski.

—Sí. —Roland respondió con cierta inseguridad.

—En el trayecto, ¿hablaste con madame Barthelme o con su hijo? Roland meneó la cabeza.

—Apenas cruzamos un par de palabras. No me pareció...

—Por su modo de hablar, cualquiera hubiese dicho que todavía creía haber cometido alguna falta.

Gorki aplastó el cigarrillo. Le preguntó a Roland cuántos años tenía.

—Veintitrés.

—Supongo que querrás llegar a detective algún día.

Roland contestó que así era.

—¿Has recibido algún entrenamiento en labores de vigilancia? —preguntó Gorski.

—Algo. No mucho.

Gorski le pidió entonces que le describiera a Raymond Barthelme. Cosa que el joven hizo con suma precisión, incluido el color de los ojos y la ropa que llevaba puesta.

—Impresionante —dijo Gorski.

Roland bajó la vista y se miró las manos.

—Siempre pienso que podrían llamarme en cualquier momento a declarar en un juicio, así que intento memorizar el mayor número de detalles que me es posible.

Gorski sonrió. Se reconocía en aquel concienzudo joven. Ordenó a Roland que se fuera a casa y se vistiera de paisano. Si no recibía otras órdenes, su cometido a partir de ahora sería seguir a Raymond Barthelme.

—Llama a comisaría cada tres o cuatro horas. Si no estoy en el despacho, puedes informar a Schmitt, pero no menciones a Barthelme por su nombre. Te referirás a él como «el sujeto».

Se notó que Roland estaba encantado con aquella promoción en sus funciones. Asintió vigorosamente y le aseguró a Gorski que podía contar con su discreción.

Una vez despachado Roland, Gorski se quedó sentado a su escritorio. Pasó los dedos sobre la superficie de papel manila de la carpetilla que contenía los resultados de la autopsia de Barthelme. Sus averiguaciones sobre la vida de Barthelme lo tenían intrigado. Era innegable que su alegre pasado en la ciudad donde había tenido lugar el asesinato de Veronique Marchal lo convertía en un sospechoso más plausible. La frialdad —crueldad, incluso— que había caracterizado la relación con su esposa también hacía más fácil imaginarlo participando en las arcanas prácticas sexuales a las que apuntaban las ligaduras presentes en la cama de mademoiselle Marchal. Estaba claro, además, que era un hombre capaz de engañar. A pesar de todo, nada de aquello constituía una prueba, y si a Gorski le costaba compartir su información con Lambert era porque sabía de sobra que su colega de Estrasburgo no iba a andarse con tantos remilgos. Tal y como estaban las cosas, la única evidencia de peso era la declaración de Weismann, que aseguraba haber visto a Barthelme en las escaleras. Pero, aunque Lambert no albergase reservas sobre la forma en la que había obtenido aquella información, Gorski tenía muy claro que hasta al más mediocre de los abogados le resultaría muy sencillo echar por tierra el testimonio del historiador. Y, aun así, tampoco es que pudiese echarle la culpa a Lambert. Al fin y al cabo, él había sido el primero en situar a Barthelme en la diana. Existía un punto, no obstante, en el que Lambert no se equivocaba. Si Barthelme había sido cliente de Veronique Marchal, era probable que sus extractos financieros albergaran alguna prueba que así lo confirmase. Ahora bien, siguiendo esta lógica, la ausencia de transacciones dudosas en sus cuentas haría saltar por los aires la enclenque teoría de Lambert.

Era evidente que, sin el debido papeleo, maître Corbeil no le iba a dar acceso a las cuentas de su antiguo socio. Así que Gorski decidió darse un paseo por las sucursales bancarias del pueblo. Era la clase de trabajo metódico que disfrutaba de verdad, y en cierto modo le habría fastidiado tener éxito a la primera. La sucursal de Société Générale de Rue de Mulhouse fue la tercera que visitó en su ronda. Gorski le explicó el motivo de su visita a la cajera. Se trataba de una chica poco agraciada, con problemas de acné, apenas salida de la adolescencia. Al ver la identificación policial de Gorski se aturulló, tanto que cualquiera hubiera dicho que la acusaban a ella de algo. Muy obediente, fue a consultar los expedientes de uno de los cajones de los archivadores dispuestos contra la pared a su espalda, y le confirmó que, en efecto, el banco tenía abiertas varias cuentas a nombre de Bertrand Barthelme.

—Pero no estoy segura de si estoy autorizada a… —Se interrumpió, apurada.

Llevaba el nombre escrito en una plaquita prendida de su blusa.

—¿Qué tal si hablo con el director, Carolyn? —sugirió Gorski.

—Sí, claro, por supuesto —contestó ella, aliviada de que la libraran del asunto.

Momentos después, la chica hizo pasar a Gorski al despacho que había detrás del mostrador. Una mujer de rasgos angulosos que rondaba los cuarenta años lo aguardaba de pie, detrás del escritorio. Unas gafas pendían de su cuello con una cadenita. Gorski la recordaba de un caso anterior.

—Mademoiselle Givskov —dijo—. La felicito por su ascenso.

—Es solo provisional —replicó ella secamente.

—Ah —dijo Gorski.

Aunque ella no le había invitado a hacerlo, se sentó en la silla frente al escritorio. Mademoiselle Givskov permaneció de pie.

—Siento decirle que su petición va contra todas las normas, inspector —dijo.

—Así es, en efecto —contestó él de buen humor—. ¿Tiene prisa por marcharse a alguna parte?

Mademoiselle Givskov se sentó de mala gana, casi como si fuera a abrirse una trampilla debajo del asiento. No era una mujer a la que uno pudiera meterse en el bolsillo con facilidad.

—Supongo que conocía usted a maître Barthelme —dijo Gorski.

—Solo como cliente —replicó ella a la defensiva, como si él hubiese insinuado que ella era su amante.

—Aun así, estará al tanto de que era una eminencia en Saint-Louis. Tal vez conozca también a su esposa Lucette, ¿sí?

—No.

—Una mujer encantadora —comentó Gorski—. Está destrozada por el fallecimiento de su marido, como imaginará. —Entonces, consciente de la teatralidad del gesto, acercó su silla al escritorio de mademoiselle Givskov y le explicó, susurrando, que había ciertas circunstancias relacionadas con la muerte del abogado que exigían una investigación más a fondo. Lucette Barthelme había insistido en que esas indagaciones se realizaran con la mayor discreción posible, y Gorski no quería añadir más sufrimiento a su ya tremendo pesar—. Sería muy sencillo obtener los permisos necesarios, desde luego, pero entonces el asunto pasaría a dominio público, y eso es justo lo que madame Barthelme desea evitar.

Mademoiselle Givskov se lo quedó mirando unos instantes. Encima de la blusa llevaba una rebeca fina de color celeste. La lana del puño izquierdo estaba deshilachada. Gorski le ofreció la mejor de sus sonrisas.

—Si conociera esas circunstancias de las que habla, quizá podría… —dijo.

Gorski esbozó una sonrisa de disculpa.

—Verá, nada me gustaría más que proporcionarle esa información, pero comprenderá que quiera evitar un escándalo innecesario.

La palabra «escándalo» encendió la mirada de mademoiselle Givskov, una fugaz chispa de excitación que reprimió al instante. Los dedos de su mano derecha empezaron a juguetear con la manga de su rebeca.

—Una petición así requeriría la aprobación de la central —dijo.

Gorski estaba familiarizado con el tono formal que adoptaba la gente cuando no quería hacerse responsable de sus propios actos. Ella extendió la mano hacia el teléfono que había encima de la mesa.

Gorski frunció los labios y meneó la cabeza lentamente.

—Creo que este asunto debería quedar entre usted y yo —dijo—. Lucette Barthelme se lo agradecerá eternamente, y supongo que querrá usted que la familia mantenga sus depósitos en este banco. Dudo que la central viese con buenos ojos la pérdida de una cuenta tan valiosa si en un futuro quisiera usted hacer permanente su puesto.

Gorski cruzó las manos sobre el regazo. No hacía falta decir nada más. Mademoiselle Givskov se levantó y se acercó a un archivador situado a su izquierda. Se puso las gafas de cerca y sacó un expediente del cajón superior. Apartó la vista mientras se la entregaba a Gorski, como lavándose las manos de lo que estaba haciendo.

—Gracias —dijo él.

Habría preferido que aquella mujer le dejara examinar a solas los extractos, pero le pareció que ya había puesto bastante a prueba su paciencia. Ella se puso a ir y venir de un lado a otro del despacho, ocupándose de tareas inexistentes. A Gorski le llevó tan solo unos segundos encontrar lo que no esperaba hallar. A las once y media de la mañana del día del accidente, Bertrand Barthelme había retirado una suma importante de dinero de su cuenta. Gorski pasó las hojas del documento. Hasta donde se remontaba el historial de movimientos, figuraban a lo largo de los años otras retiradas de cantidades similares, que habían ido incrementándose ligeramente con el tiempo.

Mademoiselle Givskov lo observaba por el rabillo del ojo.

—Veo que maître Barthelme realizaba de manera regular una retirada de fondos todos los martes —dijo—. ¿Sabe si lo hacía en persona?

Mademoiselle Givskov respondió sin mirarlo a la cara.

—Nadie salvo él contaba con autorización para acceder a la cuenta.

Gorski le dio las gracias y se levantó. Mientras ella le abría la puerta del despacho, él levantó la voz lo suficiente para que pudieran oírle los demás empleados de la sucursal.

—Desde luego, mademoiselle, entiendo perfectamente que necesiten proteger la privacidad de su cliente.

Una expresión de gratitud iluminó el rostro de la mujer.

Ya en la calle, Gorski exhaló muy despacio y regresó andando a la *gendarmerie,* que quedaba a escasa distancia de allí. En su despacho, se sentó mirando el teléfono, tamborileando con los dedos de la mano derecha en la mesa. Encendió un cigarrillo y se plantó ante la ventana mientras se lo fumaba. La anciana del carrito maltrecho pasaba caminando muy despacio en ese momento por la acera de enfrente. Se detuvo un instante, como exhausta. Luego siguió su camino. Gorski la observó hasta que desapareció de la vista. Recordó que hacía ya varios días que no visitaba a su madre.

Volvió a sentarse. No le quedaba más remedio que compartir sus hallazgos con Lambert. Si no lo hacía, estaría reteniendo pruebas y obstaculizando una investigación policial. Pero, entonces, ¿por qué se resistía? Solo una semana antes habría estado encantado de poder proporcionar cualquier información sobre un caso de asesinato a su colega de la gran ciudad. Pero ahora le atormentaba la sensación de estar desencadenando una serie de eventos sobre los que no podía ejercer ningún control. Era importante recapacitar sobre lo que había descubierto y sus posibles implicaciones. Él mismo se había apresurado a concluir que las retiradas de Barthelme eran para pagar a Veronique Marchal por sus servicios. Pero eso no era más que una suposición. El dinero podría haberse destinado a quién sabe cuántos otros propósitos. A Lambert estas dudas no le producirían la menor inquietud, no obstante.

Gorski apagó el cigarrillo. Si bien quedaba descartado guardarse la información, tampoco tenía la obligación de llamar a Lambert inmediatamente. Primero se acercaría a ver a su madre. Eso le daría algo más de tiempo para ordenar las ideas.

Al salir de la comisaría, un BMW azul oscuro se acercó por la calle y ocupó un espacio reservado de aparcamiento frente al edificio. Gorski se detuvo en lo alto de las escaleras. Lambert se apeó del coche.

—¡Georges! —exclamó—. No me esperaba una comitiva de bienvenida. Así que este es el reino de Saint-Louis, ¿eh?

Gorski miró a su alrededor. La presencia de Lambert en el soso paisaje de Rue de Mulhouse se le antojó un tanto incongruente, igual que si un animal salvaje se hubiera escapado del zoo y ahora vagase a sus anchas por las calles. Gorski bajó hasta la acera, y los dos hombres se estrecharon la mano.

—Como no me llamabas he pensado que podría acercarme en coche y de paso conocer el lugar. ¿Ibas a alguna parte?

A Gorski le faltó descaro para inventarse algo.

—Justo iba a visitar a mi madre —dijo, y se arrepintió al instante de aquellas palabras—. Anda un poco floja últimamente —añadió, como si eso pudiera convertir de algún modo aquella salida en una actividad aceptable para un jefe de policía en plena jornada de trabajo.

—Bueno, pero seguro que la anciana Mamá Gorski puede esperar, ¿no? ¿Hay por aquí algún sitio donde podamos charlar tranquilamente?

Gorski no tenía ninguna gana de explicarle ni a Schmitt ni a nadie qué hacía en Saint-Louis un detective de Estrasburgo. Con un gesto, se apresuró a alejar a Lambert de allí y llevárselo hacia Le Pot. Sacó un cigarrillo y lo encendió.

Lambert hizo otro tanto. No había nada en el policía de Estrasburgo que no acentuara la mediocridad de Saint-Louis. Su cara era demasiado atractiva, su traje de un corte demasiado elegante, su pelo demasiado rubio y bien peinado. Hasta el garbo que gastaba al andar contribuía a que pareciese un actor paseándose por delante de un decorado mal pintado. En Saint-Louis no está bien visto tener buena facha ni caminar por la calle con paso decidido como quien es amo y señor de su destino. Si a uno le preguntan cómo le va la vida, es costumbre responder: «Podría ir peor» o «Ahí vamos, tirando». Mostrarse más optimista, por levemente que sea, se toma por una intolerable exhibición de fanfarronería. Los logros personales deben desdeñarse como meros golpes de suerte, y solo después de sufrir la implacable insistencia de los demás puede uno dar su brazo a torcer y mentarlos. Que tu hija sea demasiado guapa o tu hijo demasiado listo es una auténtica desgracia. En Saint-Louis, al igual que en cualquier otro núcleo urbano de provincias olvidado de la mano de Dios, los habitantes se sienten más cómodos con el fracaso. El éxito solo sirve para restregarle al ciudadano sus carencias y, por lo tanto, hay que guardarse de él como del diablo. De modo que, mientras se las veía y deseaba para seguir el ritmo imponente de Lambert, Gorski se sintió doblemente abochornado: para empezar, porque no deseaba que lo viesen en compañía de un personaje que desafiaba con tanto descaro la mediocre ideología local, y además, porque era humillante que Lambert vislumbrara la modesta naturaleza de sus dominios.

Así pues, fue un alivio entrar en Le Pot, un establecimiento que hacía de la cutrez virtud. Lambert no entró con el aire apocado que gastaban de costumbre los habituales del lugar, claro está, y todos los ojos se posaron en él al instante. Componían la parroquia tres personas: el dueño, Yves, cuyo atavío reflejaba su sempiterna indiferencia hacia las normas de higiene; Lemerre, cuyo negocio quedaba pocos números calle abajo y que se pasaba con frecuencia a echar un trago entre cliente y cliente; y un antiguo maestro de escuela de mediana edad que, de ordinario, jamás levantaba la vista de su ejemplar de *L'Alsace*.

—Muy buenas tardes, caballeros —declaró Lambert en tono jovial, arrasando de modo temerario con el pacto de silencio que existía entre ellos. El maestro bajó los ojos al periódico. Lemerre se volvió hacia Yves y murmuró algo entre dientes. Yves respondió al saludo de Lambert con gesto impasible, levantando el mentón, y preguntó qué deseaban tomar.

—Dos cervezas —respondió Gorski tratando de recuperar algún tipo de control sobre la situación.

—Este sitio es espléndido, Georges —dijo Lambert mientras tomaban asiento en la mesa que Gorski ocupaba de costumbre—. Apuesto a que aquí te sirven gratis todos los días.

Gorski se llevó la mano a la frente, como quien se protege la vista del sol. Encendió otro cigarrillo y le ofreció la cajetilla a Lambert. Yves plantó dos cervezas en medio de la mesa.

—Ya que estás, ponme un perrito caliente de esos —dijo Lambert, señalando con un gesto el calentador de salchichas de la barra al que Le Pot debía su característico aroma—. Y de paso, pórtate y pon la radio, ¿quieres? Nos gustaría mantener nuestra conversación en privado.

Yves le lanzó una mirada implacable antes de responder con una única palabra:

—¿Mostaza?

—En abundancia —contestó Lambert—. Y ponle otro a mi amigo también. Parece hambriento.

Para sorpresa de Gorski, Yves hizo lo que le había pedido y el sonido enlatado de la música pop contribuyó a aliviar un poco el ambiente en el bar.

Gorski se inclinó sobre la mesa.

—Y, dime, ¿qué te trae por aquí? —preguntó.

Lambert dio un buen trago a su cerveza.

—No me devolvías las llamadas —dijo—. Empezaba a pensar que me estabas evitando.

—De ninguna manera —dijo Gorski—. He estado muy ocupado.

—¿Con qué? ¿Visitando a tu madre? —dijo Lambert.

Llegaron los perritos calientes servidos en platos de papel. Lambert dio un enorme bocado al suyo. La mostaza le chorreó por la barbilla. Se la limpió con el dorso de la mano.

—¿Cómo va el caso? —preguntó Gorski.

Lambert asintió lenta y largamente. Tenía la boca llena.

—Le hice otra visita a nuestro amigo el profesor —dijo.

—Ah, ¿sí? —Gorski quiso saber si acaso Weismann se había retractado de haber visto a Barthelme.

Lambert tragó el último bocado de su perrito caliente y se restregó la boca con la servilleta de papel provista. Se inclinó sobre la mesa y, por primera vez, bajó la voz. Por encima del hombro de su colega, Gorski vio cómo Lemerre e Yves aguzaban el oído para intentar enterarse de lo que decía.

—Al contrario, Georges. Le eché un buen cebo y picó de lleno. El viejo verde se tragó el anzuelo hasta el fondo. ¿Tú no pescas, Georges? Tendríamos que salir de pesca algún día. —Apuró el contenido de su jarra y pidió a Yves con un gesto que les sirviera otras dos—. Se lo dije sin rodeos: «Mire, profesor, tenemos a otro sospechoso. Olvídese del tipo que vio en las escaleras». Y, claro, la cara que puso fue un poema, estaba destrozado. Así que el tipo me agarra de la manga y me arrastra al interior de su apartamento. «Pero, inspector —me dice—, desde que estuvo aquí la última vez lo he vuelto a recordar todo. Lo vi varias veces. Hasta crucé con él alguna palabra en las escaleras en alguna ocasión». De modo que le pregunto de qué habían hablado. «De nada en particular, solo los buenos días —me dice—. Pero estoy seguro de que era el hombre de la fotografía. Un tipo alto con barba». Le dije que eso daba lo mismo, que ya teníamos a otra persona, pero él dale que te pego. Y, entonces, va y me dice que vio a Barthelme la noche del asesinato. Que no podría decirme la hora con exactitud, pero que justo estaba él asomado a la ventana cuando lo vio entrar en el edificio. Ni por esas di mi brazo a torcer, e insistí en que daba lo mismo, y entonces fue cuando me contó que se había asomado a la mirilla de la puerta del apartamento y había visto a Barthelme entrar en casa de Marchal. Lo que te digo, se tragó el anzuelo hasta el fondo, ja, ja.

Gorski forzó una carcajada.

—Y —Lambert guiñó un ojo a Gorski con teatralidad— resulta que, después de la faena, el bueno del abogado hizo una paradita en nuestro bar preferido para echar un trago rápido con el que calmar los nervios. Mi amigo Bob lo reconoció a la primera cuando le enseñé su fotografía. Se sopló dos brandis de golpe en la barra. Al parecer daba la impresión de estar un tanto agitado.

Gorski sintió nauseas.

—Y esas son las noticias que te traigo. ¿Y tú qué te cuentas? ¿Cómo va lo del dinero?

Gorski le relató con cierto detalle cómo el socio de Barthelme se había apoderado de todos los documentos de este y cómo él, con vistas a no llamar la atención, había decidido seguir con sus pesquisas de manera extraoficial.

—Muy bien pensado —le interrumpió Lambert.

Gorski se tomó su tiempo para contarle cómo dio con la cuenta de Barthelme en la sucursal de Société Général y cómo había disfrazado bajo una montaña de detalles irrelevantes su interés por consultar los extractos para acceder a ellos. Finalmente, desembuchó la información clave con un gesto de indiferencia.

Lambert lo miró con una amplia sonrisa.

—Eres un hacha, Georges, lo reconozco.

Gorski se encogió de hombros.

—No hay pruebas que demuestren que ese dinero fuese a parar a manos de mademoiselle Marchal —dijo.

—¿Que no hay pruebas? —Lambert se echó a reír—. ¿Y qué te crees que hacía con él entonces? Porque que yo sepa no lo estaba donando al orfanato local, ¿no?

Gorski extendió las manos con un gesto de impotencia.

—Aun así, sigo dándole vueltas a… —empezó.

—Lo que pasa, Georges —dijo Lambert—, es que le das demasiado al coco. —Se dio unos golpecitos en la frente con el dedo, como solía hacer Ribéry—. Crees que el trabajo policial consiste en exprimirse el cerebro. Y no. De lo que se trata es de contar una historia. Un juez no se diferencia en nada de un niño. Lo que quiere es que le cuenten una buena historia; hazlo y ya se encargará él de que encajen las pruebas. Lo he visto centenares de veces. —Levantó un dedo índice—. A ver, te pongo un ejemplo: un hombre, un miembro destacado de la comunidad, lleva veinte años casado. Pero si rascas la superficie, descubres que no es oro todo lo que reluce. Él y su mujer duermen en habitaciones separadas. Una vez a la semana, él saca una importante cantidad de dinero del banco, le cuenta a su mujer que va a cenar con sus socios y viaja en coche hasta una ciudad vecina donde da rienda suelta a sus deseos más exóticos con una amante complaciente. Y entonces algo sale mal. Quizá la amante complaciente se vuelve codiciosa, o quizá el sexo se les va de las manos, pero el caso es que nuestro distinguido pilar de la comunidad la estrangula y huye. Mientras está en el coche de camino a casa, le sobreviene la culpa y se lanza fuera de la carretera. O tal vez pierde el control del vehículo debido a su estado de agitación. Lo mismo da una cosa que otra. Pero no me digas que no es una historia convincente, Georges.

Extendió sus manazas sobre la mesa, para sugerir que su versión de los hechos era indiscutible.

—Será todo lo convincente que quieras —dijo Gorski—, pero no por ello tiene que ser la verdad.

Lambert soltó una risa desdeñosa por la nariz. Alzó su jarra y le dio un buen trago, lo que le dejó un gusanillo de espuma en el labio superior. Minutos después, echó la silla hacia atrás arañando el suelo. Entró en el aseo y orinó ruidosamente. En su ausencia, Gorski se apresuró a pagarle a Yves las cervezas. Acompañó a Lambert hasta su coche y los dos hombres se despidieron en la acera. Gorski esperó hasta que el de Estrasburgo se hubo alejado con el coche antes de continuar por Rue de Mulhouse.

Gorski tenía muy claros los motivos por los que el dueño del bar predilecto de Lambert haría lo que fuera por él. Lo que le costaba entender era por qué razón haría Weismann lo mismo. A lo largo de los años, Gorski se había cruzado con no pocos metomentodos, por supuesto; gente a la que verse envuelta en una investigación policial la hacía sentirse especial, como imbuida de un estatus que, además, aumentaba de manera directamente proporcional con la gravedad del delito en cuestión. Ahora bien, jamás se había cruzado con un testigo tan entusiasmado por inventarse pruebas en un caso de asesinato. Tal vez se debiera solamente a que Weismann era un individuo fácil de sugestionar, que, en sus ansias por complacer a Lambert, se había convencido a sí mismo de que lo que contaba era verdad. O también existía la posibilidad —y para ser objetivos, no podía descartar del todo la idea— de que Weismann sí hubiese visto realmente a Barthelme la noche de autos. A Gorski, sin embargo, no acababa de convencerle nada de todo esto y siguió rumiando con aire sombrío los posibles motivos ocultos del historiador.

19

Hacía dos días del funeral de su padre, y Raymond estaba desayunando de pie junto a la encimera de la cocina. Desde el hurto de los billetes, Thérèse y él no habían vuelto a dirigirse la palabra, ni siquiera para cumplir con las más básicas cortesías. Thérèse ya no guardaba el dinero de los recados en el bote de la encimera. El silencio entre ambos resultaba violento. Raymond podría haberse tomado el desayuno en cualquier otra parte, pero eso habría sido como admitir su derrota. Así pues, se eternizó con el pan con mermelada a propósito, mientras Thérèse le hacía notar que estorbaba, con idas y venidas y algún que otro leve resoplido nasal. A Raymond se le ocurrió que quizá al día siguiente pusiera a prueba la tenacidad del ama de llaves haciéndole algún comentario sobre el tiempo u otra banalidad por el estilo.

No estaba muy claro, ni siquiera para el propio Raymond, en qué momento abandonó su pretensión de ir al colegio. Había consultado el horario de clases de ese día y metido en la mochila los libros que necesitaba, apilándolos encima de la navaja porque ya no le cabía en la cabeza salir de casa sin ella. Antes de marcharse pasó a despedirse de su madre, que estaba recostada sobre varias almohadas, con la bandeja del desayuno en el regazo. En ningún momento dijo de manera explícita que se iba a clase, pero el mero hecho de asomarse a la puerta del dormitorio de ella a esa hora de la mañana bastó para dar a entender que era eso lo que pensaba hacer. A ella pareció que le contentaba volver a la rutina de siempre. Le pidió que se sentara un momento a su lado, y Raymond así lo hizo, para acto seguido consultar su reloj y decir que tenía que ponerse en marcha. Ella le deseó que tuviera un buen día. Cuando ya salía de la habitación, le sugirió que invitase a Yvette a cenar con ellos uno de esos días. Él prometió hacerlo.

Raymond siguió con la farsa hasta la esquina de Rue des Trois Rois. Caminó hasta allí con paso decidido, a fin de que cualquiera que lo observase no albergara dudas sobre sus intenciones. Siempre que pasaba a por Yvette, ella salía a la puerta embutiendo los libros en la cartera o cepillándose los dientes. Nunca estaba lista y a veces le hacía pasar y le pedía que la esperase en el diminuto vestíbulo de la casa. En el hogar de los Arnaud reinaba a todas horas un simpático caos. No había momento en que algún miembro de la familia no estuviera preguntando dónde había ido a parar esta cosa o aquella. El padre de Yvette a menudo se cruzaba con Raymond en el estrecho pasillo al salir para el trabajo, la mayoría de las veces embutiéndose de camino un cruasán en la boca. La madre se sentaba en uno de los peldaños de la estrecha escalera para calzarse o para cepillarse el pelo a toda prisa. Eran instantes con los que Raymond siempre había disfrutado. El contraste con lo que sucedía en su casa, donde todo estaba siempre en su sitio y jamás se alzaba la voz, no podría haber sido mayor.

Raymond se preguntó si Yvette estaría esperando que pasara a por ella, ahora que ya habían cumplido con los fastos funerarios de su padre. Aunque, tal y como se había comportado él últimamente, no había razón para que así fuera. Se quedó merodeando al final de la calle. Nada le costaba recorrer aquel centenar de metros y pulsar el timbre de los Arnaud. Raymond estaba convencido de que Yvette le perdonaría su fea conducta: era fácil achacarla a la impresión que le había causado la muerte de su padre. ¿Acaso no era lo más normal que hubiese perdido un poco el norte? De pronto, Raymond deseó que todo fuera como antes: saldrían juntos de camino al colegio y él se bajaría de la acera al cruzarse con madame Beck, la florista, que a pesar de lo temprano de la hora ya estaría colocando su mercancía a la puerta de la tienda. Pero se dio cuenta de que eso era imposible. Pensar que podía volver al colegio y sentarse como un corderito al fondo de la clase mientras sus profesores garabateaban la lección en la pizarra era irrisorio. Esas cosas pertenecían a un mundo que había dejado atrás. Aun así, tuvo que hacer un voluntarioso esfuerzo para no rendirse a la vieja rutina y pasar por casa de los Arnaud.

Unos minutos después, Yvette salió por la puerta. Era la misma de siempre: un poco apurada y muy segura de sí misma a la vez. Llevaba la cartera colgada de un hombro y una bolsa de tela cargada de libros en la mano izquierda. Tenía el cabello despeinado. Raymond casi deseó que mirase hacia donde él estaba —no había hecho el menor intento de esconderse—; entonces, él la saludaría levantando la mano y echaría una carrera por la acera hasta donde ella lo esperaba. Pero no lo hizo. Partió hacia el colegio muy decidida, con toda la apariencia de haberse olvidado por completo de su existencia.

Raymond se acordó de la primera vez que Yvette y él fueron andando juntos al colegio. La tarde del día anterior se había quedado merodeando en la esquina de Rue des Trois Rois y luego la había seguido a una distancia prudencial para ver dónde vivía. Era consciente de que podría habérselo preguntado directamente, pero ya había trazado un plan para hacerse el encontradizo en la puerta de su casa a la mañana siguiente. De aquella forma se ahorraba un potencial rechazo y también la necesidad de revelarle sus deseos de pasar en su compañía el mayor tiempo posible. Tenía trece años. Así pues, al día siguiente se escondió en el hueco de un portal a escasos metros de casa de los Arnaud. Cuando apareció Yvette, la llamó como si justo en ese momento pasara por allí. Ella pareció alegrarse de verlo. Raymond sospechaba que se había dado perfecta cuenta de su ardid, pero no dijo nada al respecto. Este encuentro y otros posteriores condujeron, de manera natural, a la costumbre de pasar a por ella formalmente. Lo que tampoco era nada de extrañar, ya que le pillaba de camino de todas formas.

De modo que fue con cierto melancólico pesar que Raymond empezó a seguir a Yvette por Rue des Tres Rois. Madame Beck estaba colocando sus flores, e Yvette se demoró un instante para intercambiar unas palabras con ella. Después, cuando tiró por Rue de Mulhouse, la calle se encontraba lo bastante transitada como para que Raymond pudiera ganarle un poco de terreno. El aire arrastraba una levísima llovizna. Yvette tenía puesto su impermeable verde rasgado en el hombro derecho, pero no se molestó en levantarse la capucha. Raymond se preguntó si no estaría aún a tiempo de alcanzarla y acompañarla hasta el colegio. Entonces, cuando se aproximaban a Avenue Général de Gaulle, vio a Stéphane esperando en la esquina. Stéphane divisó a Yvette y levantó una mano. Raymond se metió en el soportal de una agencia de viajes. Observó cómo se saludaban antes de continuar hacia el colegio. Stéphane cogió la bolsa de tela cargada de libros de la mano de Yvette y se la echó a la espalda por encima del hombro. Raymond e Yvette se encontraban a menudo con Stéphane de camino a clase, pero hasta ese momento nunca habían quedado a propósito. Raymond los siguió hasta la esquina con Rue des Vosges y se los quedó mirando mientras se alejaban.

En ese momento, justo al dar media vuelta para regresar a Rue de Mulhouse, fue cuando vio al joven de la cara alargada por primera vez. O más bien, no por primera vez, puesto que lo reconoció de haberlo visto antes en alguna otra parte. En un pueblo como Saint-Louis, esto no tenía nada de raro. Lo más probable era que el joven se dirigiese a trabajar y que Raymond lo hubiera visto de camino al colegio. Ello no explicaba, sin embargo, que pusiera cara de susto y se quedara absorto mirando los anuncios de la agencia de viajes por la que había pasado Raymond instantes

antes. Mientras Raymond volvía sobre sus pasos, el joven mantuvo la mirada clavada en el escaparate. Tenía un perfil muy particular y grandes ojos saltones. Cuando pasó de largo, Raymond echó la vista atrás varias veces. Al final, el joven reemprendió la marcha en dirección opuesta.

Quedaba descartado volver a casa y explicarle a su madre que al final había decidido no ir a clase. De modo que Raymond se pasó el día vagando por las calles de su pueblo. Esta no era una actividad tan sencilla como podría serlo en una población más grande o en una ciudad. Raymond no conocía París, pero se imaginaba que allí uno podía, si así lo deseaba, pasearse eternamente por la ciudad sin pasar dos veces por la misma calle, y sin atraer una sola mirada de curiosidad. En un pueblo como Saint-Louis, uno no podía dedicarse a merodear por las calles sin suscitar miradas recelosas de vecinos y tenderos. ¿Y si alguien lo paraba y exigía saber adónde iba? ¿Qué podría contestar? En un pueblo carente de lugares de interés, decir que solo estás dando una vuelta es del todo impensable y lo más seguro es que llame la atención de la policía.

De modo que Raymond caminaba a buen paso. Y consultaba de vez en cuando su reloj, para hacer ver a cualquiera que lo observara que llegaba tarde a una cita. Como no quería cruzarse con su amiguito el policía, dio un rodeo para evitar la *gendarmerie*. Regresó a Rue de Mulhouse un poco más adelante y siguió por la calle hasta la rotonda, donde torció por Rue Village-Neuf. Nadie aparte del cartero o los residentes podía tener motivo alguno para pasar por aquella calle, pero no podía dar media vuelta de repente sin montar alguna clase de elaborada pantomima en beneficio de quienes, en su imaginación, lo observaban desde detrás de las contraventanas de las casas de falsas vigas vistas que flanqueaban la calle. Mejor sería continuar hasta el canal y luego coger el camino por el que tantas veces había paseado con Yvette.

Una vez en el sendero del canal se sintió menos expuesto. Era una ruta que frecuentaba la gente para sacar al perro o simplemente para darse un paseo tranquilo. Había un banco algo más adelante.

Pararía allí un rato. Le gustaba contemplar las inmóviles aguas verdes del canal. Cuando se estaba acercando al banco, no obstante, apareció un hombre de unos cuarenta años que se aproximaba en dirección opuesta. No le pareció que estuviera paseando a un perro y Raymond se preguntó qué haría allí. En el pueblo circulaba el rumor de que el canal era el lugar donde se daban cita los homosexuales. Raymond nunca había acabado de creerse que tuvieran lugar allí semejantes actividades —desde luego, no había presenciado nada de esa naturaleza—, aunque Yvette y él intercambiaban con frecuencia comentarios sobre hombres solitarios que habían notado que frecuentaban el sendero.

Debido a sus rasgos femeninos, los chicos a menudo se burlaban de Raymond en el colegio dedicándole determinados epítetos. Él nunca respondía a sus insultos. Podían pensar lo que les viniera en gana. Además, sabía por experiencia que en esa clase de enfrentamientos dialécticos uno no tarda en llegar a las manos. Optó por no detenerse en el banco. Aquel tipo podría tomárselo como una invitación a charlar con él. La llovizna, en cualquier caso, empezaba a volverse más intensa. Cuando apenas los separaban treinta metros, el hombre le dio la espalda a Raymond y emitió un pequeño silbido. Un spaniel prorrumpió de entre los arbustos, con los bajos empapados de barro. Al pasar de largo, el hombre le dio los buenos días.

Cuando Raymond hubo completado el circuito alrededor del pueblo no eran más que pasadas las once. Estaba de vuelta en el cruce donde Yvette se había reunido con Stéphane. Si Saint-Louis tenía un centro neurálgico, podía decirse que era aquel. El joven al que había visto antes se resguardaba bajo el toldo de una tienda. Fumaba un cigarrillo; la manera en que lo sostenía, pinzado entre el pulgar y el dedo corazón, sugería que era un hábito recién adquirido.

Raymond no podía seguir recorriendo las calles sin rumbo. Tampoco deseaba enfrentarse a las miradas recriminatorias de la camarera del Café des Vosges. Continuó andando. Como no quería demorarse en el cruce publicitando su indecisión, se adentró en una bocacalle y por segunda vez ese día puso rumbo hacia la estación. Había un barecito en la calle. Carecía de ventanas y prometía anonimato. Raymond lo pasó de largo por la acera de enfrente. Ni siquiera quedaba claro si estaba abierto, y no pudo reunir el valor necesario para probar a abrir la puerta. Se acordó entonces del café de Rue de la Gare. Dirigió sus pasos directamente hasta allí y entró con aire resuelto. Era un local donde los viajeros mataban el tiempo antes de coger el tren. El interior era más grande de lo que aparentaba desde fuera. Una anciana estaba sentada junto a la puerta, con una copa de brandy o de ron sobre la mesa que tenía delante. Tenía la cabeza hundida entre los hombros, como si se hubiera quedado dormida o hubiera muerto. Raymond supuso que había escogido aquella mesa porque no tenía fuerzas para adentrarse más en el café. No había más clientes. El dueño estaba apoyado en la barra, leyendo el periódico. Raymond se acomodó en el rincón más alejado de la puerta. Era agradable sentarse. Y estaba encantado con su elección de establecimiento. Allí nadie lo conocía. Pasados unos instantes se acercó el dueño. No parecía que su nuevo cliente le interesara lo más mínimo. Cuando Raymond pidió un té, el hombre asintió de manera casi imperceptible y se retiró a la barra. Tenía el cordón del zapato izquierdo desatado, y arrastraba los pies sobre el linóleo como si estuviera al tanto de que lo llevaba suelto, pero le diese demasiada pereza agacharse y anudárselo. Cuando regresó con una taza de cristal ahumado y una tetera de agua hirviendo en una bandeja, Raymond creyó que se tropezaría y los escaldaría a ambos. El trozo de cordón que arrastraba era más corto que la distancia que cubría a cada paso, de modo que era improbable que, en el curso normal de los acontecimientos, pudiera llegar a pisárselo. De todos modos, a Raymond le daba la impresión de que a él le habría resultado irritante notar semejante discrepancia de ajuste entre un zapato y otro. Es más, el paseo por el canal le había dejado los suyos empapados. Tenía los bajos del pantalón salpicados de barro. Más tarde, cuando el local empezó a animarse, Raymond creyó que tal vez alguno de los parroquianos advertiría al dueño sobre el ofensivo cordón, pero nadie lo hizo. Trató de concentrarse en otra cosa, pero aquel arrastrar de pies lo estaba sacando de quicio. Había conseguido que se le hiciera un nudo en la garganta, y así era imposible disfrutar del té. Cada vez que el hombre se acercaba a la mesa de un cliente para servir una bebida, Raymond sentía una creciente opresión en el pecho. Había planeado quedarse en el café el mayor tiempo posible, pero al final no lo pudo soportar más. Dejó unas monedas sobre la mesa y se marchó.

Justo cuando daban las tres y media, Raymond se encontró a la puerta del colegio. Ya no llovía. Tenía los zapatos casi secos. Se plantó entre los árboles al otro lado de la calle. No quería que lo viera ninguno de sus profesores. Él solo quería ver a Yvette. Tampoco es que hubiese pergeñado ningún plan, pero cuando la viese las cosas volverían a su sitio. Incluso si iba acompañada de Stéphane, seguro que entendía que él deseara estar a solas con ella. Quizá fueran juntos al Café des Vosges. O puede que pusieran rumbo a casa de ella directamente. Los padres de Yvette rara vez los molestaban y jamás entraban en su diminuto dormitorio sin llamar antes a la puerta.

Pasaron veinte minutos, treinta. El patio ya estaba vacío cuando apareció Yvette, que parecía venir de la biblioteca del colegio. La acompañaba Stéphane. Ya no llevaba la bolsa de tela cargada de libros con la que la había visto antes. Stéphane iba haciendo aspavientos como era su costumbre cuando contaba una historia o se embarcaba en una de sus peroratas. Aunque todavía estaban a más de un centenar de metros de donde él se encontraba, Raymond advirtió que Yvette escuchaba con atención. Luego, cuando Stéphane terminó de hablar, Yvette cruzó el brazo izquierdo por delante de sí y cogió de la mano a Stéphane. Su mano derecha se asió al hueco del codo de él. Stéphane ladeó la cabeza de modo que su mejilla quedó anidada sobre el cabello de Yvette. Cruzaron el patio de esta guisa unos cuantos pasos. Raymond retrocedió y se ocultó detrás del tronco del árbol donde había estado apoyado.

Entonces Stéphane liberó el brazo del que iba agarrada Yvette y se lo pasó por encima de los hombros. Salieron a la acera y cruzaron la calle, pasando a solo unos metros de donde Raymond estaba escondido. Yvette había deslizado la mano derecha en el interior del bolsillo trasero de los vaqueros de Stéphane. Raymond reprimió un espasmo en el estómago.

Aguardó unos instantes antes de salir tras ellos conforme se dirigían hacia Avenue Général de Gaulle. Seguro que entraban en el Café des Vosges y, después de dejar pasar un tiempo prudencial, Raymond podría reunirse con ellos. Pero ¿para decirles qué? ¿Para hacer qué? Yvette y él nunca habían caminado por la calle abrazados de esa manera. Su relación había sido una cosa privada; no algo de lo que hacer alarde para disfrute de propios y extraños. O quizá fuera que nunca hubo nada de lo que alardear. Tal vez ese entendimiento especial que compartía con Yvette —un entendimiento que nunca había sentido la necesidad de articular— solo existía en su cabeza.

Yvette y Stéphane no entraron en el Café des Vosges. Y tampoco se despidieron, como Raymond se esperaba que hicieran, en la esquina de Avenue Général de Gaulle con Rue de Mulhouse. No. Continuaron agarrados en aquel ridículo abrazo hasta la esquina de Rue des Trois Rois. Doblaron por la calle de Yvette. Raymond solo estaba a veinte o treinta metros de distancia. Entonces, nada más pasar la tienda de madame Beck, Yvette se detuvo y, con suavidad, empujó a Stéphane contra la pared de la casa que lindaba con la suya. Se puso de puntillas y lo besó en la boca. Raymond advirtió que ella tenía las piernas ligeramente separadas. Con la mano izquierda agarró a Stéphane de la nalga y atrajo la entrepierna de él hacia la suya.

Ninguno de los dos había desviado la vista un instante siquiera hacia él, pero Raymond estaba convencido de que ambos sabían que estaba allí, y que estaban representado aquella lasciva escena solo para sus ojos. Pensó fugazmente en la navaja, todavía acurrucada en su cartera, debajo de los libros. Se imaginó caminando decididamente hacia la pareja y, sin mediar palabra, hendiendo la hoja en el estómago de Stéphane. Pero no hizo nada parecido. Al contrario. Dio media vuelta y echó a correr en la dirección opuesta, momento en el que a punto estuvo de darse de bruces contra el joven de la cara alargada.

20

A Gorski lo pilló un poco por sorpresa que Céline sugiriese que
se reunieran en el Restaurant de la Cloche. Hasta donde él
sabía, ella jamás había puesto un pie en aquel establecimiento. El
restaurante hacía el grueso de su negocio durante el día, de modo
que su clientela vespertina la componían de manera casi exclusiva
viudos, solterones y los típicos vendedores itinerantes para quienes
resultaba más económico pernoctar en Saint-Louis que en Suiza,
al otro lado de la frontera. Los miembros de este último grupo solían cenar deprisa y corriendo antes de escabullirse en busca de un
refugio menos iluminado donde pillar una buena cogorza. Unos
pocos iban pertrechados de novelas policiacas o del Oeste de encuadernación barata, que apoyaban contra sus respectivas frascas
de vino de la casa. Gorski envidiaba a aquellos hombres. Podían
comer y beber lo que les viniera en gana. No tenían la obligación
de informar a nadie sobre su paradero. No respondían ante nadie.
Y, sin embargo, Gorski sabía que él no sobreviviría ni un mes si
llevara una vida semejante. Él estaba casado con Saint-Louis; con
aquella diminuta parcela de calles anodinas, donde su posición
como jefe de policía le confería un estatus que apenas merecía.

Marie lo saludó calurosamente.

—¿Cena esta noche con nosotros, inspector? —preguntó.

Le señaló la mesa del rincón: la mesa de Ribéry. Gorski no puso objeciones. Lo situaba lo más lejos posible de los demás clientes y, por tanto, era la más adecuada para mantener una conversación en privado. Pasteur estaba ocupado echando una mano de cartas con Lemerre y sus amigotes en la mesa de al lado de la puerta. Saludó la llegada de Gorski levantando el mentón.

Gorski se quitó la gabardina y la dobló sobre el banco corrido, a su lado. Se había asegurado de llegar con unos minutos de adelanto. Marie se demoró junto a su mesa. No tenían carta en el Restaurant de la Cloche. Los platos en oferta se exponían en dos grandes pizarras fijadas a la pared de enfrente de la entrada. Lo primero que hacía Pasteur cada mañana era subirse a la inestable escalera de tijera que guardaban detrás de la puerta del aseo para garabatear las especialidades del día.

Gorski explicó que aguardaba a otra persona y que, por tanto, esperaría un poco antes de hacer la comanda. Marie lo miró con ojos inquisitivos.

—Mi mujer —dijo Gorski. Bajó la voz sin saber por qué.

Marie no hizo nada por disimular su deleite. Se acercó a toda prisa al aparador de dimensiones colosales donde guardaban la vajilla y las servilletas y regresó con un mantel de tela, que extendió con manos expertas sobre el hule que por lo general consideraban más que suficiente para los clientes del montón. Dispuso dos servicios, dotando a cada uno de ellos de varias copas, las cuales sostuvo una a una a contraluz para comprobar que estaban inmaculadas. Cuando terminó, dio un paso atrás y contempló su obra de arte con satisfacción.

Gorski se arrellanó en el banco, abochornado por recibir este trato especial. Los otros clientes observaban la operación con resentimiento. Un hombre entrado en los treinta, que ocupaba la mesa pegada al aseo, levantó la vista de su periódico. Vestía traje oscuro. Llevaba el nudo de la corbata aflojado. Gorski esbozó una mueca de disculpa, pero el hombre ya había devuelto su atención al periódico. El Restaurant de la Cloche no era uno de esos establecimientos donde uno entablase conversación con los ocupantes de las mesas vecinas. Marie se desvivía por fomentar un ambiente cordial y dejaba apartadas sus tareas cada dos por tres para hacer algún comentario simpático a parroquianos y extraños por igual, pero el tono de las conversaciones era generalmente quedo. No era el local que Gorski habría escogido para discutir sus problemas maritales, pero tampoco había estado en posición de poner reparos.

Marie sugirió un aperitivo.

Gorski se había tomado ya tres cervezas en Le Pot y estuvo a punto de pedir otra, pero se lo pensó mejor. Céline veía con malos ojos la consumición de cerveza con la cena. No tenía sentido provocarla innecesariamente. Pidió una copa de vino.

Marie propuso una botella.

—Tenemos un Riesling delicioso —dijo.

Gorski aceptó. Marie regresó con el vino y mostró la etiqueta a Gorski antes de descorcharla. Vertió una gota en la copa de tallo verde que había en la mesa y esperó a la aprobación de Gorski.

—Estoy convencida de que será del gusto de madame Gorski —dijo.

Resultaba curioso que se refirieran a su mujer de ese modo. Céline solía utilizar su apellido de soltera. No era, según explicaba ella con frecuencia, nada personal. Solo que «Gorski» no le pegaba ni con cola a alguien del mundillo de la moda. A pesar de esto, él sentía una punzada de irritación cada vez que oía a su mujer referirse a sí misma como madame Keller.

El vino era espantosamente dulzón. Céline haría una mueca de asco tan pronto como lo probase.

—Perfecto —dijo con una sonrisa tirante.

Marie le llenó la copa.

Parecía ávida de continuar con la conversación, pero como Gorski no dijo nada más, se retiró a la barra. Lemerre plantó sus cartas boca abajo sobre la mesa y cruzó el comedor en dirección al aseo. Se detuvo junto a la mesa de Gorski y le dio un blando apretón de manos.

—¿A quién esperamos, a la mismísima Cleopatra? —dijo, haciendo un gesto hacia la mesa.

Gorski soltó una risita forzada.

—Ya veo, una cita clandestina, ¿eh? No se preocupe, inspector —dijo, dándose unos golpecitos en la nariz—, su secreto está a salvo conmigo.

Gorski iba a replicar que, de tener intención de citarse en secreto, el último sitio al que habría ido era al Restaurant de la Cloche, pero se mordió la lengua. Con Lemerre convenía siempre pecar de prudente y no prestarse a conversar a la menor provocación.

—Y eche un ojo a esos fulleros de ahí, ¿quiere? —prosiguió, señalando a sus amigotes con un gesto del pulgar—. Debería animarse a echar una partidita con nosotros algún día.

—Gracias —dijo Gorski—, pero no soy buen jugador.

—Ni que les importase a esos inútiles —respondió el barbero, y se alejó con andares de pato, la mano izquierda enganchada al cinturón como si tratara de contener una hernia.

Gorski dio un sorbo al vino. Miró el reloj por debajo de la mesa. Solo eran las ocho y diez. A Gorski no le preocupaba demasiado que Céline se estuviera retrasando. La puntualidad nunca había sido lo suyo, y que hubiese decidido hacerle esperar unos minutos estaba totalmente justificado. Sin embargo, empezaba a sentirse cohibido. El vendedor de al lado del aseo pidió café. Los demás comensales ya estaban con el postre. Los de la partida de cartas junto a la puerta se daban la vuelta de vez en cuando para mirarlo y luego se inclinaban sobre la mesa para susurrar algún que otro comentario. Si no fuera porque no quería herir los sentimientos de Marie, lo primero que haría nada más llegar Céline sería sugerirle ir a otro sitio. Se sirvió una segunda copa de vino.

De todos modos, quizá la tardanza de su mujer no le viniera tan mal. Gorski apenas había tenido tiempo de pensar en lo que quería decirle. A pesar de que era Céline la que se había marchado, se esperaba que fuera él quien mostrase propósito de enmienda. El problema era que él no sentía contrición alguna. Sencillamente, no sabía qué había hecho mal. Desde luego, no era el hombre de éxito y de grandes ambiciones que hubiera deseado Céline, al menos no lo suficiente. Pero tampoco creía que esto constituyera un defecto que ella le pudiese echar en cara. Él era quien era. A él no le quitaba el sueño qué coche conducía o quién diseñaba sus trajes. Se sentía más a gusto zampándose un perrito caliente en una mesa de formica en Le Pot que comiendo en uno de los restaurantes de moda de Estrasburgo. Lo que pasaba era que Céline y él tenían muy poco en común, y aun así le tocaba a él rogarle que volviera a casa con la promesa de que cambiaría su modo de ser. Pero él no quería cambiar su modo de ser. Ni tampoco deseaba que Céline lo hiciera. A pesar de su esnobismo y de sus absurdas aspiraciones, ella le gustaba. La echaba de menos. Y no había que olvidar a Clémence, aunque a ella los rifirrafes de sus padres parecían traerle sin cuidado: pasara lo que pasara, se marcharía a la universidad en un par de años y si te he visto no me acuerdo.

Gorski se sirvió una tercera copa. Desde detrás de la barra, Marie levantó la vista hacia el reloj y se volvió hacia él con cara de preocupación. Sin quererlo, Gorski se puso a pensar en Lucette Barthelme. Si había rechazado su ofrecimiento de almorzar juntos no era en aras de ningún protocolo policial. El motivo era que aún se consideraba un hombre casado. De hecho, seguía casado, y la atracción que sentía hacia la viuda lo desconcertaba, como si el mero sentimiento ya constituyese una traición. Antes de casarse, Gorski no había tenido demasiada experiencia con las mujeres. No era muy versado en reconocer las señales del flirteo. Con todo, algo había en la forma en que lo miraba Lucette —en su risa infantil y en su manera nerviosa de fumar— que sugería que la atracción era mutua. Tomó otro trago de vino; ¿y qué si Céline pensaba que estaba borracho? Era culpa suya por llegar tarde. Quizá *sí* fuese a almorzar con Lucette Barthelme. Recordó la laxitud del camisón sobre sus pechos.

Sus pensamientos se vieron interrumpidos por Marie. Tuvo el tacto de no dar a entender que quizá madame Gorski no fuera a presentarse, pero sí le recordó que la cocina estaba a punto de cerrar. Solo entonces se dio cuenta Gorski de la treta de Céline. ¿Por qué si no habría sugerido que se reunieran en el Restaurant de la Cloche? No había un espacio público más apropiado que aquel para humillarlo. Su astucia se le antojó casi digna de admiración. Reconoció su derrota y pidió un *steak-frites*.

—¿Quiere pedir algo para madame?

—Le habrá surgido algo —respondió con un hilo de voz.

Gorski no culpaba a Céline por su pequeña venganza, pero lamentaba la decepción que se había llevado Marie. Seguro que le hubiese encantado dejar caer por ahí que la hija del alcalde había empezado a frecuentar su establecimiento.

Regresó al cabo de unos minutos y depositó el plato delante de él. El filete estaba embadurnado de una espesa salsa a la pimienta. Gorski le dio las gracias. Casi se había acabado la botella de Riesling. Le pidió a Marie que le trajese una cerveza. Los de la timba contemplaban divertidos el desarrollo de los acontecimientos.

—A ver, no voy a dejarme matar de hambre, ¿no? —dijo Gorski encogiéndose de hombros con aire teatral.

—No valen la pena, dan más problemas que alegrías —respondió Lemerre, antes de referirse al sexo femenino con un grosero calificativo. Marie le lanzó una mirada furibunda.

Gorski volvió a concentrarse en su filete. Estaba rico. Se lo acabó en un abrir y cerrar de ojos y rebañó la salsa con sus *frites*. Luego iría a Le Pot a tomarse un par de cervezas más para hacer la digestión. Céline podía irse a freír espárragos. Estaba mucho mejor sin ella. ¿Acaso no se había pasado la vida entera haciendo lo que los demás esperaban de él? Tal vez fuera hora de hacer lo que él quería. Si le apetecía emborracharse hasta caer redondo, lo haría. Y si le venía en gana acostarse con la viuda, ¿quién iba a detenerlo? Puede que hasta la llamara esa misma noche.

Gorski se estaba limpiando los restos de salsa a la pimienta de las comisuras de los labios cuando apareció Céline. Eran las nueve en punto. Llevaba puesto el abrigo de pieles hasta los tobillos que su padre le había comprado recientemente. Apartó las cortinas de terciopelo que protegían al restaurante de las corrientes de aire en los meses de invierno y paseó la mirada por el local. No vio a Gorski —o fingió no verlo—, de modo que se vio obligado a levantar una mano para llamar su atención. Ella cruzó el comedor con paso decidido hasta la mesa; sus tacones repiquetearon contra el suelo. Este exótico sonido provocó que levantaran la vista de sus copas quienes no habían sido testigos de su entrada. Lemerre ladeó la cabeza para observar con más detenimiento sus andares; luego frunció los labios e hizo un lento gesto de aprobación con la cabeza.

Ella miró la botella sobre la mesa y luego el plato vacío de Gorski.

—Qué detalle por tu parte esperarme —dijo.

Gorski se levantó, golpeando la mesa con el muslo. La botella de vino se tambaleó durante un instante antes de que Céline extendiera una mano y la equilibrase. Se dejó besar en ambas mejillas. Con tacones le sacaba media cabeza.

Él murmuró una disculpa.

—He dado por hecho que no vendrías. Iban a cerrar la cocina.

Céline lo miró.

—Estás borracho —dijo.

Gorski sacudió la cabeza, pero la botella que tenían delante constituía una prueba inculpatoria difícil de desestimar. Marie se acercó a la mesa. Saludó a Céline efusivamente y la despojó del abrigo. Llevaba puesto un vestido gris de punto que se ceñía a su austera figura. Gorski sintió una punzada de deseo.

—Es un placer verla, madame —dijo Marie—. Espero que todo sea de su agrado.

Marie le dedicó una amplia sonrisa, luego se volvió hacia Gorski con una mirada de aprobación. Era una mirada que Gorski había visto en innumerables ocasiones a lo largo de los años, una mirada que decía sin rodeos: *Qué suerte has tenido, ¿eh?*

—Seguro que sí —respondió Céline con donaire—. Lo único que lamento es haber llegado demasiado tarde para probar su cocina.

Marie la miró con desmayo.

—De ninguna manera, madame —dijo—. Mi marido estará encantado de prepararle lo que le apetezca.

Céline contestó con dulzura que no quería causarles ninguna molestia.

—No es molestia, en absoluto —dijo Marie.

Gorski volvió a sentarse. Céline pidió un vodka con tónica y tomó asiento frente a él. Marie llevó el abrigo de Céline al perchero que había junto a la puerta, donde se detuvo para admirarlo unos instantes antes de regresar a la mesa. Céline preguntó a Gorski qué había cenado y manifestó que tomaría lo mismo. Marie transmitió la comanda a Pasteur, que levantó la vista hacia el enorme reloj de la pared. Siguió a este gesto una conversación susurrada que acabó con el propietario lanzando las cartas sobre la mesa y con su inmediata desaparición por la puerta de la cocina.

Céline observó con diversión la escenita antes de volverse hacia Gorski.

—Así que este es el famoso Restaurant de la Cloche —dijo—. Reconozco que me parece de lo más encantador.

Procedió entonces a repasar cada elemento de la decoración del local en un tono de voz lo bastante alto como para que la oyeran todos los presentes. Tenía el pelo alborotado, como si hubiera salido de casa con prisa. Tal vez su tardanza se debiera a un mero despiste. Parecía de muy buen humor. Gorski se preguntó si lo habría perdonado por haberle dado plantón. Quizá no fuera para tanto aquel bache en su relación. ¿Qué pareja no sufría sus altibajos después de veinte años casados? Puede que todo fuera culpa suya, después de todo. Con el paso del tiempo, se había esforzado cada vez menos en acomodarse a los deseos de Céline. Hacía mucho tiempo que su reticencia a asistir a eventos sociales la había llevado a dejar de contar con él para esas ocasiones. Al principio de su matrimonio iban con frecuencia al cine y, de vez en cuando, hasta al teatro en Estrasburgo. A Gorski nunca le había gustado el teatro —pasar el rato contemplando a unas personas fingiendo ser quienes no eran le parecía de una absurdez soberana e insoportable—, pero esa no era la cuestión. La cuestión era que hacían cosas juntos. A Gorski le vino a la cabeza un episodio acaecido diez o más años atrás. Él estaba leyendo el periódico en la mesa de la cocina después de la cena.

—Han estrenado una nueva producción de *El misántropo* en el Théâtre National —dijo Céline—. Podríamos ir a verla.

Gorski recordaba que ni siquiera había apartado la vista del periódico.

—¿Tenemos que ir? —contestó con pesar.

—Pues no, obligatorio no es, desde luego —dijo ella enfadada.

Y allí acabó la cosa. No habían vuelto al teatro desde entonces. Y otro tanto había sucedido con todas sus actividades sociales. A lo mejor lo único que hacía falta era que pusiera un poco de su parte.

Marie llegó con el filete de Céline. Gorski le deseó *bon appétit* y ella atacó su plato con ganas. A pesar de su esbelta figura, nunca había sido quisquillosa con la comida.

«¿Qué quieres que te diga?», le gustaba declarar. «Soy de metabolismo acelerado». Y si había algún hombre a la escucha, añadía con descaro: «¡Para todo!».

Gorski la miraba mientras comía. Tenía la boca grande y los pómulos elevados y pronunciados. Ella levantó la vista y lo miró con ojos chispeantes.

—Tengo hambre —dijo con la boca llena y un trozo de filete a medio masticar.

Los buenos modales a la mesa —y la puntualidad, ya de paso— estaban, según ella, reservados a las clases bajas.

—¿Está bueno? —preguntó Gorski.

Ella asintió, un poco sorprendida quizá.

—No está mal.

A Gorski le alentó este breve y amigable intercambio.

—Podríamos hacer esto más a menudo. —Notó que arrastraba las palabras.

Céline dejó de comer durante un instante. Lo miró.

—¿No te parece que es un poco tarde para eso, cariño? —dijo.

Él dio un trago a la cerveza.

Aparte de Lemerre y sus amigotes y el vendedor, el restaurante ya estaba vacío. Céline ensartó varias *frites* con el tenedor y se las embutió en la boca.

Gorski estaba demasiado bebido como para que le importase que ahora todo el mundo escuchaba su conversación.

—Puede que lo único que haga falta es que nos esforcemos un poquito más —dijo. Céline levantó la vista del plato y lo miró fijamente—. Me refiero a que yo debería esforzarme un poco más. Te he descuidado, lo sé —dijo.

—Ay, Georges —dijo ella con el mismo tono que habría utilizado con un niño tontorrón.

Él se echó hacia delante.

—Hablo en serio —dijo.

Céline se lo quedó mirando. Pareció que sopesaba lo que él acababa de decir. Marie le retiró el plato. Céline había tardado menos de cinco minutos en pulirse la comida. Pidió una porción de tarta Selva Negra.

—¿Y para usted? —preguntó Marie.

Gorski rechazó el ofrecimiento sacudiendo la cabeza. Él nunca había sido de dulces, pero se arrepintió de su decisión al instante. Por supuesto que debería tomar postre. Deberían tomar postre juntos como un matrimonio feliz. Aun así, tenía la impresión de que las aguas volverían a su cauce, y de que a partir de ese momento adoptarían la costumbre de visitar el Restaurant de la Cloche los jueves por la noche. Comerían *steak-frites* y tarta Selva Negra y rememorarían aquella vez en la que estuvieron a punto de separarse.

Céline encendió un cigarrillo y se arrellanó contra el respaldo de su desvencijada silla. Gorski se fustigó por no haberle ofrecido sentarse en el banco; ¡menudo zoquete! Marie trajo un generoso trozo de tarta coronado con nata montada y una guinda.

—¡Qué buena pinta! —exclamó Céline.

Marie sugirió una copita de *kirsch* como acompañamiento.

—Es una idea excelente —respondió Céline muy contenta.

Gorski empezaba a sospechar que ella también estaba borracha. Le entraron unas ganas tremendas de llevársela a la cama.

Pasteur había salido de la cocina y vuelto a reunirse con los ocupantes de la mesa junto a la puerta. Pero en lugar de retomar la partida, prefirieron atender al espectáculo que se les ofrecía en el rincón más apartado del restaurante. Céline apagó el cigarrillo y empezó con la tarta. Por decir algo, Gorski le preguntó por sus padres.

Céline puso los ojos en blanco. Tragó un buen bocado de tarta.

—Mamá me está sacando de quicio. Y papá, otro que tal —dijo—. A decir verdad, en parte es de esto de lo que te quería hablar.

—Ah, ¿sí? —Gorski sintió una punzada de esperanza.

Céline tomó otra cucharada de tarta y se volvió hacia Marie, que andaba merodeando por el aparador, ordenando los cubiertos.

—Está deliciosa, madame —dijo. Marie inclinó la cabeza en señal de agradecimiento.

Céline se giró hacia Gorski una vez más y soltó, con indiferencia:

—He decidido que me vuelvo a casa.

Gorski no se pudo contener y miró a su alrededor para asegurarse de que todos los presentes la habían oído. Se levantó e, inclinándose hacia delante por encima de la mesa, posó sus manos sobre los hombros de ella. La corbata osciló sobre la tarta.

—Es fantástico —dijo—. Me alegro mucho.

Céline le plantó una mano en el pecho y le empujó con firmeza hacia atrás. Gorski se sintió abochornado por su beoda muestra de afecto. Céline le indicó que tenía nata en la corbata. Él se la limpió con la mano. Céline meneó la cabeza con desesperación. Cuando él hubo terminado con la corbata, preguntó cuándo tenía ella planeado volver.

—Supongo que tan pronto como sea viable —respondió ella.

Gorski asintió con la cabeza vigorosamente. Estiró el brazo por encima de la mesa y posó la mano sobre la de ella.

Céline tomó otro bocado de postre.

—Desde luego, espero que para entonces hayas estudiado las alternativas.

—¿Las alternativas?

Ella se encogió un poco de hombros.

—Sí, para irte a vivir a otra parte.

Gorski bajó la vista hacia la mesa. Retiró la mano. Tenía ganas de vomitar.

—Por supuesto —dijo.

Céline asintió, satisfecha de haber llegado a un acuerdo. Apartó el plato con lo que quedaba de postre y se levantó. Gorski la miró con impotencia.

—Espero de corazón que podamos hacer esto de manera amistosa —dijo.

Él asintió con aire compungido.

—¿Y qué pasa con Clémence? —preguntó.

Céline le dirigió una mirada inquisitiva, como si no hubiese pensado antes en el asunto.

—Puedes verla siempre que quieras, por supuesto. Si es que ella quiere, claro.

A su espalda, los hombres habían reanudado la partida y jugaban con estudiada concentración, fingiendo no haberse enterado de nada. Gorski tragó saliva tratando de sofocar las arcadas.

Marie se acercó corriendo con las pieles de Céline y la ayudó a ponérselas. Hasta que Céline no salió por la puerta no reparó Gorski en el arcilloso barro gris que salpicaba sus zapatos de tacón y el dobladillo del abrigo.

Algo más tarde, Gorski se arrellanó en Le Pot hasta que Yves bajó la persiana de la puerta. El vendedor que había estado en la mesa junto al aseo del Restaurant de la Cloche bebía whisky en la barra. Ninguno de los dos dio muestras de haberse visto antes.

21

Raymond abrió de un empujón la pesada puerta de madera del número 13 de Rue Saint-Fiacre. El interior del portal estaba fresco y oscuro. Una luz tenue se filtraba a través de la mugrienta ventana del descansillo de la primera planta. Olía a sopa cociéndose a fuego lento. Le recordó al aroma que a menudo lo recibía desde la cocina cuando llegaba a casa del colegio. Raymond subió las escaleras con la mano derecha apoyada en la gastada barandilla. A medida que ascendía, el espacio se iba tornando más cálido y luminoso. No alcanzaba a imaginarse el pesado avance de los pasos de su padre por aquellos peldaños. Y aún menos que este hubiese entrado nunca en alguno de los apartamentos que se ocultaban tras las destartaladas puertas ante las cuales pasaba él en ese momento. Pulsó el timbre del apartamento de la segunda planta: Duval. Había decidido porque sí que era allí donde vivía Delph. De todos los de la escalera, era el apellido que mejor iba con su nombre: *Delphine Duval.* Se había pasado el trayecto en tren recitándolo para sí. El corazón le latía muy deprisa. Raymond se pasó una mano por el pelo para apartárselo de la frente. Pasaron unos instantes y una mujer habló desde el otro lado de la puerta:

—¿Quién es? —Tenía una atractiva voz grave. Quizá fuese la mujer de la gabardina verde con cinturón.

—Busco a Delph —contestó Raymond. Percibió cierto nerviosismo en su entonación. No tenía pensado qué iba hacer o decir. Solo sabía que necesitaba verla.

—¿Delphine? Vive en la planta de arriba.

—Gracias —dijo Raymond—. ¿En qué apartamento?

Pero los pasos de la mujer ya se alejaban de la puerta.

Un enorme tragaluz se cernía sobre el descansillo de la última planta y alguien había colocado varios barreños de plástico para recoger el agua que goteaba desde arriba. Llamó con los nudillos a la puerta de la izquierda. Escuchó el silencio y un arrastrar de pies, seguido de un repiquetear de pezuñas sobre la tarima. Aquel era el apartamento de la anciana que salía a diario a comprar verdura con el carlino ronco.

Raymond se disculpó desde el rellano.

—Busco a Delphine —dijo.

—Es en la puerta de enfrente —contestó la anciana desde el otro lado de la puerta. Sus pasos se alejaron. El perro ladró con desgana.

Así que era Comte. Delphine Comte. Se sonrió por la cabezonería que lo había llevado a convencerse de que su apellido era Duval. La mujer con la que había hablado por teléfono debía de ser su madre. Llamó a la puerta. Se sucedieron unos instantes de silencio y, a continuación, como en la puerta de al lado, el sonido de unos pasos. Reconoció de inmediato la voz de la mujer.

—Un momento —dijo—. ¿Quién es?

Oyó un ruido al deslizarse la cadena sobre el cerrojo. Raymond no sabía cómo responder. La puerta se abrió unos centímetros. En lo primero en lo que reparó Raymond fue en lo bajita que era la mujer. Sus ojos quedaban justo por encima de la cadena de la puerta. De manera instintiva dio un paso atrás, como para no intimidarla.

—Disculpe que la moleste —dijo—. Estoy buscando a Delph. A Delphine.

Antes incluso de que concluyera su breve discurso, la expresión de la mujer se había ensanchado con una amplia sonrisa.

—Tú debes de ser Raymond —dijo.

La puerta se cerró con un clic, y Raymond escuchó el ruido de la cadena al ser liberada del cerrojo. A la confusión inicial le siguió una sensación agradable: seguro que Delph le había hablado de él a su madre. Y no solo eso, tenía que haberlo hecho de manera favorable. La puerta se abrió y la mujer seguía sonriéndole. Rondaría los cuarenta. Sus ojos eran azules y brillantes. Lucía un llamativo kimono de colores que llevaba ceñido a la cintura con un cinto. Del cuello le pendía a modo de colgante una suerte de símbolo oriental.

Le tendió una mano con firmeza y dijo:

—Soy Irène. Pero, claro, eso ya lo sabrás.

Raymond se la estrechó. Entonces ella debió de arrepentirse de aquel saludo tan formal, porque lo cogió de los hombros y lo besó en las dos mejillas. Su cabello olía a canela o alguna otra especia. Lo soltó y lo invitó a pasar.

El diminuto descansillo era un caos absoluto. Abrigos y chaquetas se amontonaban unos sobre otros en varios percheros. Un zapatero atestado impedía que la puerta se abriera del todo. Raymond reconoció las botas que Delph llevaba puestas en el Johnny's. Las paredes estaban abarrotadas de grabados chinos e indios, algunos de naturaleza erótica y todos con marcos diferentes. Nada más entrar, Raymond había experimentado una fuerte sensación de *déjà vu*. Tal vez se debiera al sonido de la voz que había escuchado por teléfono.

Irène vio que Raymond observaba uno de los grabados de la pared. Una pareja desempeñaba un acrobático acto sexual. Irène se plantó a su lado.

—¿Te interesa el arte oriental? —preguntó—. Tenemos mucho que aprender el uno del otro, ¿no te parece?

Raymond no tenía muy claro si se refería a Oriente y Occidente o a ella y él. Pero asintió con gravedad. Ella lo condujo a través de una cortina de cuentas hasta la cocina. Aquella estancia estaba tanto o más desordenada y abarrotada que el vestíbulo. Dos enormes plantas artificiales flanqueaban la puerta cual centinelas. En el alféizar de la ventana crecían hierbas aromáticas varias en una caja de madera. Todas las superficies estaban ocupadas por pilas de revistas, cuadernos y correspondencia. Encima del fogón había una balda atestada de cajitas de té. Una pequeña mesa de madera pegada a la pared contaba con tres sillas dispares. Un gato dormitaba en una de ellas. Raymond se felicitó por haber acertado al imaginar este detalle. En la misma pared, algo más arriba, había un tablero de corcho con fotografías, postales y varias notas fijadas con chinchetas.

La mujer espantó al gato y le dijo a Raymond que se sentara, cosa que él hizo, depositando la cartera en el suelo, a sus pies. Ella encendió un fuego y puso un poco de agua a hervir. En el techo, sobre su cabeza, se apreciaba un cerco marrón, a todas luces la huella de una gotera procedente del tejado.

—¿Tomarás un té, verdad, Raymond?

La situación era desconcertante. Por mucho que Delph le hubiese hablado de él, no era razón suficiente para explicar la calidez de la bienvenida. Le temblaba el talón del pie izquierdo, haciendo tintinear las monedas que llevaba en el bolsillo del pantalón. Apoyó una mano sobre la rodilla para arrestar el temblor. Su ofuscación no impidió, empero, que aquella mujer le resultase encantadora.

—Sí —contestó. Cuando ella abarcó con un gesto la colección de cajitas, él dijo que tomaría lo mismo que ella. La mujer se quedó mirándolas, sopesando el surtido.

—Me parece que esto se merece un ginseng —declaró al fin.

Raymond la observó preparar el té. Era de figura esbelta. El kimono, de seda negra, tenía un estampado de dragones bordados en hilo rojo y dorado. Lo llevaba ceñido bajo su generoso pecho con un lazo de seda. Iba y venía por la diminuta habitación con movimientos precisos y eficientes.

—¿Está Delphine en casa?

Resultaba más que evidente que no estaba, pero quiso recordarle el motivo de su visita.

—¿Delphine? Oh, no.

Raymond le preguntó si volvería pronto.

Irène echó una mirada al reloj de la pared.

—Lo dudo. Debe de estar entrando a trabajar.

Colocó la tetera sobre una alfombrilla de corcho que había en la mesa y fue a coger dos tazas del escurridor. Se sentó y se quedó mirando a Raymond con ojos cariñosos.

Meneó la cabeza.

—Te pareces tanto a él —dijo. Se enjugó una lágrima de un ojo con el dorso del dedo índice.

Entonces Raymond cayó en la cuenta: entremezclado con el aroma creciente a ginseng y con el de las hierbas del poyete de la ventana, persistía el potente olor acre del tabaco de pipa.

Se levantó de repente, y la brusquedad del gesto hizo que la silla golpease la pared que tenía detrás.

—Estuvo aquí, ¿verdad?

—Desde luego —dijo Irène. Esbozó una sonrisa comprensiva—. Por eso has venido, ¿no?

—¿Estuvo aquí la noche del accidente?

Irène bajó la mirada hacia la mesa, asintió con tristeza. Empezó a servir el té, como si en aquella conversación solo estuvieran tratando de menudencias. Su compostura surtió en Raymond un efecto tranquilizador. Volvió a sentarse. Ahora el apartamento se le antojó invadido por el aroma del tabaco de su padre. Y, a pesar de todo, era incapaz de forjarse una imagen de él —tan rígido y formal— en aquel hogar tan acogedor y revuelto. Él no soportaba el desorden. Raymond contempló a Irène Comte: la amante de su padre. No daba la impresión de que la situación la desconcertase lo más mínimo. Ella dio un sorbo a su té, sosteniendo la taza con ambas manos, y apoyó la espalda contra el respaldo de la silla. Raymond meneó un poco la cabeza. Una procesión de preguntas le cruzaba por la mente, pero no estaba seguro de si era apropiado darles voz.

Entretanto, fue Irène la que habló:

—Supe que vendrías tan pronto como llamaste.

—¿Cómo supo que era yo? —preguntó Raymond. El recuerdo de aquella estúpida llamada lo avergonzó.

Irène se rio.

—Raymond, suenas exactamente igual que él. Te pareces a él. Te comportas como él.

Se inclinó hacia adelante y, sujetándole la barbilla con suavidad, le giró la cara para contemplar su perfil.

—Esa nariz —dijo.

Raymond apartó la cabeza de manera abrupta, como si una mosca se le hubiera posado en la cara.

Irène volvió a reírse.

—Eso es justo lo que habría hecho tu padre.

—¿Por qué no me dijo usted nada? —preguntó Raymond—. ¿Por qué no me dijo quién era?

Irène frunció los labios. Adoptó un tono más serio.

—Que yo recuerde no me diste la oportunidad. Además, tu padre nunca quiso que ni tú ni tu madre supierais de mi existencia. No me correspondía a mí contártelo.

—¿Así que venía aquí todos los martes?

—Todos.

—¿Y también en otras ocasiones?

Irène meneó la cabeza con gesto apenado.

—A Bertrand le gustaba tenerlo todo compartimentado. Incluso a mí.

Sobre la mesa había un cenicero. Raymond sacó sus cigarrillos del bolsillo de la chaqueta.

—¿Puedo? —preguntó.

—Claro.

Cuando depositó la cajetilla sobre la mesa, ella cogió uno y lo encendió. Se miraron a través del humo ascendente. Bien pensado, tampoco importaba tanto. A Raymond le gustaba la idea de que su padre hubiera pasado tiempo con aquella mujer tan agradable. Se encontraba a gusto en aquel curioso apartamento, con aquellos olores y ese batiburrillo de trastos tan peculiares. No podría haber sido más diferente de la casa de Rue des Bois. Preguntó cuánto tiempo llevaba su padre yendo por allí.

Irène tiró de nuevo de su sonrisa afectuosa.

—Muchísimo tiempo —contestó—. Desde antes de que tú nacieras.

Raymond indicó que le gustaría saber más. Irène exhaló una gran bocanada de humo. A él le dio la impresión de que no tenía el hábito de fumar. Ella cruzó las piernas, apoyó su pie desnudo en la espinilla de Raymond y empezó a hablar.

Ella conocía de sobra la reputación de Bertrand cuando empezó a trabajar para Barthelme & Corbeil. Fue poco después de que este contrajera matrimonio por segunda vez. Durante los primeros meses, él se comportó de manera muy correcta. Entonces, una tarde que maître Corbeil había salido a reunirse con un cliente, Bertrand la invitó a tomar una copa. Ya era hora de que se conocieran mejor, había dicho él.

—Debes tener en cuenta, Raymond, que yo apenas había cumplido los veinte. Tu padre era un hombre muy atractivo. Y tenía una manera de mirarla a una que…, bueno. Yo sabía muy bien a qué se refería con lo de ir a tomar una copa y, al final, nos fuimos directos al Hôtel Bertillon. No hubo que discutir nada. Ambos éramos perfectamente conscientes de lo que estábamos haciendo.

Raymond pasaba por delante del Bertillon todos los días de camino al colegio.

Después de aquello, sus citas adquirieron cierta regularidad. Tenían un código por el que, si él la enviaba a hacer determinado recado, ella sabía que debía ir al Bertillon y esperarle allí. Después, a veces compartían una botella de vino en el diminuto balcón de la habitación. A ella le maravillaba lo poco que parecía preocuparle a él que pudiesen verlos, pero los transeúntes jamás levantaban la vista desde la calle de abajo.

—Se comportaba como si fuera invencible —dijo.

En el relato de Irène no había ni rastro de amargura, y contaba su historia como si fuera algo perfectamente convencional.

—Por supuesto, las cosas cambiaron cuando llegó Delphine —prosiguió—. Fue entonces cuando empezó a venir aquí.

Raymond sintió que se le helaba la piel.

—Pero ¿y el padre? ¿Qué pasa con el padre de Delphine? —preguntó—. ¿No se opuso?

—¿Su padre? —repitió ella.

—Sí —dijo Raymond.

Esta vez era Irène la que parecía confundida.

—Bertrand es... *era* su padre —dijo.

Raymond la miró estupefacto. La expresión de ella se volvió triste, y bajó la cabeza. Raymond no habló. Una vez, cuando tenía diez u once años, iba montando en bici por la Petite Camargue y se dio en la cabeza con una rama baja que lo tiró al suelo del golpe. La sensación que tenía ahora era similar. Notó que le costaba respirar. Irène sacó un pañuelo de papel de una caja y se sonó la nariz. Cuando alzó la vista, tenía lágrimas en los ojos. Raymond apartó los ojos y miró un poco más allá, hacia las cajas de té de brillantes colores que había en el estante. Jamás había visto tantas variedades de té juntas. Su padre odiaba el té.

—Siempre he querido que tú y Delphine os conocierais —decía en ese momento Irène—. Supongo que lo único bueno de todo esto, del accidente, es que ahora podréis.

Pareció asustarse cuando Raymond se levantó de repente. Preguntó qué le pasaba. Raymond asestó un manotazo a su taza, que salió disparada por encima de la mesa. El brusco movimiento provocó que el gato se escabullera de la cocina. Raymond agarró su cartera de forma abrupta y salió por la puerta detrás del gato. Se enredó en la cortina de cuentas. Algunas de las tiras se soltaron mientras él hacía aspavientos con los brazos. Las cuentas de madera se desperdigaron por el suelo. Raymond consiguió liberarse y volcó de una patada una de las plantas de plástico.

Irène estaba ahora de pie en medio de la cocina y lo llamaba repitiendo su nombre con voz serena, tratando de tranquilizarlo. Él manipuló con torpeza los cerrojos del interior de la puerta principal y la abrió de golpe. Se tropezó en el primer tramo de escaleras y aterrizó de bruces en el rellano del piso inferior. La rodilla derecha de sus pantalones de pana se rajó. Irène lo llamó desde la puerta del apartamento, rogándole que volviese. Él se llevó los dedos al lugar de la frente donde se había golpeado contra el cemento. La tenía raspada, pero no sangraba. Se levantó a duras penas y se volvió para mirar a Irène. Ella extendió un brazo hacia él y, una vez más, le pidió que subiera y entrase de nuevo en el apartamento. Raymond le gritó una obscenidad.

Bajó corriendo los demás tramos de escaleras, abrió de sopetón la puerta principal y emergió de la oscuridad del portal a Rue Saint-Fiacre. Se detuvo confundido, como si se acabara de apear en el andén de la estación equivocada. El filatélico estaba bajando las persianas metálicas de su tienda. El hombre empezó a toser y un alargado cilindro de ceniza cayó del cigarrillo que le colgaba de la boca. El joven de la cara alargada que lo había seguido al subirse al tren en Saint-Louis estaba plantado bajo el arco del pasadizo fumando un cigarrillo.

22

Gorski aparcó en un hueco libre unas calles más al oeste de Quai Kellerman y se apeó del coche. Caminaba sin prisa; lo último que deseaba era llamar la atención. Con el fin de reducir el riesgo de toparse con Lambert, enfiló hacia el edificio de Veronique Marchal desde el extremo opuesto de la calle donde se encontraba la comisaría de Rue de la Nuée-Bleue. Pero ni por esas consiguió eludir una cierta sensación de inquietud por el hecho de estar invadiendo el jardín del Gran Phil. Se tranquilizó, no obstante, pensando en que las probabilidades de encontrarse con alguien de manera fortuita en una ciudad del tamaño de Estrasburgo eran mucho menores que en un pueblo como el suyo.

Hizo un alto en un quiosco para telefonear a la comisaría de Saint-Louis. Esa misma mañana, Roland lo había llamado para informarle —casi al borde del berrinche— de que le había perdido la pista a Raymond Barthelme. Este revés dejó a Gorski consternado, pero en lugar de reprenderle, se contuvo y le pidió que hiciese cuanto estuviera en su mano para encontrarlo.

Schmitt respondió al teléfono con su irritante tonillo de costumbre y procedió a contarle con voz cansina que Roland se había comunicado de nuevo para informar de que el «sujeto de las narices» había vuelto a ser localizado y seguido hasta la estación de tren.

—¿Y sabemos adónde se ha dirigido? —preguntó Gorski.

—No lo ha dicho.

—¿Cuándo ha sido esto?

—¿Cuándo ha sido el qué? —contestó Schmitt.

—Cuándo ha llamado Roland.

—No sé. Hará media hora o así, puede que más. ¿Qué esperas, que lo apunte todo?

Gorski colgó. Resistió la tentación de pasarse por el bar de la barra de zinc a tomar un trago, pensando que a buen seguro informarían a Lambert de que había pasado por allí, y dirigió sus pasos sin más dilación hacia el edificio de mademoiselle Marchal.

Aunque estaba claro que antes había echado un vistazo por la mirilla —Gorski notó como se oscurecía el hueco—, Weismann abrió la puerta con la cadena echada. Gorski forzó una amplia sonrisa. El historiador lo miró con suspicacia.

—El inspector Lambert me ha dado instrucciones de que no debía hablar con nadie sobre el caso —dijo.

—Por supuesto —contestó Gorski—. Y espero que no lo haya hecho. No obstante, dada la enorme relevancia de su testimonio, me ha pedido que repase con usted los detalles de su declaración antes de que testifique ante el juez de instrucción.

Sus palabras surtieron el efecto deseado y Weismann desenganchó la cadena. Gorski cruzó el umbral. Como la vez anterior, apestaba a colonia.

—Espero que sepa perdonar mis reservas, monsieur…

—Gorski —le recordó—. Inspector jefe Gorski.

—Ah, ya, Gorski —repitió el otro, como si no le convenciera del todo el apellido.

Weismann lo condujo hasta el despacho. Se respiraba un aire rancio y estancado. Gorski tuvo la impresión de que no se habían abierto las ventanas en años.

—Me sorprende que no haya venido ningún periodista a llamar a su puerta —dijo Gorski.

—Sí que han venido —replicó ufano Weismann—. Pero no he soltado palabra.

—Bien hecho.

Como sucediera en la primera visita de Gorski, los dos hombres se quedaron de pie incómodamente en medio de la habitación. Aparte de la silla del escritorio de Weismann, todos los demás sitios donde uno podría haberse sentado estaban ocupados por pilas de libros y papeles.

—Me disculpará, claro, sé que es usted un hombre muy ocupado —dijo Gorski. Cogió un libro de lo alto de un montón y le dio la vuelta—. Un periodo muy interesante, sin duda —comentó—. Aunque me temo que no soy muy versado en esa época.

—Es apasionante —dijo Weismann—. Si bien tiende a pasarse un poco por alto. Créame si le digo, inspector, que no está solo en su ignorancia.

Weismann se puso a conferenciar entonces sobre la historia de Alsacia durante la Reforma protestante. El historiador se enfrascó por completo en su monólogo, que ilustraba sacando libros y documentos mientras hablaba. Su entusiasmo por el tema era enternecedor. Y su recelo inicial había dado paso a una actitud casi afable. Pasados unos diez minutos, Gorski lo interrumpió.

—Ya veo por qué goza de tanto renombre en su campo —dijo.

Weismann esbozó una sonrisa apesadumbrada.

—Mucho me temo que su colega exageró un poco mi fama —dijo—. Y que mi vanidad me impidió corregirle. Mis investigaciones solo se han publicado en una monografía.

Rasgó el cierre de una caja y entregó a Gorski un panfleto cosido con grapas, titulado *La conspiración del Bundschuh*.

—Ningún editor se ha interesado nunca por mi trabajo —dijo—. Mis ideas son demasiado controvertidas. Mi teoría es que los llamados Doce Artículos los escribió en realidad la jerarquía católica con el fin de legitimar la represión del campesinado.

Gorski asintió muy serio. Le tendió de nuevo el panfleto a Weismann, pero este lo rechazó con un gesto de la mano.

—Quédeselo, se lo ruego —dijo. Luego añadió con aire tristón—: Tengo cajas y cajas llenas.

Gorski le dio las gracias. Sacó su cuaderno del bolsillo de la chaqueta.

—Perdóneme, inspector, seguro que le he estado aburriendo.

Gorski le aseguró que no había sido así.

—No obstante… —dijo. Pasó las páginas de su cuaderno. Solo contenían las notas que había tomado en el lugar del accidente. Weismann se apresuró ahora a despejar de papeles un par de sillas.

—Discúlpeme. He perdido las buenas costumbres. No estoy habituado a recibir visitas.

Gorski aceptó el asiento que le ofrecía.

—Y permítame ofrecerle algo de beber, inspector.

Gorski le dio las gracias. Weismann recuperó una botella de aguardiente que había apoyada en el suelo, detrás del escritorio. Sobre el poyete de la ventana localizó un par de copas, cada una de una vajilla diferente. Weismann les dio un somero repaso con la manga de su camisa. Sirvió dos tragos y le tendió una copa a Gorski. Gorski la aceptó y la dejó apoyada a sus pies con sumo cuidado. Weismann tomó asiento. Apuró la copa de un trago y pareció visiblemente reanimado.

—Quería volver a la primera vez que vio a maître Barthelme —dijo Gorski.

—¿La primera vez? —repitió Weismann. Le temblaba la pierna izquierda y apoyó la mano sobre el muslo para atajar el temblor.

—Sí —dijo Gorski—. Es importante establecer cuánto tiempo llevaba visitando a mademoiselle Marchal.

Weismann se retorció las manos y levantó la vista hacia el techo.

—No podría darle una fecha exacta con seguridad —dijo—. El inspector Lambert fue muy claro al advertirme de que no debía dar testimonio de nada sobre lo que no tuviese una certeza absoluta. Que me ciñera a los hechos.

—Un consejo excelente —dijo Gorski—. Pero aun cuando no pueda recordar el momento preciso en el que vio por primera vez a maître Barthelme, quizá sí pueda decirme cuánto tiempo hace de aquello.

Weismann parecía apurado. Era obvio que no quería dar una respuesta que pudiese poner en tela de juicio su declaración.

—Lo vi la noche del asesinato, que es lo que importa ¿no? Al inspector Lambert no pareció que le interesaran esos detalles.

Gorski sonrió armándose de paciencia.

—Y por eso precisamente me ha pedido que los repasara con usted. Mi colega sería el primero en reconocer que a veces peca de osado al lanzar las campanas al vuelo, pero son cuestiones en las que incidirá el juez de instrucción, de modo que es esencial que estemos preparados. —Recurrió a la primera persona del plural de manera intencionada—. Usted es historiador y, como tal, estoy convencido de que es consciente de que para armar un caso es necesario basarse en evidencias sólidas.

A Weismann pareció gustarle la comparación.

—Sí, desde luego —contestó—. Pero, aun así, no es fácil acordarse de algo tan concreto.

—Con todo —insistió Gorski adoptando un tono despreocupado—, ¿diría usted que las visitas se venían produciendo desde hace meses o más bien desde hace años?

—Varios años, diría yo —dijo Weismann de manera imprecisa.

Gorski asintió e hizo una pequeña anotación en su cuaderno.

—De lo que se trata es de hacernos una idea lo más precisa posible de la relación que mantenían.

—¿Relación?

—Si maître Barthelme la visitaba con frecuencia, como usted dice, entonces podríamos afirmar que existía una relación entre ellos, ¿no cree?

Weismann torció el gesto. Parecía probable que no tuviera demasiada experiencia en el ámbito de las interacciones humanas.

Decidió que era el momento de rellenar su copa. Gorski ni siquiera había tocado la suya aún.

—Bueno, no sé si podría afirmarlo con seguridad… Mademoiselle Marchal recibía tantas visitas que… Bueno, en cualquier caso, es posible que él llevase visitándola desde mucho tiempo antes de que yo reparase en él.

—Desde luego —dijo Gorski. Esbozó una sonrisa para tranquilizarlo—. No crea que intento pillarle en un renuncio, monsieur Weismann, se lo ruego. Solo quiero asegurarme de que tiene bien claro lo que vio.

Tamborileó con el bolígrafo sobre la página de su cuaderno.

—Bien, y ahora otro punto que quizá sea relevante —dijo con aire pensativo—. De todos modos, seguro que le preguntan sobre este particular: en la noche de autos, cuando vio a maître Barthelme entrar en el apartamento de mademoiselle Marchal, ¿qué le impulsó a acercarse a la puerta de su casa? Seguro que no estaba allí por casualidad.

Weismann torció el gesto.

—Como ya les expliqué, solía confundir el sonido del timbre del telefonillo de mademoiselle Marchal con el mío.

—Ah, sí —dijo Gorski, como si hubiera olvidado ese detalle—. ¿Y abrió usted la puerta o solo se asomó a la mirilla?

—Me asomé a la mirilla —replicó el otro, casi como reconociendo un acto vergonzoso—. Como vi que la visita no era para mí, no había necesidad de abrir la puerta.

—Entonces, antes de que yo subiera, me habrá oído pulsar el telefonillo de su vecina, ¿no?

—Pues ya que lo dice, sí, así es —contestó.

Gorski asintió. Él no había hecho nada por el estilo.

—He de preguntarle también acerca de la relación que mantenía usted con mademoiselle Marchal.

—Yo no mantenía ninguna relación con ella —dijo Weismann de manera cortante. Ya había dado cuenta de su segundo trago de aguardiente.

278

—Bueno, digo yo que coincidirían en el portal o en las escaleras de vez en cuando, ¿no?

—Puede que alguna vez —dijo Weismann—, pero yo no calificaría esos encuentros como una relación.

—Pero seguro que intercambiaban algunas palabras, ¿no?

—De pasada, solamente.

—Entonces, ¿no la describiría usted como una amiga?

—De ninguna manera.

—A ver, no sé, ¿nunca la invitó a su apartamento, por ejemplo?

—Desde luego que no. ¿Por qué iba a hacer algo así?

—Era una mujer atractiva. Tampoco tendría nada de extraño que un hombre soltero como usted la invitase a tomar un café o una copita de aguardiente, ¿no le parece? Vamos, yo en su lugar habría probado suerte.

—Pues no, no lo hice —dijo Weismann.

Gorski asintió plácidamente.

—Además, usted tampoco es un hombre que carezca de atractivo. ¿No le invitó ella nunca a que cruzara el descansillo?

—En absoluto.

Gorski soltó una exhalación, como si hubiese caído en algo de repente.

—Ah —dijo—, ¿es porque sus inclinaciones son otras, quizá?

—Me parece que no entiendo a qué se refiere —dijo Weismann.

—Monsieur Weismann, le aseguro que a mí ni me van ni me vienen sus preferencias sexuales.

Weismann se puso de pie.

—No veo que vaya a servir de nada continuar con esta conversación —dijo.

Gorski no se movió de la silla.

—Solo trato de entender por qué un tipo apuesto y decente como usted no se interesaría por una vecina tan atractiva.

—Yo no soy mariquita —dijo. Su agitación era más que evidente.

Gorski asintió lentamente con la cabeza.

—Desde luego que no —dijo—. Discúlpeme.

Invitó a Weismann a que se sentara.

El historiador se rellenó la copa por tercera vez. Le temblaban las manos. Gorski guardó silencio durante unos instantes.

—Perdone que le haga estas preguntas —dijo—. Le aseguro que son solo para cerciorarnos de que su testimonio no tiene fisuras. No queremos que una contradicción arruine el éxito de la causa.

Weismann volvió a sentarse.

—Por supuesto —murmuró.

—Entonces, para que quede claro, ¿usted nunca ha puesto un pie en el apartamento de Veronique Marchal?

—Nunca.

Gorski asintió con la cabeza, como si por fin estuviera satisfecho. Levantó su copita de aguardiente del suelo y, sosteniéndola con delicadeza entre el pulgar y el dedo corazón, apuró su contenido. Luego sacó del bolsillo de su gabardina una bolsa de plástico para pruebas y dejó caer la copa en su interior. Weismann no le quitó ojo durante todo el proceso.

—Espero que no le importe si cojo esto prestado —dijo—. Es una mera formalidad. Hemos hallado una huella sin identificar en una copa del apartamento de Mademoiselle Marchal. Esto nos ayudará a descartarlo a usted de la investigación.

—Pero eso es imposible —espetó Weismann—, yo… —Se tapó la boca con la mano.

—Sí, lo sé —dijo Gorski, a la vez que asentía con la cabeza muy despacio.

Se levantó y embutió en el bolsillo de su gabardina la bolsa con la copa. Weismann se echó hacia adelante en la silla, con la cabeza apoyada en las manos. A Gorski le dio un poco de pena. Se preguntó si el historiador podría sentir la tentación de quitarse la vida. Salió del apartamento por su cuenta.

En la calle, se sacó la copa del bolsillo y la tiró en una papelera. De camino al coche, entró en un bar, pidió una cerveza e hizo una segunda llamada a Schmitt desde la anticuada cabina donde se encontraba el teléfono.

23

Raymond puso rumbo a Le Convivial. Sus pasos enseguida se tornaron en una carrera. El suelo se le antojaba inestable bajo los pies, como si hubiera estado bebiendo. Le dolía la cabeza. Oscurecía y tuvo que protegerse los ojos de los faros de los coches que pasaban. No tenía ni la más remota idea de lo que iba a hacer. Se sentía capaz de matar a alguien. Habían conspirado en su contra, todos ellos: su padre, Irène, Gorski, Yvette, Delph. Sobre todo Delph. Sintió una furia repentina. ¿Cómo podía ella no haberlo sabido? ¡Qué estúpido había sido al dejarse engatusar!

Llegó a la intersección que Delph había cruzado sin inmutarse de manera tan temeraria. Era hora punta y había mucho tráfico. Recordó la repugnante escenita en el almacén del Johnny's, sus penosos intentos de meter su pene flácido entre las piernas de su hermana. Apoyó una mano en una farola y se dobló hacia delante. Sintió un espasmo en el estómago, pero no salió nada. Se restregó la boca con el dorso de la mano. Qué fácil resultaría bajarse de la acera y plantarse delante de un camión en marcha. Raymond se imaginó el ruido del frenazo, el impacto de la cabina contra su caja torácica, el crujido de su cráneo al resquebrajarse contra el radiador. Luego el reconfortante y sordo desplome sobre la carretera. La textura del asfalto contra la mejilla, un charco de sangre oscura ganando forma en torno a su cabeza. Voces elevándose de entre una muchedumbre creciente, pidiendo a gritos que llamaran a una ambulancia. El conductor quejándose de que no había podido evitarlo: el chaval se había lanzado delante de él sin más. El flujo de coches en movimiento lo mareaba. Apartó la vista del asfalto. El joven que lo había seguido cuando se subió al tren estaba unos veinte metros más atrás, merodeando delante de una tienda en la esquina de Rue de Manège. En cuanto lo vio hacer un burdo intento por ocultarse en el andén de la estación de Saint-Louis, Raymond recordó que Gorski le había prometido que lo estaría vigilando. Entonces le vino a la mente la imagen del policía novato que los había acercado a su madre y a él en coche hasta el depósito. Vestido de paisano parecía otro, pero Raymond estaba convencido de que era él. Raymond había esperado hasta el último momento para subirse al vagón. El joven policía se había montado justo después, sin disimular ya que lo seguía. Una vez en Mulhouse, Raymond no había vuelto a mirar atrás. ¿Y qué si lo seguían? Como mucho estaban consiguiendo que se acentuara en él la sensación de que el desenlace de aquella historia era inminente.

Se bajó de la acera. Un coche frenó en seco. El conductor articuló un insulto desde el otro lado del parabrisas. Raymond lo miró impertérrito y siguió cruzando la calzada. Volvió la vista atrás. El novato se había esfumado. Cuando llegó a la otra acera, paró y lo vio abrirse camino con cuidado entre los coches. Una vez se hubo cerciorado de que este lo había visto, Raymond se dio la vuelta y corrió por Rue de la Sinne hasta que se encontró a la altura de Le Convivial. Se detuvo en la acera de enfrente y empezó a pasearse de un lado a otro. ¿Qué pretendía hacer exactamente? Ojalá no hubiese encontrado nunca aquel trocito de papel en el escritorio de su padre, ni viajado nunca a Mulhouse, ni visto nunca a Delph. Cayó en la cuenta de que, si quería, podía seguir por Rue de la Sinne, coger un tren con destino a Saint-Louis y regresar a la casa de Rue des Bois como si nada hubiera sucedido. Pero eso era imposible. Porque *sí* había sucedido algo. Y todo sin que él hubiese puesto nada de su parte. Una cosa había llevado a la otra, sin más. Y ahora se encontraba allí, paseándose de un lado a otro delante de un bar al que, salvo hasta hacía pocos días, jamás habría tenido el valor de entrar.

Era imposible ver más allá del reflejo en los cristales espejados del local. Raymond se palpó los bolsillos de la chaqueta y se dio cuenta de que se había dejado los cigarrillos en la mesa de la cocina de Irène. Miró en el interior de la cartera. Solo contenía su libro y la navaja. El policía novato estaba a muy poca distancia de él.

Raymond cruzó la calle y abrió la puerta acristalada del bar. La clientela se hallaba concentrada en las mesas más próximas a la puerta, justo igual que en su visita anterior. No vio ni rastro de Delph. Raymond se acercó a la barra. Dédé lo recibió con un gesto seco del mentón, que era como saludaba a todos sus clientes.

Raymond pidió una cajetilla de Gitanes.

Dédé fue a buscar los cigarrillos y depositó la cajetilla sobre la barra. Miró a Raymond con aire impasible.

—¿Vienes de la guerra? —dijo.

Raymond lo miró sin entender. Dédé señaló con un gesto el raspón que Raymond tenía en la frente. Raymond se llevó los dedos al ceño de manera instintiva.

—Me he caído por unas escaleras —dijo.

—Eso dicen todos —espetó Dédé.

Raymond se sentó en un taburete con cierta dificultad. Se balanceaba levemente. No podía pagar los cigarrillos y marcharse sin más. Pidió una cerveza. Dédé sopesó durante unos instantes si servirle o no. Luego se encogió de hombros —¿qué le importaba a él si el chaval estaba borracho?— y tiró la cerveza. Raymond intentó retirar el celofán de la cajetilla, pero las manos le temblaban demasiado y no pudo completar la faena. Cuando Dédé depositó la cerveza sobre la barra, cogió la cajetilla y retiró el envoltorio sin mediar palabra. Raymond le dio las gracias. Sacó un cigarro y se lo encendió a duras penas. Giró sobre el asiento del taburete y miró hacia el exterior. El poli novato estaba de pie en la acera. A Raymond le agradó saber que alguien iba a ser testigo de lo que fuera que tuviera que suceder; que habría un atestado oficial que seguro que lo absolvía de toda responsabilidad.

Hizo un esfuerzo mental para observar con detenimiento cuanto le rodeaba: las esquinas peladas de los carteles encolados a las dos columnas que en cierto modo dividían el espacio; las quemaduras en la tarima del suelo, junto a la barra, donde la clientela llevaba décadas aplastando sus cigarrillos; la manía que tenía Dédé de acariciarse la perilla con el pulgar y el índice; el lento avance de las manillas del reloj de la pared. El viejo de la papada colgante entró en el bar y se dirigió a la barra arrastrando los pies. El roce de sus zapatillas contra el suelo sonaba igual que la madera al lijarse. Raymond podía oír las sibilancias de su respiración fatigada. Dédé plantó una copita de ron en la barra. El vejestorio se la quedó mirando unos instantes, sus dos manos aferradas al raíl metálico de la barra, como reuniendo fuerzas; luego la apuró de un trago. Rebuscó una moneda en el bolsillo del pantalón y la depositó ruidosamente sobre el mostrador. Se volvió hacia Raymond y lo miró de arriba abajo con expresión desdeñosa; luego se marchó sin decir nada. La mirada de Raymond lo siguió hasta que salió a la calle. Los parroquianos parecían el público de un teatro esperando a que se alzara el telón. El hombre de la cara picada que había dado indicaciones a Raymond se encontraba entre ellos. Lo saludó con un gesto de la cabeza. Solo los dos jugadores de ajedrez, concentrados en la partida, parecían ajenos a la presencia de Raymond. El reloj se acercaba a la hora en punto.

Delph salió por la puerta del aseo rotulada WC femmes.

—Hola, Raymond —dijo—. ¿Qué te trae por aquí? —No pareció desconcertada al verlo.

A pesar de todo, Raymond sintió una punzada de deseo en la entrepierna.

—Tengo que hablar contigo —dijo.

Ella miró de reojo la cerveza de la barra.

—¿Así que ya te has recuperado de los *tomates*? —dijo—. Estabas como una cuba. —Chasqueó la lengua varias veces, despacio, a la vez que meneaba la cabeza fingiendo desaprobación.

Raymond la miró sin comprender. ¿Cómo podía actuar como si nada? Pero, claro, era una actriz de primera. Tal vez todo aquello fuera una farsa elaboradamente pergeñada. Habían plantado la dirección de ella en el escritorio de su padre para que Raymond la encontrase. Delph —a la que el papel le venía como anillo al dedo— había recibido la orden de salir del edificio en el momento preciso. Y la navaja, cómo no, la habían colocado bien a la vista para que él se fijara en ella. La filatelia tenía todas las papeletas de no ser más que un decorado. Raymond casi se esperaba que su padre apareciese detrás de la barra, luciendo aún el maquillaje que llevaba en la camilla del depósito, y entonces todo el elenco saldría carcajeándose a saludar. ¡Qué inocentada tan buena! Pero no, claro, no podía ser. Lo sucedido era demasiado real. Raymond estaba cada vez más nervioso.

Delph lo observaba perpleja.

—¿Qué te has hecho en la cabeza? —preguntó.

—Me he caído por las escaleras del portal de tu casa —contestó Raymond. De nada servía ocultarle la verdad—. He ido a hacerle una visita a tu madre.

Ella abrió mucho los ojos, un gesto que acentuó más que nunca su estrabismo.

—¿Que has hecho qué? —dijo.

—Quería verte, así que me he pasado por tu apartamento —explicó él.

En ese momento, Dédé carraspeó con teatralidad.

—Ya lo siento, tortolitos —dijo—, pero aquí los pacientes aguardan su medicina. —Abarcó con un gesto a los clientes sentados junto a la puerta.

Delph pareció aliviada con la interrupción. Fue a por su bandeja y empezó a despejar las mesas. Raymond se giró hacia la barra.

Observó a Delph a través del espejo de la pared mientras esta departía con la clientela, intercambiando los saludos de siempre. Se terminó su cerveza. Delph regresó y recitó las comandas a Dédé mientras descargaba la vajilla sucia sobre la barra. Él, a su vez, metió las copas y las tazas en el fregadero y empezó a servir las bebidas. Delph las depositó en su bandeja. Así se pasaban el día. Delph estaba lo bastante cerca como para que a Raymond le llegase el aroma picante de su sudor. Sintió unas ganas repentinas de arrodillarse delante de ella y enterrar el rostro en su sexo. Se echó hacia atrás en el taburete y respiró hondo. Delph se alejó con la bandeja cargada de bebidas, ignorándolo descaradamente.

Raymond pidió otra cerveza.

Dédé lo miró impasible.

—Me parece que ya has bebido suficiente. Es hora de ahuecar el ala.

Raymond le lanzó una mirada desafiante, pero el otro siguió a lo suyo sin inmutarse. Cuando Delph volvió a la barra, Raymond insistió en que quería hablar con ella.

—Si tan desesperado estás por hablar conmigo, vuelve a las diez —dijo ella.

—Tengo que hablar contigo ahora —respondió él con mayor urgencia en la voz.

Dédé levantó la vista de la bebida que estaba preparando.

—A ver, chaval, ¿no me has oído o qué? Es hora de que pagues y te pires.

Raymond se dejó deslizar del taburete y dio un paso hacia Delph. A los ojos de ella se asomó por un instante algo parecido al miedo, pero se quedó plantada donde estaba, la mano derecha apoyada sobre la barra. Raymond advirtió en su campo visual cómo los parroquianos de al lado de la puerta se desplazaban en sus asientos para ver mejor lo que se estaba cociendo. Hasta los jugadores de ajedrez levantaron la vista del tablero. Raymond miró el reloj de la pared. Apenas si habían transcurrido diez minutos desde la aparición de Delph.

—¿Es que no sabes quién soy? —dijo Raymond.

—Por supuesto que lo sé —contestó ella, volviéndose hacia Dédé—. Eres un niñato de Saint-Louis al que no se le levanta.

Raymond hurgó en el interior de la cartera y sacó la navaja. Retiró la funda de cuero y blandió la hoja delante de sí. Dédé suspiró con aire cansino. Había sido testigo de muchos incidentes de esta índole. Salió de la barra por la trampilla y se plantó entre los dos protagonistas.

—A ver, ¿qué piensas hacer con eso? —dijo.

Dio un paso hacia Raymond. Raymond reculó y volcó el taburete en el que había estado sentado.

—Tengo que hablar con Delph —dijo. Pronunció cada palabra como si de una oración independiente se tratase. Le escocían los ojos.

Alguien gritó:

—Dale unos azotes, Dédé.

Entre las carcajadas otra voz rugió:

—¡A por él, chaval!

Raymond miró los rostros a su alrededor, ansiosos de acción. El policía novato escudriñaba a través de la puerta. Si querían un espectáculo, lo iban a tener.

Dédé se aproximó a Raymond con el brazo extendido, dispuesto a acompañarlo hasta la puerta. Aunque tampoco parecía demasiado inquieto por lo que estaba sucediendo.

Raymond no podía retroceder más. Dio un paso adelante y esgrimió de modo poco convincente la navaja delante de él. Por puro azar alcanzó la mano del dueño en la base del pulgar. Dédé reculó. Examinó la herida de su mano. De entre los presentes se elevaron unos tímidos vítores. Raymond se quedó espantado por lo que había hecho. Delph se llevó una mano a la frente. La bandeja de bebidas cayó al suelo. Dédé cogió un trapo de la barra y se vendó la mano herida. Enseguida estaba empapado de sangre.

—Lo siento —dijo Raymond, pero siguió blandiendo la navaja.

Dédé amenazó con romperle el brazo.

Se produjo una tregua, de apenas unos segundos, mientras los implicados calibraban sus posiciones. A Raymond, por su parte, le habría encantado soltar la navaja y abandonar el bar. De no haber sido por la expectación reinante y porque todavía no había pagado la cerveza y los cigarrillos, quizá lo hubiera hecho. Imaginó los abucheos al salir. Sin duda Dédé lo increparía a sus espaldas. Puede que incluso lo persiguiera hasta la puerta y le diese una paliza. Pero, a esas alturas, la situación había alcanzado ya un punto de no retorno que escapaba a su control.

Delph se adelantó y se interpuso entre él y Dédé.

—Tienes que irte de aquí —dijo.

Y en ese momento fue cuando Raymond cayó en la cuenta. Su nariz, que se elevaba de manera prominente a la altura del puente para descender en ángulo a partir de allí, era la nariz de su padre. Los pómulos salientes eran los pómulos de su padre. Incluso su carácter sarcástico y burlón era idéntico al de su padre. Le resultó asombroso no haberse dado cuenta antes.

Raymond la recordó abriéndose la camisa —la de su padre, nada menos— para revelar su pecho en el almacén del Johnny's. Su olor le embriagó de repente. Alzó la navaja en perpendicular a su cuerpo, con el brazo completamente extendido. Luego, flexionando el codo de golpe, se lo clavó en la parte lateral del cuello. Sintió la hoja penetrar su piel, hendir parte del músculo, antes de que su mano soltase el mango de manera instintiva. La navaja permaneció allí alojada durante unos segundos —poco más—, y cayó al suelo. A Raymond le complació el efecto que surtió su acto. Delph sofocó un grito. Se produjeron exclamaciones ahogadas entre el personal. Las sillas chirriaron mientras sus ocupantes se levantaban para verlo mejor. Hasta Dédé pareció impresionado. Raymond se imaginó un gran chorro de sangre manando en arco y salpicando el suelo, si bien de la herida solo brotó un pequeño borbotón. Sonrió embobado a Delph. Luego le fallaron las piernas. Cayó de bruces al suelo, exangües los brazos a los costados. Pasado un momento, tomó consciencia de la áspera textura de la tarima contra la mejilla. De pronto se sintió tonto de remate. ¡Menuda idiotez! Se preguntó si aquellos serían sus últimos instantes de consciencia. Y si su último pensamiento iba a ser aquel, que era un idiota. Pero no lo fue. Advirtió la presencia de un repertorio variopinto de zapatos a su alrededor. Reconoció los mocasines negros del hombre de la cara picada. La punta del zapato de otro tipo estaba descosida, y Raymond pudo ver el pegote seco de pegamento con el que había intentado reparársela. Buscó las botas de Delph, pero no las vio por ningún lado. Lo pusieron de pie y lo sentaron en un taburete. Alguien sugirió llamar a una ambulancia, pero se tomó la decisión de que no hacía falta. Una oleada de comentarios despectivos circuló entre los presentes. Alguien manifestó, con cierta admiración, que podría haberse hecho daño de verdad. En un momento dado, entró el novato. Manifestó que era policía, pero lo dijo con un tono de voz tan desprovisto de autoridad que nadie le prestó atención.

Tras llegar a la conclusión de que Raymond no estaba herido de gravedad, los parroquianos regresaron a sus mesas. Los jugadores de ajedrez pusieron a cero su cronómetro y retomaron la partida. El joven policía preguntó si había teléfono en el local y lo enviaron al quiosco que había afuera, en la calle.

Dédé se acercó un taburete, tomó asiento delante de Raymond y le indicó que ladease la cabeza. Le limpió la herida del cuello con habilidad. Delph emergió de detrás de la barra y, en silencio, le tendió un rollo de gasa y otro de esparadrapo. No miró ni le dirigió la palabra a Raymond. Dédé le aplicó con cierta destreza un vendaje y lo fijó. Luego se levantó, le trajo a Raymond un chupito de brandy y le indicó que debería bebérselo.

Raymond le dio las gracias y se disculpó por los problemas causados. Dédé se encogió de hombros.

—No ha sido grave —dijo.

Le pidió a Raymond que se vaciara los bolsillos y cogió el dinero necesario para cobrarse los cigarrillos y la cerveza que se había bebido.

Raymond estaba cansado. Era hora de volver a casa. Se tomó el brandy que le habían servido. Era como si no hubiese pasado nada. Alguien debía de haber recogido su navaja, y Raymond no pidió que se la devolvieran. Habían fregado el suelo y no quedaba rastro del salpicón de sangre. En la mesa pegada a la puerta habían sacado una baraja de cartas. Un tipo gordo con tirantes repartía los naipes con parsimonia. Los jugadores de ajedrez acabaron la partida y recogieron las piezas según su rutina habitual. El hombre de la cara picada apuró su trago y se marchó tras despedirse de Dédé. Delph reapareció de algún lugar detrás de la barra y recogió unas cuantas copas vacías. Nadie hizo comentario alguno sobre lo que acababa de ocurrir. Ella no miró a Raymond. A él se le habían pasado las ganas de hablar con ella. Quizá nada de aquello importara siquiera. Levantó la vista hacia el reloj de la pared. Apenas había transcurrido media hora desde que entró en el bar.

Fuera, en la calle, hizo un alto y contempló su reflejo en el escaparate oscurecido de una carnicería. Presionó con los dedos el vendaje de su herida. De la gasa rezumó un poco de sangre. Se echó el pelo hacia atrás, colocándoselo detrás de las orejas. Tenía ahora un chichón amoratado en la frente, en el lugar donde se había golpeado la cabeza contra la tarima. Lo que venía a sumarse al raspón y al roto en los pantalones de la caída por las escaleras. A su espalda, el policía novato lo seguía por la acera de enfrente. Raymond caminó hasta la estación. Un tren hizo su entrada justo en el momento en que él salía al andén. Se montó sin comprar billete. ¿Qué era lo peor que podía ocurrir? Si pasaba el revisor, como mucho le obligaría a apearse en Bartenheim.

24

Gorski tuvo que pedir indicaciones varias veces antes de dar con Rue Saint-Fiacre. Era una calle del montón, un tanto venida a menos, pero respetable. Gorski aparcó el coche y la recorrió de un extremo al otro. No había ni rastro de Roland. Volvió sobre sus pasos por la otra acera, parando por el camino para echar un vistazo al interior del escaparate de una filatelia. La abarrotada exposición de artículos le recordó la casa de empeños de su padre.

Entró en el pequeño café de la esquina. Era uno de esos locales dependientes de una clientela demasiado perezosa para caminar más allá de la mínima distancia de sus casas. El suelo era de cemento pulido, con un arco desgastado por el abrir y cerrar de la puerta metálica. Junto a esta había un refrigerador con ilustraciones de varios helados. Cuatro mesas con tableros redondos de plástico, cada una con un pie cónico de metal, estaban dispuestas a lo largo de la pared situada a la derecha de la puerta. Un revistero metálico hospedaba la prensa del día. Detrás de la barra se apreciaba el surtido habitual de cigarrillos y billetes de lotería. En la pared del fondo, junto a la puerta del aseo, se hallaban claveteados con chinchetas varios recortes amarilleados de *L'Alsace*. Un pequeño televisor estaba anclado a la pared de encima de la puerta por medio de un feo soporte de metal. Estaba apagado. No había más clientes.

El dueño era un hombre de aspecto bonachón que rondaría los sesenta años. Llevaba las mangas recogidas con sendos brazaletes por encima del codo. La corbata estaba perfectamente anudada y asegurada con un pasador de plata. Gorski preguntó si había entrado un joven para llamar por teléfono. El dueño le confirmó que así había sido. Gorski preguntó en qué dirección se había marchado. El hombre le lanzó una mirada inquisitiva. Si no respondió a la primera, no fue porque no quisiera colaborar sino porque era de los que respetan la privacidad de sus clientes. Gorski le mostró su identificación.

El hombre la examinó con detenimiento e inclinó la cabeza para disculparse por su reticencia.

—Lo siento, pero no me he fijado —contestó.

Un hombre gordo con un terrier estaba sentado en una de las dos mesas metálicas instaladas en la acera. Sobre la mesa no había ninguna bebida y daba la impresión de que solo había hecho una parada para recuperar el aliento. Gorski salió a la calle y le hizo la misma pregunta acerca del paradero de Roland. El hombre se quedó pensativo unos instantes y luego negó despacio con la cabeza. Se agachó para rascar a su perro detrás de la oreja. Gorski regresó al interior del bar y pidió un *jeton*. Telefoneó a la comisaría. Schmitt respondió. Roland no había vuelto a llamar.

—Si llama —dijo Gorski—, dile que estoy en el café desde el que ha telefoneado antes.

—El novio te ha dado plantón, ¿eh? —dijo Schmitt. Empezó a decir algo más, pero Gorski colgó. Fue hasta la barra y se subió a uno de los tres taburetes que había allí. Encendió un cigarrillo y pidió una cerveza.

El dueño depositó con pulcritud una botella sobre un posavasos de papel delante de Gorski. Luego se encendió él también un cigarrillo. Lo habitual en situaciones como esta es que el dueño del bar se busque una tarea intrascendente, ya sea sacar brillo a las copas o pasar un trapo, con el fin de que el cliente de turno no se sienta cohibido por estar bebiendo a solas. O que se sienta en la obligación de soltar alguna que otra banalidad. Pero el dueño del café de la esquina de Rue Saint-Fiacre no hizo nada parecido. Se quedó plantado detrás de la barra sin más, observando a Gorski con expresión apacible. De vez en cuando se adelantaba para sacudir la ceniza del cigarrillo en el cenicero de la barra. Gorski estaba muy a gusto. Era absurdo ponerse a recorrer las calles de Mulhouse en busca de Roland. Había pasado ya más de una hora desde que telefoneara desde el quiosco delante del edificio de Weismann.

Una anciana con un carlino entró en el bar. Iba cargada con una bolsa de lona llena de verdura. El perro ascendió con dificultad el único escalón de entrada al local. La mujer ocupó la mesa más próxima a la puerta. El dueño la saludó por su nombre y le sirvió una copa de brandy. La mujer se quedó mirando fijamente la bebida durante unos minutos, como para demostrar su fuerza de voluntad. Luego se llevó la copa a los labios y dio un minúsculo sorbo, pareciera que para comprobar si estaba envenenado. Depositó la copa de nuevo sobre la mesa y aguardó. Entonces, aparentemente satisfecha de que la bebida no estaba contaminada, alzó la copa por segunda vez y apuró su contenido con un firme golpe de muñeca. Permaneció allí unos cuantos minutos más, como si el brandy fuese accesorio al propósito de su visita. Luego dejó una moneda sobre la mesa y se marchó. El dueño recogió su copa y, aunque era del todo innecesario, pasó un trapo por la mesa. Cuando regresó a su puesto detrás de la barra, Gorski pidió otra cerveza.

Afuera se escuchó un chirrido metálico sobre el cemento. El hombre gordo del perro se estaba poniendo de pie. Saludó con un leve gesto al dueño a través de la cristalera y se alejó con paso bamboleante. Gorski estaba en su salsa. Era la clase de establecimiento al que no le costaría acostumbrarse.

* * *

Esa misma noche, Gorski depositó con suavidad su maleta en el vestíbulo. No había avisado a su madre de que iría, pero encontró la mesa junto a la ventana dispuesta con dos servicios.

—Ah, qué bien, ya estás aquí. Justo iba a llamarte otra vez —dijo ella mientras él abría la puerta.

—Soy yo, Georges —dijo.

Ella se volvió hacia la entrada.

—Ah —dijo con una sonrisa—. Tendré que poner otro plato.

Se dirigió trabajosamente hasta el aparador donde guardaba los manteles individuales y las servilletas.

—No hace falta, mamá —dijo Gorski—. Solo cenaremos nosotros dos.

Un gesto de confusión nubló la expresión de su madre, aunque se desvaneció enseguida, y ella puso rumbo a la cocina, donde una olla de sopa hervía a fuego lento sobre el fogón. Gorski ocupó el sitio que madame Gorski había dispuesto para su marido. A ella le llevó una eternidad servir los dos platos de sopa y trasladarlos hasta la mesa, pero Gorski no intervino.

Cuando se sentó, Gorski le preguntó si había vino. Él ya sabía que había varias botellas en el armario debajo del fregadero. Madame Gorski respondió que ella apenas ya tomaba vino, pero que, si a él le apetecía, podía ir a comprobarlo. Gorski fue a por una botella y la descorchó. Le sirvió un poco a su madre.

—Te viene bien —dijo—. Mantiene limpia la sangre.

Era uno de los mantras de su padre. Gorski se llenó la copa hasta el borde. Troceó la barra de pan que su madre había colocado en el centro de la mesa. Untó de mantequilla un pedazo y lo depositó en el platillo auxiliar de su madre, pero ella no se lo comió. Dieron cuenta de la sopa en silencio. Una vez hubieron terminado, Gorski despejó los platos y los fregó, tomándose su tiempo en la pequeña cocina. Cuando regresó, su madre había vuelto a sentarse en su butaca junto al fuego. Gorski se sirvió otra copa de vino. El silencio era agobiante. No sabía cómo decirle que tenía intención de quedarse a dormir. Salió al vestíbulo y trasladó su maleta a su antiguo dormitorio, con cuidado de dejar la puerta entornada.

Hacía veinte años o más que no entraba en aquella habitación. Era diminuta. Tenía el espacio justo para alojar el pequeño escritorio donde otrora se sentaba a hacer los deberes, el colosal armario ropero y el estrecho camastro. El cuarto olía a libros viejos. Gorski abrió la pequeña ventana. Depositó la maleta sobre la cama. En la pared había dos estantes con las novelas policiacas que le encantaba leer de adolescente.

Al volver al salón se detuvo en el umbral. Su madre le esbozó una triste sonrisa desde la butaca. No hacía falta dar explicaciones. Gorski levantó los dedos hacia el mezuzá de la jamba.

—Mamá, ¿sabes que a menudo me he preguntado por esta cajita? —dijo.

Madame Gorski pareció sorprendida por el comentario. Gorski señaló de manera más ostensible el pequeño receptáculo decorativo.

—Es bonita, ¿a que sí? —dijo ella.

—Sí —contestó Gorski—, pero tengo curiosidad por saber qué hace aquí.

Madame Gorski meneó un poco la cabeza.

—Ya estaba ahí cuando tu padre y yo nos mudamos —dijo—. O eso o fue tu padre el que la colocó ahí. No me acuerdo. Siempre estaba subiéndose cachivaches de la tienda.

Gorski asintió con la cabeza. Se sentó a la mesa, mirando a su madre. A ella empezaban a cerrársele los ojos. Pasados unos minutos, ella le dijo que se iba a la cama. Ya se encargaría él de apagar las luces. Gorski le dio las buenas noches. Permaneció allí sentado un rato. Era raro encontrarse a solas en el apartamento de sus padres. De repente se imaginó a Lucette Barthelme sentada en la butaca de su madre. El hecho de que ya no hubiera nada que le impidiese llamarla lo entristeció. Podría bajar al Restaurant de la Cloche a tomar una cerveza o dos. ¿No era lo más natural? Incluso podría aceptar la invitación de Lemerre y echar una partidita de cartas con sus amigotes algún día. Pero no quería que su madre lo oyera salir, por no decir que quizá se asustara si volvía entrada la noche. De modo que esperó hasta estar seguro de que ella se había dormido y fue a sacar una segunda botella del armario debajo del fregadero.

Epílogo

Cuando *L'Accident sur l'A35* salió a la venta en Francia durante la primavera de 2016, la prensa no se centró tanto en los méritos del libro como en preguntarse hasta qué punto se trataba de una obra de ficción. Esta reacción la alentaría el propio Raymond Brunet al picar la curiosidad del lector con el epígrafe *Lo que acabo de escribir es falso. Verdadero. Ni verdadero ni falso,* sacado a su vez de las notoriamente poco fidedignas memorias de Jean-Paul Sartre. En la astuta campaña de publicidad dedicada al libro, Éditions Gaspard-Moreau también contribuyó a que los lectores considerasen la novela una suerte de velada autobiografía. Antes que publicar una nota de prensa convencional, dejaron caer en conversaciones de bar nocturnas por los locales del Barrio Latino, donde la editorial tiene su sede, el rumor de que existían nuevos manuscritos de Brunet. Surgieron enseguida habladurías en Twitter y en algún que otro blog desconocido, pero Gaspard-Moreau se abstuvo de responder a ellas de manera oficial. Finalmente, se publicó en una edición de fin de semana de *Le Monde* un artículo titulado «Le retour de l'étranger?», el cual generó a su vez una mayor cobertura mediática. Estas noticias, además de darles una publicidad gratuita, ayudaron a desempolvar la figura de Raymond Brunet en la memoria de un público lector que lo había olvidado hacía tiempo. No se enviaron ejemplares a los críticos antes de la publicación. Como es natural, esto provocó que se especulase con que se trataba de una novela menor, pero, por paradójico que parezca, acrecentó el interés de los intelectuales franceses por la obra. Gaspard-Moreau, considerada a menudo una de las editoriales más conservadoras del país, publicó entonces el libro en una modesta primera edición de unos pocos centenares de copias. Lógicamente, esta se agotó a los pocos días, y la elevada demanda reforzó la confianza de Gaspard-Moreau para sacar una tirada mucho mayor. En cuestión de unos meses, *L'Accident sur l'A35* había alcanzado el mismo número de ventas que la anterior novela de Brunet había tardado treinta y cinco años en cosechar.

De modo que, ¿hasta qué punto es «verdad» *El accidente en la A35*? Conviene recordar que Raymond Brunet nació en Saint-Louis en 1953. Aparte del breve periodo de tiempo que pasó en París tras el exitoso estreno de la versión cinematográfica de *La Disparition d'Adèle Bedeau* en 1989, llevó una vida de oscuridad en su pueblo natal hasta su suicidio en 1992. Todo el mundo coincide en describirle como un hombre agradable aunque introvertido, a quien la interacción humana diaria le resultaba, al igual que a muchos de sus personajes, harto traumática. Era un inadaptado.

Buena parte de *El accidente en la A35* es claramente autobiográfica. Raymond Brunet, al igual que su trasunto ficticio Raymond Barthelme, era hijo de un adusto abogado, también llamado Bertrand. Se crio en un imponente caserón de las frondosas afueras de Saint-Louis, aunque allí no existe ninguna Rue des Bois, lo que podría interpretarse como un burdo intento por su parte de proteger la intimidad de su madre. A pesar de esto, la mayoría de los emplazamientos que ubica tanto en Saint-Louis como en Mulhouse estaban basados en lugares reales. Saint-Louis, todo hay que decirlo, no es ni mucho menos tan deprimente como aparece descrito en la novela. Anodino, quizá, pero ni el pueblo ni sus habitantes merecen la perniciosa semblanza que Brunet hace de ellos; una semblanza que, por otra parte, no dice tanto del pueblo en sí como del odio que el autor sentía hacia sí mismo. Lo que es crucial, sin embargo, es que el suceso central de la novela sucedió casi de manera idéntica en la vida real. La noche del 9 de octubre de 1970 —una semana antes de que Brunet cumpliera diecisiete años—, el Mercedes de Bertrand Brunet se salió de la calzada mientras circulaba en dirección sur por la A35, escasos kilómetros al norte de Saint-Louis. La muerte fue instantánea. La información sobre su paradero en la noche del accidente, señaló *L'Alsace,* era un «misterio menor».

Así pues, tanto la premisa como los protagonistas de la novela estaban claramente basados en la realidad, pero ¿y la narración? Está claro que la un tanto truculenta trama secundaria relativa al asesinato de Veronique Marchal es pura ficción. Por esa época no tuvo lugar en Estrasburgo ningún crimen parecido, y la descripción de la muerte le debe mucho al arranque de la película de Claude Chabrol *Juste avant la nuit,* de 1971, donde un hombre de negocios de mediana edad estrangula a su amante en unas circunstancias muy similares a las que se relatan en la novela. Chabrol había dirigido la versión cinematográfica de *La Disparition d'Adèle Bedeau,* y no cabe duda de que Brunet, que en cualquier caso era bastante cinéfilo, hubiese visto las películas anteriores del director.

Lo que plantea mayores dudas, no obstante, son las aventuras de Raymond Barthelme en Mulhouse. Para gran regocijo de los editores de Gaspard-Moreau, hubo un puñado de periodistas que se empeñaron en destapar la «verdadera historia» detrás de *El accidente de la A35.* A ello contribuyó el hecho de que existiera (y aún exista) un bar en Rue de la Sinne llamado Le Convivial, y aunque su parecido con el establecimiento del libro es testimonial, durante un tiempo se convirtió en el campamento base extraoficial de estos detectives literarios. Ninguno de los parroquianos ni de los miembros del personal recordaba que allí hubiera tenido lugar un suceso como el que conforma el clímax de la novela; y tampoco se acordaban de que hubiese visitado el local un joven cuya descripción se aproximase a la de Raymond Barthelme. Aunque ¿por qué iban a recordarlo? Si los incidentes habían sucedido realmente, haría cuarenta años de aquello. Un cliente, que para entonces rondaba ya los setenta, sí que guardaba un vago recuerdo de un camarero llamado Dédé, pero nunca consiguieron dar con él.

La actividad de los periodistas se concentró en Rue Saint-Fiacre. La calle queda a escasos minutos andando de Rue de la Sinne, pero a pesar de aparecer descrita con detalle en la novela, no alberga una filatelia ni tampoco un café en ninguna de sus esquinas. Si era cierto que en ella habían tenido lugar determinados episodios reales de la vida de Raymond Brunet, estas diferencias podían obedecer quizá a fallos de memoria. Aunque también podían ser una invención a la que recurrió el autor para introducir ciertos elementos de su historia; en concreto, el robo de la navaja, que guarda un parecido casi idéntico con un incidente de *La edad de la razón,* de Sartre, en el que el personaje de Boris adquiere una navaja en una tienda similar antes de robar un diccionario. Por otro lado, y teniendo en cuenta que Brunet se había inventado un nombre para la calle donde se hallaba ubicada su casa en Saint-Louis, cualquiera de estos episodios podría haber sucedido en cualquier otra calle. Cabía la posibilidad de que la elección de Rue Saint-Fiacre fuera solo un guiño al héroe literario de Brunet, Georges Simenon, una de cuyas primeras novelas llevaba por título *L'Affaire Saint-Fiacre.*

Ni esto, ni el hecho de que Irène Comte —de haber existido— rondaría ya casi los noventa años, frenó a los periodistas, que se dedicaron a llamar a la puerta de todas y cada una de las viviendas de la calle. Isabelle Cabot, una solterona entrada en años que vivía en un apartamento del número 10 de Rue Saint-Fiacre (en la acera de enfrente y en diagonal al número 13), manifestó que no conocía a Bertrand o Raymond Brunet. Sin embargo, sí que tenía una hija —casualmente o no— llamada Delphine, a la que consiguieron localizar en Lyon. Sin quererlo, Delphine Cabot avivó la especulación al negarse a hablar con los periodistas. Hubo quienes argumentaron que Isabelle Cabot solo intentaba ser leal a una promesa que le había hecho a Bertrand Brunet de mantener su relación en secreto. Y que de haberse desarrollado los acontecimientos tal y como aparecían en la novela, era lógico que Delphine no quisiera airearlos a los cuatro vientos. Con todo y con esto, la opinión predominante fue que el sometimiento de aquellas dos mujeres a la luz de los focos no era más que el indecente acoso a dos personas completamente ajenas a lo que con toda seguridad eran sucesos ficticios.

Nadie sabrá jamás si Isabelle y Delphine Cabot fueron los prototipos de Irène y Delph (Isabelle falleció hace tiempo). Aun así, es lícito preguntarse por qué Brunet se tomó tantas molestias en impedir que la novela se publicara en vida de su madre si no estaba basada en hechos reales. Como también, llevando más lejos las especulaciones, si no es posible que el trauma de haber mantenido relaciones sexuales con una hermanastra (de ser cierto) no explicaría quizá las dificultades que Brunet experimentaría con el sexo opuesto más adelante en su vida. Mientras el autor estuvo alojado en París para la promoción de la película *La Disparition d'Adèle Bedeau,* Emmanuelle Durie, la actriz que encarna al personaje titular, se encariñó bastante con el escritor. Durante las pocas semanas que Brunet pasó en París, los dos compartieron discretas cenas juntos y visitaron uno en compañía del otro las galerías de arte de la ciudad. Muchos años después de la muerte de Brunet, Durie lo describiría en una entrevista como un hombre inteligente y bien educado capaz de reírse de sí mismo. No había nada que le gustara más que sentarse en el Jardin du Luxembourg y especular sobre las vidas de quienes pasaban por allí. Llegó a estar loca por él, reconoció. Pero dijo que «parecía tener pavor a cualquier tipo de contacto sexual». Aquello la llevó a concluir por aquel entonces que Brunet era un «homosexual reprimido».

A pesar de todo esto, y por mucho que ese género de especulaciones pueda resultar divertido para el público en general, hay que reconocer que, al fin y al cabo, no es más que pura charlatanería.

La cuestión no es si *El accidente en la A35* es «verdad», sino si es buena. Una novela puede considerarse «verídica» no en la medida en que los personajes, lugares y hechos descritos existen fuera de sus páginas, sino, más bien, en la medida en que a los lectores nos resultan auténticos. Cuando abrimos una novela firmamos un pacto con ella. Lo que deseamos es sumergirnos en su mundo. Queremos involucrarnos con los personajes, percibir que sus actos son psicológicamente plausibles. Volcamos un poco de nosotros mismos en la narración y, aun sin olvidar del todo que se trata de ficción, experimentamos las decepciones, humillaciones y éxitos más insignificantes de los personajes como si fueran propios. Por recurrir de nuevo a la cita de Sartre, una novela no es «ni verdadera ni falsa», pero debe parecer *real*.

A Raymond Brunet le debió de parecer real, desde luego. Como novelista y como individuo, estaba completamente atrapado en su pueblo natal. Los oriundos de Saint-Louis, que ya se habían sentido ofendidos por el retrato que ofreciera el escritor de su municipio anteriormente, no se sintieron precisamente resarcidos al leer *El accidente en la A35*. Del mismo modo, los personajes parecen cortados por el mismo patrón y de lo que no cabe duda es de que, sean autobiográficos o no, reflejan las preocupaciones de un individuo que a todas luces parece haberse vuelto más y más neurótico con el paso de los años. Su flirteo pasajero con la fama, y su paso harto fugaz por los cosmopolitas ambientes parisinos por fuerza debieron suponer un alivio a la monotonía de su vida en Saint-Louis. El hecho de que Brunet estuviera, al fin y al cabo, esperando a que su madre falleciera para quizá poder así continuar publicando su obra debió de ser para él un tormento insufrible. Al final, optó por precipitar su propia muerte antes que aguardar a la de ella.

Mientras que la astuta campaña de propaganda de Gaspard-Moreau hizo posible que el libro superara en ventas a *La Disparition d'Adèle Bedeau*, la recepción fue variada. Una crítica, aparte de reprochar con desprecio el «vergonzoso circo» que había rodeado a la publicación de la novela, señaló que resultaba obvio por qué Brunet había preferido suicidarse antes de ver el libro publicado. Se trataba de la obra de un escritor, aseguraría, que «solo tenía una idea, y ni siquiera era buena». Por otra parte, Jean Martineau, en su reseña en *Lire,* expresaría su alivio al topar con una novela que «rehúye el efectismo al que recurren tantas obras de ficción contemporánea y, en su lugar, cimenta su narrativa en dos consagrados y virtuosos pilares de la narrativa tradicional, a saber, trama y personajes». Era, afirmó, «irremediable y placenteramente anticuada».

Pero son, claro está, los lectores de esta, la primera edición en lengua inglesa, quienes deben decidir por sí mismos quién lleva la razón. Un traductor es, primero y ante todo, un lector, y mi único deseo es que otros puedan compartir conmigo el placer de regresar a las anodinas calles de Saint-Louis.

GMB, abril de 2017

Agradecimientos

Deseo expresar mi agradecimiento a la Society of Authors' Foundation por concederme una beca para realizar las labores de documentación para este libro.

Muchas gracias a Michael Heyward y Jane Pearson, de Text Publishing, y a mi gran amiga y lectora de confianza Victoria Evans, por sus valiosos y agudos comentarios a los primeros borradores de esta novela. También a mi editor en Saraband, Craig Hillsley, por su meticulosidad y su miríada de acertados apuntes y sugerencias. Gracias, además, a Julie Sibony, por contestar tan pacientemente a mis preguntas sobre cuestiones francesas. Cualquier error es mío, por supuesto.

A Sara Hunt: tu paciencia, competencia y humor son extraordinarios. Es un privilegio que me publiques.

Y, por último, como siempre, a Jen, que me anima, me apoya y me mima más que nunca. Sin ti no podría.

Índice

∾